青年批评家
文库

邱华栋 主编

议论风生

刘琼 ——

著

中国言实出版社

图书在版编目（CIP）数据

议论风生 / 刘琼著. -- 北京：中国言实出版社，
2022.12
　　ISBN 978-7-5171-4208-9

　　Ⅰ.①议… Ⅱ.①刘… Ⅲ.①中国文学—当代文学—
文学评论—文集 Ⅳ.①I206.7-53

中国版本图书馆CIP数据核字（2022）第225490号

议论风生

责任编辑：王建玲
责任校对：张天杨

出版发行：中国言实出版社
　　　　　地　　址：北京市朝阳区北苑路180号加利大厦5号楼105室
　　　　　邮　　编：100101
　　　　　编辑部：北京市海淀区花园路6号院B座6层
　　　　　邮　　编：100088
　　　　　电　　话：010-64924853（总编室）　010-64924716（发行部）
　　　　　网　　址：www.zgyscbs.cn　　电子邮箱：zgyscbs@263.net

经　　销：新华书店
印　　刷：北京虎彩文化传播有限公司
版　　次：2023年1月第1版　　2023年1月第1次印刷
规　　格：880毫米×1230毫米　　1/32　　9.125印张
字　　数：200千字

定　　价：58.00元
书　　号：ISBN 978-7-5171-4208-9

目　录

上篇　论

下篇　议

上篇

论

重建文学写作的有效性

现实主义写作是一个庞大的现实命题，我只能从表面存在的几个具体问题入手。

什么是文学的初心？再现、表现、宣泄，等等，这些是西方式表达。"为天地立心，为生民立命"，这是中国式表达，着力点落在文学对世道人心的建设。作为一个文论书籍均有周洋诠释的传统命题，为何还提？起由是 2016 年底，《福建文学》杂志社委托青年评论家郑润良给大家出了两个题目：一是"你认为文学抓住了时代吗？在这方面存在什么问题？"二是"文学向什么方向用力才能更好地抓住时代？"大家，包括我的回答各有立场，刊发在《福建文学》2017 年第 3 期，不议。意犹未尽，在此我也用提问题的方式继续谈谈自己的看法。

文学书写是否匹配这个时代

这个话题稍显沉重。这也是第一个问题的延伸或言外之意。第一个问题的设置显然从文学初心出发，能否抓住这个时代，或者能否匹配这个时代，既是对文学之"再现和表现"之表现的评价，也是对立命和立心效果的评判。

发此疑问不排除"过虑"之忧。"过虑"是时代通病。文学批评历来是同代人批评。我们今天不大怀疑 20 世纪二三十年代中国现代文学创作活跃度以及对新民主主义革命的重要推进作用吧？但翻看当时的各种报刊史料，不难发现包括鲁迅在内的一些知识分子都对当时的文艺创作提出尖锐批评。这是一批富有远虑的知识分子，他们已经洞悉文艺创作与现实社会发展的内在关系。他们对于文艺的期待越多，就越不满足，批评就越严厉。也正是在严厉的批评下，文艺创作更加努力，愈加繁荣。爱之深，责之切，或同此理。据此，对于同代人批评，我们可以有则改之，无则加勉。因而，评价我们这个时代的文学书写是否与时代本身匹配，今天肯定不是最佳时期，探讨文学书写对于历史阶段把握的客观效果，往往不能心急，还要假以时日，才能做出更加科学可靠的判断。话虽如此，不代表今天不需要对文学书写和时代的关系进行探讨。

众所周知，近年来文学创作数量非常繁荣，仅以长篇小说线下出版为例——还不计算海量的网络书写，早在 2014 年前后即已达年均四千部。CIP 数据显示，由于纸张涨价、库存减少，图书出版总体增速趋于平缓，但文学类种数增幅仍然保持百分之八左右，其中，强势发展的本土少儿文学和正处上升时期的网络文学是原创作品供应加大的主要原因。这些作品从不同角度提供了新鲜、有益、独到、有效的城乡生活和生命体验。有评论认为，中国当代文学正在迎来自 20 世纪 80 年代中期以来的第二次发展高潮。在一个出版繁荣、新作品和新作家不断涌现的时代，文学对时代的把握能力为何还会受到质疑？换句话说，文学对于时代的把握能力，有没有评判指标？判断一个时期文学繁荣与否，数量繁荣是充分条件，在数量繁荣的基础上绽放出若干匹配时代的精品力作，构成文学整体繁荣的必要条件。目前看来，大家普遍感到不满足的是，能够鲜明地提炼我们这个时代经验、匹配历史表现的精品力作比重不够大，还不足以形成流传后世的大阵仗。大家担心在文学史的版图上，我们这个时代的文学会辜负时代。

任何评判都应建立在比较研究的基础上。对于今天文学书写现状的评判，有一个坐标可征用，即20世纪80年代中期——这也是当代文学研究常用的"峰点"坐标。大量涌现的作家作品和理论评论研究，广泛深远的传播影响和社会生活辐射力，是这个时期文学的突出表现。这个"峰点"提供三点经验可供参考：1.作品和作家的持久存活率。这个时期崭露头角和培养的一批作家，后来成为雄霸中国文坛近四十年的生力军，一些作品可进入经典文库；2.理论评论强健的思想力和对实践的介入力。先锋写作、魔幻现实主义、寻根文学，等等，大量丰富的文学实践在理论评论的催生下脱颖而出；3.文学对于大众生活的影响力、感召力和塑造力。这是核心和本源问题，也是探讨的主要面向。

这三点经验相互可逆推。从这三个经验出发，具体到文学内外部世界，两个方面尤需关注。

第一，对于时代生活的总体性把握。登高望远，总体性把握借助两个路径：一宽镜头，二长景深。总体性是科学把握的前提。强调总体性，解决的是视野和坐标。没有一个足够宽阔的视野和精准的坐标，个案的甄别和判断选择缺乏科学性和说服力。深刻性和准确性不等于总体性，但总体性一定影响深刻性和准确性。写作对于现实经验的处理，在了解社会生活基本面貌的基础上，所谓了然于心，再去了解具体环境的差异性，从纷繁复杂的原始素材中选择需要重点关注处理的部分，就容易得多。这就好比拔萝卜，放眼看去，满目都是青翠欲滴的萝卜缨，拔出来，根茎却大小粗细不一。怎么提高有效性？有经验的老农动手前会了解这块土地的肥力和萝卜当年的总体收成——这些都属于萝卜地的"背景调查"，对萝卜地总体面貌大致有了数，选择在阳光和水分充足的地方动手，结果通常不会让人失望。

有人认为强调总体性，是反对写个体和个体的周边。恰恰相反，一花一世界，拔出萝卜带出泥，个体是集体的具体化，总体经验是个体经验的集合，个体想象构成总体意识。写好总体性，一个关键指标是写出生动的"一"，有"一"才有细节，写出典型命运、典型环境和典型人物，由一写出百、写出总体，写出代表性和普遍性，达到书写时代生活本质的目的，才是高明的书写。"因为阅读这本杂志而获得对他所处年代文学的认识，以及文学对时代的描绘而产生的总体印象，这些重要的影响要远胜于个人侧身其中所作的微小贡献。"一本文学期刊何以能够照见一个时代？一个时代书写的全面性建立在个体书写的丰富性基础上，这个丰富性是总体性揽镜自照的前提，答案在此。因此，一个高明的写作者，哪怕只是写一个角落，也会虑及总体，努力为总体性贡献经验。

老实说，现有的大量的乡土书写与中国农村起伏变化的现状并不匹配。一是不能及时地真实地再现乡村现实的丰富性、复杂性特别是总体性；二是叙事艺术陈旧，堕入模式化和浅表化想象。其中，第一个问题是主要问题。总体性视野的匮乏，导致许多乡土写作简单粗暴。再比如，近三十年，中国社会发生了深刻巨大的变化，中国经济总量跃居世界第二，在脱贫致富建设小康社会的过程中，发展重心变化，产业结构调整，老百姓的获得和全面发展问题，依法治国和公平正义问题，道德失守和价值重建问题，等等，最终都具化为生动真切的事和人，事也是人面对，因此，文学创作的主体是人，客体本质上也是人。书写这些具象的人和遭遇时，有没有写出个体和总体的关系，有没有写出阶段性和历史感，会成为评判写作是否精准的标准。

对于中国社会发展现状和变化趋势，中国文学的目力和笔力不仅要及时地捕捉、全面地记录，还要重构为生动的艺术形象。文学书写的总体性，从现有经验看有两类主要方式：一类是集合式；一类是典型化，是经验的高度提炼。中国古典小说的早期写法多是集合式，《官场现形记》《儒林外史》，等等，出场人物众多，角色用墨基本不分主次。《水浒传》《三国演义》是集合式向典型化的过渡。《红楼梦》和《金瓶梅》是综合集合式和典型化的完美个案。现代白话小说基本是典型化写作，以鲁迅的《祝福》《阿Q正传》《孔乙己》《狂人日记》为代表，这些小说的魅力和感召力要归功于祥林嫂、阿Q、孔乙己、狂人这些人物形象的出神入化。这些人物形象凝结了时代和历史的信息，它们塑造了新民主革命前期旧中国的面貌。

第二，对于现实经验的正面强攻。文变染乎世情，兴废系乎时序。文学从来都是反映时代全景和社会变迁的有力武器。人类社会变化，世道变迁，为文学书写提供了大量可资利用包括批判的原料，敏感的书写者会及时捕捞、甄别、解剖。文学是自由中卫，可以用各种姿态书写。在各种姿态里，传统写作也即线下写作，对于现实经验的处理，主要采取两种形式：正面强攻和侧面回应。理论上，是书写小时代还是书写大时代，是书写小我还是书写大我，是侧面写还是正面写，是硬攻还是软磨，从文本的丰富性和充分性角度，都被需要。但从对历史和现实的本质性和总体性书写的角度，首先需要大量的正面照。为一个人录影，如果都是背影和侧影、逆光，对于这个人的真实面目，观众还是模糊的。评判文学书写抓握时代的准确度和有效性也如此，如果正面书写总量不足，侧面和逆光书写再丰富，这个时代的整体面目也还是模糊和暧昧不清的。

客观上任何时代的文学书写都无法自外于时代，近二十年的中国文学书写亦如此。近二十年来，中国进入剧变和转型时期，各种传奇、各种体验和各种经验像过山车一样从我们的生活中呼啸而过、转瞬即逝，中国社会的沧桑巨变其内蕴的复杂性、传奇性、微妙性需要写作者迎难而上。主观上，任何一个有野心的写作者都不会漠视他的时代经验，都会用力把自己系在时代的钢缆上：直面现实，与时代生活同频共振，才有可能认识并表现时代生活。

虽然没有一个书写者能够自外于时代，但文学属于个体性劳动，个体对于时代生活和文学的理解千差万别。特别是正面强攻现实，对创作者要求很高，它要求创作者在了解客观社会现实的基础上，进行形象的逼真的书写和探索，它有明确的标准，有生活的照伪镜，能一眼将作品打回原形，识别出创作者的认识水平和创作水平。也正因为这一点，许多缺乏生活和生命体验、缺乏对生活底色的认识能力和表现能力的创作者，就会自动地绕开。也有些写作者出于文学观念的偏差，故意屏蔽书写和生活现场的关系，挂上"纯文学""向内转"的标签。主客观的原因导致 20 世纪 90 年代以来，中国当代文学经历了两个明显的阶段：严重的"向内转"，慢慢地"向外转"。

在文学"向内转"之前，是先锋写作。先锋写作作为 20 世纪八九十年代到本世纪初影响力最大的一类创作，把文学从口号化、标签化拽回到文学性，一些有特点的作家和作品也是这个时期的成果，比如余华、格非、苏童，等等。先锋文学对于中国当代文学的贡献是叙事艺术的充分探索。对现实经验的重构和解读方式独辟蹊径是先锋写作的一大优势，各种独特的生活经验在先锋文学作家的笔下淬炼重构，迸发出锃亮的艺术钢花。需要更正的是，先锋文学创作与时代生活并非绝缘体。恰恰相反，他们笔下的人物形象具有极其鲜明的时代辙痕和社会学身份。以先锋文学代表人物余华为例，余华的小说与 20 世纪 90 年代中国社会大背景基本同频共振，是典型的典型化写作，《在细雨中呐喊》《活着》《许三观卖血记》，无一例外都建构在深厚的中国背景之下，讲述的是中国人、中国文化、中国社会、中国制度，拥有明确不误的意义指向。但是，先锋写作后期，生活经验的丰富性被抛弃，"技术探索"被绝对化、极端化，"向内转"乘势而上。恰逢"70 后""80 后"初登文学舞台，经验体验先天不足，笔墨自然乐于更多地逡巡在"我"的周边，又恰逢资本强势介入，揣摩资本趣味又成为写作追求。当这种写作成为风尚，文学面对现实发言的能力和发言的兴趣越来越小。文学写作的这种变化，引起了理论评论界的关注。

这个时期的文学研究，有三个关键词值得重视，它们是"现代性""市场""个人化"。何言宏在《二十世纪九十年代以来的中国文学与现代性问题》一文里说:"受到国家力量与市场逻辑双重支配的文学出版和文学创作,以经济伦理损害了文学伦理,引起了文学标准的变异,从而损害了文学的自主性。"南京师范大学学生程炳武在硕士毕业论文里也提出了"个人化小说"概念(《20世纪九十年代"个人化"小说研究》),与此同时,有人提出"市场时代的文学"概念(《市场时代的文学:二十世纪九十年代中国文学对话录》)。既往的历史实践充分证明现实主义具有顽强的生命力,现实主义的缺席必然导致文艺与生活、与人民的关系疏远,从而使文艺描写现实、记录历史的重要功能削弱。网络写作的现实遭遇就是例证。互联网技术的进步,降低了写作和发表的门槛,资本的介入以及产业链条的构建,使网络写作迅速克服媒介和艺术形式的限制,渗透、融合到影视产业,形成覆盖式传播影响,网络文学以一种新型业态形式生成并野蛮式生长。由资本强势主导的网络写作,一是流水线的写作模式客观上不允许现实经验的慢慢提炼和转换,二是创作主体年龄偏小,实际生活经验积累少,写作过多地依赖想象和虚构,文本的类型化程度高。网络文学写作是对类型文学和通俗文学书写的丰富,其中个别文本甚至达到类型写作的高峰。但是,大量的网络写作架空现实和历史,缺乏有效经验,无法正面记录世道人心,无法形成真正深入人心的传播影响,网络文学的可持续发展受到掣肘。有关方面为此出台了引导政策,比如评奖导向,最近情况有所改观,比如,中国作家网发布的网络文学排行榜上现实题材和历史题材作品比重加大。以现实关怀和现实题材为特征的现实主义写作在网络写作中占比之前,早已重返主流视野,在叙事艺术和题材开掘上均有探索，比如非虚构写作、"底层叙事""在场写作"，等等，并产生了很明显的社会效果。现实主义的回归是对"向内转"强调的有力反驳，把写作与现实的关系重新接续上。关于现实主义写作的有效性，后面还会专门论述。

文学的发生和发展需要诸多条件，一些文学类型在不同历史时期已经达到高峰，比如唐诗宋词元曲，让后人望尘莫及，这也是今天我们为什么要有文化自信，要继承优秀传统文化。唐诗宋词的发展与古汉语使用生态密不可分，现代汉语和白话文养成全新的表达和思维方式，小说自 20 世纪以来获得快速发展也是此故。文学史是一个个山峰连接而成，并非是社会进化论所持的螺旋上升线路。基于这一逻辑，有人会问当下中国文学能否创造新的高峰？这句话又回到了起初的问题：时代巨变，生活丰富激荡，文学的自主性获得了极大的解放，文学创作是否匹配这个发达时代？也许，与丰满诱人的现实相比，文学书写正面强攻的总量和力度仍嫌不足。

文学怎么认识这个时代

文学书写能否匹配这个时代，取决于两种能力，缺一不可：对于历史和现实经验的认知能力和对于现实经验的文学转换能力。追本溯源，纯粹层面的文学鉴赏过程，虽然首先表现为感官层面的审美愉悦，其次才是意义层面的认知共鸣，但"文"终究为"言"服务，是"言"的前缀。对于历史和现实经验的认知能力，即"言"，是"写什么"和"为什么写"，具体到当下，是如何认识这个时代、怎么写这个时代。

这几组关键词或应关注，比如：新与旧，大与小，复杂和独特。

　　新，相对于旧而言，放到"时代"这个名词的前面，注重判断这个时代的内在发展动力和社会结构的变化，而不仅是时间坐标点的更新。从中国社会发展历史进程看，近二十年来，国情巨变，世界局势也在变化，能不能通过社会转型看到中国社会的制度、秩序、世道人心的历史变迁，能不能透过复杂、生动、细微的表象看清政治、经济、社会、文化各领域的变化逻辑和变化动力，成为衡量当代文学书写有效性的标准。还要考虑到，中国今天的新不是平地上的重新架构，而是旧邦新命，还必须熟悉历史延续和历史遗存。这个新时代，同时也是复杂的大时代。郭敬明的小说《小时代》无比真切地表达了思想解放、物质财富迅速积累之后，个人主义和消费主义的虎视眈眈和一往无前的力量。在社会物质文明日益发达的今天，文艺作品对于物质和人的关系的探索是必要的和有价值的，但探索如果仅仅停留在物质创造和物质拥有的层面，把物质本身作为人生追逐的目标，奉消费主义为圭臬，是小了时代，窄了格局，矮了思想。史学家钱穆说中国知识分子远从春秋时起，便以"在世界性社会性历史性里，探求一种人文精神，为其向往目标的中心"，知识的功能虽表现在知识分子身上，而知识的对象与其终极目标，则早已大众化。作家和艺术家作为中国知识分子的重要类别，是中国社会人文精神的建设者，也是人文精神的传播者。作家、艺术家身处丰富、深刻、复杂、变革的大时代，人类的命运，国家的命运，民族的命运，个体的命运，哪一样不是现实社会和现实人生？政治、经济、文化，哪一样不值得去为历史立题？文艺作品一旦完成，进入到公共空间，判断其价值有三个基本维度：知识价值、审美价值和道德价值。审美价值表现为创作主体对于经验的重构艺术，知识价值和道德价值是文学作为一门独立艺术形式存在的前提和理由。笔由心起，除了审美价值，文学贡献的是知识价值和道德价值，是信息、智慧和力量。文学也是舆论，文学的影响是病毒式的扩散影响，兴致由衷，以审美的方式把个人的生命体验与时代历史结合，把个人经验化为大众经验，从而形成文学的公共价值。文艺创作实践是个体性行为，文艺创作的功能却具有公共性，文艺创作无视大的人群，无视创作底色的世界性、历史性和社会性，是对作家、艺术家自身职责的放弃，也是对时代、历史的伤害和不公道。

大时代需要史诗性书写，把"说法"从人类的总体性"活法"中找出来并写出来。巴尔扎克在小说《人间喜剧》里以与生活和时代同构的方式，把金钱和人的微妙关系形象地展现出来，列宁曾说读《人间喜剧》九十六部作品比读任何历史著作学到的经济细节的知识都多。许多人也是通过阅读鲁迅的《狂人日记》和《祝福》，对中国封建礼教的"吃人"本质有了根深蒂固的印象。陕西作家这方面比较突出，从柳青、路遥、陈忠实、贾平凹，包括近年来的陈彦，通过《创业史》《白鹿原》《平凡的世界》《装台》这些作品，从不同的层面建构这块土地的百年史志。朱老忠、黑娃、孙少平、顺子都是有限土地里或职业里的具体人物，但他们的根都深扎在特征突出、汁水丰沛的社会肌体里，成为不同历史阶段不同层面的生动代表。周梅森的反腐题材小说《人民的名义》成为2017年文学出版现象级作品，不是偶然，因为作家用如椽之笔把近年来中国社会的政治生态真切生动地记录在案，如评论家解玺璋所说，"《人民的名义》呼应时代与民心的主题，替中国的作家洗刷了耻辱"。

沉潜至九重之渊，方能探求骊龙之珠。文学写作抛弃现实经验，对现实和历史的影响也就无从谈起。报告文学一度式微就是反证。时代的变化在报告文学作品里没有得到充分有力的展现，在一种肤浅的文学观念的影响下，大量的报告文学写作满足于表象罗列，缺乏穿透力和思想力。报告文学作家会问，我们已经第一时间赶到了现场，第一时间写出了真实的现场，怎么会没有介入现实？介入现实，一定要写到深层，写到真相，写到笑点、泪点、痛点和难点。

文学如何为时代生活塑形

生活前置"时代"一词，强调经验的阶段性和当下性，给生活归置了明确而不是泛泛的坐标。当然，这是个伪命题，生活都在时代之中展开，没有时代坐标的生活异想天开、不足为凭。但写作，特别是书斋写作，很容易被诟病缺失贴切坐标，缺乏时代感。生活汁水丰盈充沛，中国社会的变革变化如此复杂，中国人的活法、做法和想法为什么不能通过细节、形象和行为，与文字构成密切联系？文学能不能为时代塑形？如何重建文学与生活的逻辑？

一是重建文字的责任并有效打捞生活素材。随物赋形，"艺术是最接近生活的事物，它是放大生命体验、把我们与同伴的接触延展到我们个人机遇以外的一种模式"。生活是文学的素材，真实的生活写出虚构的印象，这是败笔；虚构的生活写出真实的情趣，这是艺术。作家这个群体的内在素养，决定文学的最后呈现。解铃还须系铃人，沟通创作主体也即作家的共识是首要的。

当代中国作家的构成，包括职业作家和非职业作家两部分。非职业作家是潜在的巨大人群，但因为是潜在，定性分析较难，所以此处略去不说。职业作家是文学写作的主力军，问题是许多作家进入职业化写作状态后，特别是随着经济收入稳定好转，作家的生活半径越来越小，直接生活经验往往成为负数，对于生活的感知力、理解力减弱。对作家群体用力，这个用力，不是哄，不是捧，不是打，不是骂，而是努力培养作家为历史和时代塑形的雄心。中国文学与历史的关系密切，从先秦到唐宋史传之风尤盛，《左传》《史记》《战国策》都是杰出之作。明清四大小说除了《西游记》,《红楼梦》《水浒传》《三国演义》都有明确的现实关切和历史书写。这种书写传统通过五四新文化运动获得充分的光大。今天，重树作家的写作雄心，重建文学书写的有效性，首先要重建文字的责任感和文学为历史和英雄人物书写的理想情怀。美国人罗蒂在《筑就我们的国家：二十世纪的美国左翼思想》里写道："讲述民族的历史与英雄故事，这是艺术家与知识分子的任务。"写作不是盲目的能力，写作是有目的的能力。写作能力不仅是辞藻华丽、故事圆熟，更有价值的是所指和能指关联后产生的张力、意蕴和指向。与现实和历史严重脱钩的写作，文本通常缺乏质感。

树立雄心之际，客观上还要提高打捞生活的能力。书写能力下降的一个客观原因是人们感知和打捞生活的能力下降。作家要能穿透生活表象，直探其最纯粹、最洁净的本质，洞悉了，就能轻易找出最恰当的配对组合，只给读者看必须看的东西，把那些多余的全部扔掉，只留下有用的必要的叙事，因此，提高打捞生活的能力，要走好两步：第一是看透，第二是剪辑。面对大量的碎片化的鲜活经验，怎么剪辑，其实是对作家的艺术修养以及叙事能力的全面考验。剪辑掌控的是一种氛围和情调的调度，要能发掘故事的味道和延展空间，从而和读者对话。

二是重张和发展现实主义。作家的站位有赖于作家的自觉——自觉奔向高处和前方，但能不能奔到高处和前方，有赖于作家的写作能力。

文字如何处理生活经验？直面时代、正面强攻的现实主义写作是有效方式之一。近一个多世纪以来，在文艺创作和文艺研究领域，现实主义作为理论和方法被广泛征用，并产生了大量经典作品，对包括中国文艺在内的整个世界文艺产生了极其深远的影响。远的如19世纪欧洲现实主义和批判现实主义不说，以我国当代文学创作为例，研究一些共识度较高的经典作品，会发现一个共性：关注历史和现实，关注人类社会实践，通过对生活现场的观察，了解和把握新事物、新规律、新问题，并通过艺术形象的提炼和塑造，努力真实、详尽、准确地书写这些人类社会的实践和精神发展历程。这就给我们一个很重要的启示：文艺从发生到发展，无论如何虚构变形，如何创新创造，文艺作品记录和探索人类的精神和心灵的宗旨不变，文艺创作为时代历史塑形的评价维度没有改变，判断一部作品的标准，最终要看能否作为现实的书写文本进入历史长河。

但是有很长一段时间，现实主义被污名化，被等同于落后、保守、平庸，被等同于教条主义、歌德派、艺术品质低劣。当然，任何一种理论和方法都不是万能的，现实主义与任何理论和方法一样，有优势，也有短板，存在这样或那样的问题，这也是为什么我们要提倡文艺创作百花齐放、提倡创新理论和方法。但是，这不等于不加分析地否认或者指责现实主义存在的科学性、合理性。现实主义作为一种创作精神和创作态度，作为一种创作风格和创作方法，是经过大量的丰富的中外文艺实践检验，是符合文艺创作规律，并符合人类认识和表达的内在需求，是有生命力的理论和方法。现实主义被污名化，既是缺乏对现实主义的客观公正的认识，也是缺乏对文艺创作理论方法的深刻研究，这种表现已经对当前我国的文艺创作产生了极大伤害。

其实，现实主义写法早已超越了单纯的方法论层面，具有更加丰富的内涵和面向。现实主义被窄化，是指在当下的文艺实践中，一方面，围绕"现实主义"这个概念繁衍派生出各种各样的现实主义，如魔幻现实主义、超现实主义、底层现实主义，等等；另一方面，现实主义的丰富性和多面向被遮蔽，特别是现实主义的最可贵的精神层面被忽视、被抛弃，现实主义只留下了创作风格或创作技巧这些相对技术化的层面，有些时候甚至连现实主义创作风格或创作方法也被窄化为"写实"或"白描"。现实主义被窄化，对现实主义是伤害，对文艺实践也是伤害，它混淆了生活真实与艺术真实的关系，混淆了文艺创作与实践现场的关系，使文艺创作在许多具体的领域裹足不前。理论的困惑必然带来实践的困惑，比如在非虚构写作或者说纪实文学、报告文学写作中，真实性原则和文学性写作的关系怎么处理一直模糊不清，成为问题。又比如在小说创作中，怎么把握和处理现实生活中的美与丑、光明和黑暗的关系，也成为一个问题。

现实主义需要坚持，也需要发展。现实主义在实践过程中，有两个问题需要克服。一是要处理好局部真实与整体真实的关系；二是要处理好客观真实和主观想象的关系。对待现实，要坚持辩证法，有局部经验，还要有全局观，在呈现生活真实的同时，处理好局部和全局、光明和黑暗的关系，处理好文学性和真实性的关系，也即艺术想象和生活真实的关系。

原载《南方文坛》2018 年第 2 期

叙述与历史

历史有没有"本质化存在"？答案是"有"，否则便陷入了历史虚无主义和历史不可知论。在已经逝去的时空里，存在着一个很难企及但确实存在的客观历史。

谁在叙述历史

历史一旦走过"彼在"的客观时空，我们对历史的认知就只能通过各种转述和记忆进行信息比对，而历史的完整信息在一次又一次的转述和记忆中不断地"沙漏"，同时也不断地"捡漏"。因此，对于历史的认知，如果不是别有用心，后人的所有努力都是在尽可能地靠拢"彼在"，接近历史的真相。希腊语中"历史"一词的词根是"historia"，其原义就是"调查""寻找""研究"，它说明人类在早期对于历史真相及本原的认识就是清醒的。

文化理论家詹姆逊在《政治无意识》一书里写道："历史并不是一个文本，因为从本质上说它是非叙事的、非再现性的。然而，还必须附加一个条件，历史只有以文本的形式才能接近我们，换言之，我们只有通过预先的（再）文本化才能接近历史。"从逻辑上讲，不仅后世之人借由前世遗留的各种叙述文本进入已逝的历史，即便是当其世者，接触和把握的信息也是局部的和零碎的，也需要借由他人的叙述了解当时的信息。那么，谁在叙述历史？谁在建构历史的不同文本？

目前认为主要有两类叙述者。一类是具有历史自觉意识的撰史修志者，他们通过掌握的信息资源，撰写各种年鉴、年表、备忘录。我们通常所谓的正史便指此一类。另一类是以历史以及当下现实的事件、人物为原型素材进行创作的文艺家。叙述是一种主观行为，叙述风格因为叙述主体的不同而迥异，不同的叙述风格形成不同的历史文本。

叙述主体对于信息的取舍剪裁尺度，取决于他的历史观。暂且不说民间修史和官方修史在视角、立场和趣味上的差异，即便同为以客观史实为依据的官修正史，在信息取舍时同样存在很大的腾挪空间。司马迁和司马光出身不同、抱负不同、遭遇不同，修出来的史书，即便就同一个史实所作的判断也有差别。同样是记述汉高祖刘邦在废不废太子刘盈一事上的态度变化，根据《史记·留侯世家》，"商山四皓"出场，促使刘邦知难而退，历史因此获得转机。突出特殊人物的特殊人格和特殊力量，《史记》的这种传奇性叙述，被司马光否定了。官居宰相的司马光政治历练丰富，对于政治事件的判断更倾向于时势的计较和权衡，因此，《资治通鉴》提出了三股力量：诸位权臣的反对，太子生母吕氏家族势力强大，民意不看好刘邦打算改立的戚夫人之子。司马迁和司马光基本上代表了两种历史文本的叙述风格。前者偏重表达叙述主体对于历史发展逻辑的认知，或者说，着重于历史的软文本的叙述；后者偏重史实分析和阐述，着重于历史的硬文本的叙述。两种风格从审美的角度或有优劣之别，从认知的角度各有所长。真正聪明的历史研究者往往将两者互鉴互文，从重合和落差处发现事实的真相和人心取向的雪泥鸿爪。

文艺大还是历史大

文艺既然是历史文本的一种重要形式，那么，文艺大还是历史大？许多人会说这是一个伪命题。历史和文艺怎么有可比性？但是它对个体的人有意义。许多普通人的历史印象都是借由语言的叙述逐步形成，并沉淀为顽固的认知。比如欧洲人学习希腊和欧洲的"创世历史"，基本上会读希罗多德的《历史》。《历史》作为一部叙述希波战争的历史著作，却也被公认为是一部描写欧洲早期风情、传说和人物的散文作品。

因此，文艺既是人类精神和心灵的记录，也是历史缝隙和历史细节的一种记录，文艺和历史的关系，在一开始就是这么紧密。即便经历有效的史学训练之后，我们开始怀疑文艺叙述的历史可信度，文学却一定不会放弃对于历史的叙述，这是由文艺存在的独特性决定的。文艺是用生动的存在悄然改变人们的观念，从信息传播的有效性角度看，文艺的影响应该更大。因此，文艺对于历史的叙述应该保持审慎态度。

今天看来，历史想象的基本路径是，包括各种文本叙事的语言符号系统往往先行一步，搭建出历史记忆的轮廓和血肉，考古学再逐一进行物证研究，以校准、比照、补充、确认，最后形成一种获得多数人认同的历史的阶段性结构。这种阶段性结构的精髓，会通过各种途径传播，沉淀为人类族群的集体记忆。在传播的过程中，这些记忆会不断地被质疑其确切性，随着考古学的发展和历史认知的修订，这种历史记忆也会不断地进行调适。因此，历史的建构其实是线性的、开放的，这也正是历史不断被编码、不断被解码的有趣之处。像树一样不断生长的记忆，让人类在历史的长河中自主地寻找自身存在的时空坐标。

既然历史记忆本身在不断调适，为什么今人对历史的戏说会招致历史学研究者的反感？因为对于历史的认知是有逻辑常识的，常识是一座大厦，它是伦理的基础，戏说的非诚意一定会对历史常识进而也就对历史伦理产生破坏，并且后患不断。因此，即便是美国这样一个历史并不复杂的国家，针对文艺作品创作中国家历史题材的表现，也有严格的底线。这样做的出发点不难理解：历史的叙述虽然是开放的，每一环的质地和花纹可以千变万化，但是环环相扣的链条式结构是同向的，链接的基本逻辑是存在的，每个历史阶段也即每一环都顺着一个方向有序链接时，突然有一环扣反了或松散了，那么这根链条就无法持续编串下去。这可能就是历史叙述中大逻辑和小逻辑的平衡关系。

历史以怎样的姿态进入今天和今后？历史的走向由大逻辑决定，但人们对于历史的认知往往取决于细节。一组数字、一个姓名、一段往事、一种命运，都是历史存在的形式。

历史真相从何而来

文艺用叙述打开了历史之门，让可能性和合理性在这里相遇、碰撞甚至打架，呈现对于历史的想象力。这就好比我们对于70多年前发生在欧亚大陆上的"二战"的历史想象，一方面是通过亲历者的讲述，一方面是通过阅读和观看二战题材的文艺作品，比如《安妮日记》《第二次世界大战回忆录》等。在此，要特别提到二战题材影视艺术，作为大众文化中最有影响力的一种文艺形式，影视艺术对于受众的历史观的影响是潜移默化的，今天它们已部分地取代了文学影响世道人心的功能。

二战题材也是近半个多世纪以来世界文艺创作的重要面向之一。从现有的文本来看，二战叙述基本上沿着三条线展开：一条是战争给人类带来的苦难。苦难是多重的，有物质的贫乏，也有更重要的精神的摧残、生命的消逝；一条是侵略者的暴行，各种人群在欲望支配下的反人性的行为及罪恶；一条是人类战胜战争苦难的勇气和智慧。在这三条叙述走向的基础上，有学者还总结出在不同的文化传统下，文本创作产生了苏联模式、英美模式、德日模式、中国模式，等等。分析一下为什么会产生这么多种模式，就会明白一个民族、一个国家的战争观、文化观、历史观、哲学观对于文艺创作的影响。

对于一个认真的创作者，他的创作一定是摆放在具体的历史镜框里的。他会在大逻辑下想象历史纷繁复杂的血肉，填充历史的缝隙。谁给予他大逻辑？族群的集体无意识和我们通常所说的文化传统。当然，一个自觉的创作者，他会独立思考，甚至是质疑和挑战，但他要取证，如果找到了非语言文字符号系统如图像的有说服力的佐证，他就改变了这个环节的结构，实现了历史认知的精进，使之成为历史大逻辑的重要一环。

前不久，在微信上看到纪录片《二次世界大战的真相》，朋友圈里不少人对其中呈现的抗日战争"其惨烈、其英勇、其震撼，超乎一般想象"感到意外。这个"意外"充分反映了我们今天对真实历史的认知是多么有限。产生认知距离的原因有很多，但我想其中一个原因应该引起反思：在中国这块土地上生活的人们对这场战争的细节叙述，无论"量"还是"质"，都远远不能与十四年的艰难时空相匹配。我们既缺乏战时的第一手叙述，也缺乏战后的令人信服的追忆和反思。所以，今天我们对于抗战历史细节感到模糊甚至无知，也就不难理解了。

我们来看看中国本土上的战时文艺是怎样记录这段战争的。首先进入视野的，当然是萧红的《生死场》和萧军的《八月的乡村》这两部抗战文学力作，其中《生死场》更胜一筹，它是萧红的"黄金时代"，写出了沦陷后中国东北农民的气质——"生的坚强，死的挣扎"。萧红被认为是天才作家的一个重要理由是，她个人的阅历与《生死场》的人物并没有多少交集，主观上也并没有强烈的自觉，但却写出了一部经得起阅读、体味和思考的作品，成为20世纪前半叶中国东北的一部历史文本。如此说来，客观存在的历史不会停留在消逝的时空中，它不停地寻找自己的"附体"——这当然是一个比喻说法——被"附体"的人自觉但有时是依仗敏锐的直觉不自觉地成为了历史的叙述者。历史吞进去多少东西，它迟早会通过被"附体"者吐出多少东西，历史是有真相的。

但是，萧红之后呢？无论是战时文艺还是战后文艺，我们又能毫不迟疑地说出几部得到较大层面认可的作品呢？这恐怕需要深长思之。

原载《人民日报》2015年9月29日

文学与人文

——在兰州文理学院的演讲

今天我讲的话题，其实也是这些年一直在思考的问题——"文学与人文"。

首先，特别高兴来到文理学院。兰州文理学院创办时间虽然不长，但是办学理念我特别欣赏。我们提倡"学以致用、服务社会"，提出了人才培养的四个要素，摆在第一位的就是人文情怀，接着是科技素养，第三位是国际视野，第四位是社会责任感。这四个要素里，人文情怀放在第一位，具有科技素养和国际视野未必就是对社会有用的人才，要成为高级人才，最关键的要素还是人文情怀和社会责任感。

从一个有能力的人到一个对社会和历史有积极影响的人，之间还有很多要素，比如社会责任感，他不仅要为个体负责任、为家庭负责任，而且要为小团体负责任，更重要的是为社会和历史负责任。我们很多时候对责任的理解比较狭隘，比如我可以为党派负责任，为单位负责任，但忘了为身边的公众的权益负责任。社会责任感是人文情怀的体现。人文情怀也好，人文关怀也好，人文追求也好，大家对人文都有自己的理解和研究。关于人文这个概念，中西方学者讨论也特别多，比如早在《易经》里，就有"察乎日月，以观时变。察乎人文，以化成天下"的说法。西方关于人文的提法，最早应该出现在十三、十四世纪，欧洲文艺复兴前夕。"人文"出现的重要背景是人权对于神权的反抗，要求解放人性，以人为本，要求尊重人权，实现人的价值和创造性。这样就出现了人文这个词，人文主义则是理论化和实践性的共同结果，最终通过文艺复兴实现了它的传播和价值。

就我自己的理解，人文有几个要素：第一，对个体主要是主体自身价值的重视，主张个体的创造与自由；第二，对他者权利的尊重、理解和同情；第三，对普遍人性的理解、人权的尊重。每个普通人的价值都得到认可，这就是为什么文艺复兴时期大量文学作品会写世俗生活，会写具体人的生活，把从前对神的关注转为对人的关注。所以，从这个角度我特别欣赏兰州文理学院关于人才培养的四个要素的主张。我们的大多数学生，未来从事的职业很可能是当老师或从事文化艺术方面的工作。这些工作直接跟人打交道，我们身上的人文情怀和社会责任感，会通过实际工作广泛传播。

回到演讲的题目。我想讲两个问题，一个是文学和人文的关系，其次是我们今天为什么要重提这个话题。

先谈第二个问题。文学与人文是一个老话题，这个老话题这些年被淡化和漠视当然有各种各样的原因。不谈人文或淡化人文的后果我们也都看到了。比如我们经常会讨论科技发展与人权的关系，转基因食品风波，滴滴顺风车杀人案件，等等。我们知道，滴滴平台是依靠新媒体技术发展起来的，是科技进步、通信发达的结果，但滴滴是人在管理，人的管理必然存在对人的权益包括安全权益的重视问题。今天，我们怎么应用科学技术为人类服务？怎么处理资本跟人的权益保障的关系？我们怎么看待资方"我"与消费者"他者"的权利责任？在生产和生活过程中"人文意识"怎么体现？如果我们不能很好地理解我和他者的关系，就不能很好地处理责任和权利的关系，也会带来很多问题。公共汽车让不让座，是每个人都会碰到的事。公共汽车上年轻人和老人为一个座位发生纠纷，大家可以简单地批评他们的素质有问题，但是我们冷静地想一想，对于年轻人，会不会在他们成长的过程中，有些观念和理念比如人文关怀压根儿就没有学习和吸收过，没有人跟他们讲老和幼的合理关系；而对于老人，我们也要一分为二地分析他们的态度，他们怎么样去认识自己的权益，怎么样去尊重他人的权利和自由，都需要引导。从本质上讲，就是每个人从"我"出发，怎么理解和他人的关系，既是思想方法，又是价值判断和价值构建。

中华民族号称礼仪之邦，那么为什么还会出现公共汽车老少互怼事件？简单地说，这是文明传统传承不到位，深入一点说，这是文化转型和文化交响之际文明自觉不够。什么是教化？教化就是要把国家和民族以及人类各个历史时期优秀的文明成果传承传播下去，"以化成天下"。这一点，我们现在做得还很不够，才会出现各种各样的匪夷所思的事情。囿于这种背景，呼唤人文情怀，重提人文精神，重新认识文学和人文的关系，是有必要的。

在这个传承传播过程中，文学作为媒介，起着重要作用。从学科分类的角度，文学和艺术当然都属于人文学科，但文学艺术跟人文之间的关系又不是简单的包含与被包含关系。从社会学的角度，文明实践成果一定会体现在文艺层面。举个例子，比如今天上午参观甘肃省博物馆时，我就非常惊讶。甘肃省博物馆的展陈非常出色，甘肃省博物馆是全国十大博物馆之一，藏品珍贵，地位很高，不止于此，展陈确实比很多博物馆做得讲究，有创意，新媒体技术运用到位，这令我惊讶。这些珍贵的甚至独一无二的藏品，生动地记录了当时的地理环境和社会历史发展信息，这就是文学艺术与人文的印证关系。

什么是优秀文学作品？优秀文学作品一定承载记录丰富的人文信息，比如我们耳熟能详的《红楼梦》。《红楼梦》为什么这么多年能形成那么庞大丰富的"红学"？因为它不是一个简单的文本，它是一个超文本，有特别丰富的层面。我的儿子今年上高一，暑期我让他细读《红楼梦》。他跟我讲看不下去，节奏太慢了。我告诉他可以分专题阅读，可以先把书里谈园林建筑的章节挑出来读，读完后还可以根据描述把这些园林建筑画出来。我们都知道《红楼梦》关于园林建筑的描写特别详尽，大观园、荣宁二府，在建筑结构和美学取向上都有差别。大观园里面，林黛玉住的潇湘馆、宝玉住的怡红院、宝钗住的蘅芜院，各有取向，影射居住者的性格，甚至命运。关于《红楼梦》的建筑，学者也产生了很多争议，比如对于作者曹雪芹的文化背景的争议。有人认为曹雪芹是南方人，因为小说里大量的建筑书写都来源于江南园林，包括一些饮食习惯也都是南方式。但是也有人指出，一些建筑风格有典型的北方元素，曹雪芹应该在北方生活，是北方人。这些争议某种程度上成为"红学"研究的一大乐趣。搁置这些争议不谈，我们至少可以断言，一部伟大的作品是一个球体，具有丰富多义的阐释面向。作为作家，他在作品中呈现的是自己的人文素养。

再比如，甘肃出土文物跟南方出土文物在色彩上有明显区别。这个差别一则说明保存条件不一样，甘肃这边相对干燥，色彩不易剥落；还有一个重要原因，说明我们当地的矿物质原料丰富，比如绿松石在甘肃出土文物以及各种壁画塑像上使用频率很高，说明当时绿松石产量比较高，获取不难。结合绿松石的存在条件，我们就可以研究不同时期甘肃的气候环境。今天，如果我们静下心读完《红楼梦》，我们对清末历史人文就会有较为充分的了解。《红楼梦》里关于色彩、服饰的描写，都可以分专节研究。《红楼梦》里面的主要人物是一些富家子弟，都受过很好的文学教育，有良好的文学修养。对他们来讲，吟诗作词是一种生活方式。比如中秋聚会，他们要赏菊，要写与菊花有关的诗。后来有人还专门把《红楼梦》里的诗词集结成册，进行专题研究。

文学作品毕竟不是史书，肯定不是对某个历史时期一比一的描写，但是《红楼梦》为什么能给我们这么多的知识点、信息量？因为作家把直接或者间接掌握的素材进行整合并重构成文学文本，因为作家曹雪芹本人的人文素养很好。文学书写和历史书写的差别就在于，文学书写补充的是历史的血肉和细节，通过史书和文学的互鉴，我们看到了历史的风貌和图景。

在座的中文系学生肯定阅读了很多文学作品，其中有你们特别喜欢的书籍，也可能有不满意的作品。面对不满意，作家可能要对写作的初心重新辨识。为什么会有文学书写？当然不只是为了稿费。真正深入人心的写作，绝不是我们坐在电脑桌前的编造，比如现在日更一万字的大量网络文学。我一直认为，网络文学只是一种机械化生产方式，日更一万字、五千字，其实违背了文学创作规律。我们不可能在日更五千字时做到仔细推敲，所以才会出现类型化、雷同化的写作。真正有价值的作品一定是经过作家对这个社会仔细的观察和认真的思考，他会表达这种经验。

文化有狭义和广义之别。狭义的文化，是文化事业、文化工作；广义的文化，包括人类的生产生活方式、产生的各种成果。我们有时候会纠结于一些概念，比如文明、文化，这些概念大意相同，都包含一个最基本的要素，就是人的文化创造。每个时期都有文化积累，所以我们不可能在不阅读、不积累、不去深入社会的情况下，坐在电脑前，就有好的作品产生。当然也有天才的例子，比如 19 岁就能写出传世作品，但这并不意味着 19 岁的写作者没有积累，他或她或许先天有传奇出生和经历，或许后天做了大量的积累。所以研究作家作品，要研究他们的成长经历，这些都是人文背景，他们的文学创作必然与其人文背景有关联。写作需要天赋，比如你的语言能力和审美能力。写作也是可以训练的，现在很多高校都开设了写作课程，我们在进行写作训练时，大多是传授写作本身的知识，比如告诉学生散文、非虚构文学作品、小说的写作技巧是什么。技术不难，属于术的层面。难的是道，道体现的是人文积累。这也是写作课或文科教育需要警惕的地方。在大学里，提倡全科教育，比如社会学、哲学、艺术学、历史学等，作为人文学科的学生都应该广泛涉猎。即便没有教学条件，自己也要主动自学。一个从事文学写作的人，绝不是一个只会写锦绣辞藻的人。李辉的文章为什么有历史资料价值？因为他对历史的研究，特别是对历史中的人的研究非常透彻。胡适说，文学是他的爱好，历史才是他的本业。这句话说明一个作家在写作过程中，其实是有宏大背景的，只有通过学科综合训练，获得综合修养，写作才能爬上高门槛。

我有时候会有一些机会参与评奖，许多作品读完后感觉不到有收获。文本本身技巧或许很娴熟，故事结构也很精彩，甚至有传奇性，但是读或不读，没有本质性的获得。这就是我们现在写作的问题。文本不能真正一刀切入生活，也就不能切入读者的内心。任何与语言有关的学科都是这样，由能指到所指，阅读其实有很多期待。我在阅读中能获得满足的时候，往往是因为文本能够提供意想不到的经验，让我在某个方面或某些方面开了眼界。这些方面，可以是关于人的生存和生活，也可以是关于人性、知识或经验，需要有呈现。而真正好的作品，一定是作家聚拢了一大盆原料最后提炼出来的那一小瓶精华，而不是本来只有一瓶原料，却勾兑成一大盆汤汤水水。经验的浓度越高，作品才越有信息量。写作的过程，是将知识和经验酿成生动的细节和形象。

文学评论也是这样。为什么有的评论文章大家不爱看？我认为评论者一定要站在比作家更高的地方。一方面要面向普通读者，一方面还要面向作家。你阅读作家的作品，写评论文章，要通过评论文章跟人家对话。很多作家觉得评论家没有什么作用，是因为他们认为评论家不比他们高级，评论文章对他们没有意义。作家和评论家关系很好，通常都是评论家能够提出有效意见，对作家帮助很大。要对作家有帮助，评论家的站位很重要。评论家首先不必仰视作家，仰视作品。一旦出现仰视，就不能放松并客观地认知作品。那作家为什么要听你的？相反，评论家要俯视作品。评论家如何才能具有认知优势地站在一个高度俯视作品？不仅要拥有理论背景，更要掌握人文背景，具有审美穿透力。其中，评论家的人文背景和理解力，决定了他们对作家和文本的认知能够到达什么程度。

谈到文艺评论，我最爱看两位先生的评论文章。他们不仅拥有庞大的知识背景，还尝试各种形式的艺术实践。一位是美学大师王朝闻先生，他是美学家，但他的戏剧评论特别好看。他的戏剧评论文章都很短，大概一两千字，不像我们现在一些评论动辄就要几万字。其次，王朝闻先生写戏剧评论首先出自兴趣。王朝闻先生懂戏剧，所以他写的剧评，不掉书袋，能够把戏剧的结构和好处用他简练的甚至感性的语言表达出来，不仅读者读后深受启发，创作者也能够从中获得启示。还比如美学家李泽厚的文章。李泽厚写美学理论文章，会举大量的文学例证，阐释得透彻。我们看完他的文章就会记住这些理论。要知道，不管是艺术评论，还是文学评论，都是一种创作。评论家把作品彻底消化以后，再说出自己的看法，这里面也有个如何讲述的问题。所以一个好的评论家，肯定接受了很好的人文教育，拥有好的人文背景，才能够理解他人并能判断各种关系的合理性和特异性，并能通过提供自己的见解，让大家从中受益。

我们现在的高等教育学科设置越来越细化，传播和接受的理论也越来越多元化，这都是积极合理的，也便于提高管理效率。但是从学习的角度，在细化的前提下，我们还要主张不要丢了大学科制的优势。北大就有人文学术委员会机构，把文学、历史、哲学等人文学科资源整合起来，通过学术委员会组织各种活动，提倡跨界学习和通识教育。打通、联合，并不是说要把每个人都培养成全才，但是每个人都要努力接受全面的人文教育，对人类发展文明成果有很好的学习和积累。只有这样，才有可能获得"一大盆"，并提炼出"一小瓶"，从而创作出有质量的作品。用文学方式、文字形式，形象地讲述人类的故事和精神活动。这个故事和精神活动离不开人文背景。这也就是我们今天说的第一个问题：文学与人文是什么关系。

可见，文学和人文的关系，不单是学科设置问题，人文直指我们的知识、思想、价值体系的构建。这其中，我们从事精神产品生产的这一代作家怎么去理解文学和社会历史的关系问题？什么样的作品能够让我们觉得它是有价值的？我们的作家在这个时代要怎么去努力？有很多值得关注的问题。人文教育又是一个综合性工程。文理学院的思路就很好。文理学院，只从字面意思来讲，只有文，好像不够，只有理，也不足以使我们成为人才，文理学院事实上就是培养复合型人才。哪怕是培养一个数学家、一个数学老师，他也要具备对于人的基本知识，才能够与学生有效沟通，让学生能健康成长。

好，我今天就讲到这里，如果说得不对，请大家原谅，也希望大家指出我的错误，这样，我们可以共同进步！

原载《长江文艺评论》2018 年第 5 期

典型形象创作探讨

——以鲁迅小说理论和小说实践为例

典型形象创作出自文学，广泛延至诸多艺术领域，究其概念，从亚里士多德到恩格斯，都可以找到相关论述，此不赘言。在中国，自 20 世纪初叶以来，从第一篇白话文小说《狂人日记》对于被迫害者"狂人"形象的塑造至今，中国现当代文学关于典型形象创作，借由丰富实践积累了丰沛的经验，在理论研究上也有一定收获。鲁迅于 1918 年 4 月写了短篇小说《狂人日记》，同年 5 月 15 日在《新青年》杂志上发表。"典型"这一概念也于 1921 年经由鲁迅的翻译介绍引入中国。2021 年是典型理论引入中国 100 周年，在这个有纪念意义的节点，重读鲁迅小说及其关于小说的论述，启发很多。

20 世纪美学思潮和社会思潮的变化

以白话文写作为重要方式的现代文学，从兴起到发展，五四新文化运动都是发电机。现代文学既是五四新文化运动的重要构成，也是五四新文化运动的直接成果。其中，相较于各种书籍，报纸杂志在此过程中发挥了更加快捷灵活的作用。各种数据显示，20 世纪上半叶，中国现代文学发展与报纸杂志的广泛兴起和发展有密切关系。报纸杂志是现代文明的产物，它的出现和快速发展，从信息传播层面改变了社会大众的认知水平，通过改变人的精神结构，实质性地推动了中国社会现代化进程，特别是文化的现代性转型。

报纸杂志与中国现代文学创作如影随形，一部报刊史也是一部中国现当代文学史，这是媒介革命对于文学创作与传播的影响。关于"报纸副刊与中国现代文学"之类课题，早在20世纪90年代末，中国社会科学院就有学者进行过探讨研究。这是一个普遍现象，当年不仅鲁迅的重要文章大多刊发在《新青年》《语丝》《新潮》《晨报副刊》《小说月报》《妇女杂志》等报纸杂志上面，其他同时期作家如郭沫若、巴金、老舍、曹禺、丁玲等，他们的重要作品和影响力也大抵是通过报纸杂志获得广泛传播的。经由报纸杂志而在公共生活空间开始传播的文学作品，其大众化程度和公共性特征，从一开始就受到关注、共鸣和提倡。新文化运动先驱者抓住大众传播这一特征，以《新青年》杂志为主阵地，以时评＋文学作品为主要形式，在整个社会开展了一场思想文化启蒙运动，进而发展为对中国道路和中国出路问题的探寻。

思想启蒙，文化革故鼎新，是中国现代文学的重要特征。"中国现代的革新家们都认识到，中国要进入现代社会，首要的是要进行文学、文化和思想观念的改变。"中文里的"现代性"一词最早也是在《新青年》上出现，由周作人据"modernity"一词翻译而来。所谓现代性，欧美不少学者倾向于认为是指那些主要文化特征与传统文化特征相对立的文化状态。在中国文化现代性转型过程中，马克思主义美学发挥了关键作用。"在过去一百年中，有三个关键概念在美学论争中起着重要作用，这就是'他律''介入'和'为民'。三个概念都与马克思主义美学有着密切的关系。马克思主义最初作为一种社会批判理论进入中国，它在美学中也起着对既有美学观念进行批判的作用。""马克思、恩格斯的历史唯物主义哲学和科学社会主义理论，都主张将艺术放在社会的结构中思考，重视自律以外的他律力量对艺术的影响。他们提出的经济基础与上层建筑及意识形态之间的作用与反作用关系，就是一个反自律的理论模式。他们在一些文章、手稿和通信中提出的'现实主义''典型化''倾向性''美学标准和历史标准'等观点，都具有强烈的他律色彩。这些思想与社会主义运动结合起来，形成了一股强大的力量。这种美学倾向最初主要在从事社会主义活动的人群中产生影响，到了20世纪，逐渐进入美学界的思想主流。"高建平在这篇发表于《文艺研究》2021年第7期的文章里，从艺术发展的角度论述了艺术的自律和他律的差异，以及由此产生的与社会发展思潮的关联，指出"现实主义""典型化"的美学逻辑和路径。

《新青年》创刊以来，以陈独秀、胡适为代表的新文化运动倡导者拿起笔和纸，举起白话文运动大旗，鲁迅紧随其后，成为最有支持力的文学实践者。正是新文化运动引导新风，介入社会改造，有效地推动了白话文运动在中国社会获得实质性的推进。"以进化论观点和个性解放思想为主要武器，猛烈抨击以孔子为代表的'往圣先贤'，大力提倡新道德、反对旧道德，提倡新文学、反对旧文学，包括提倡白话文、反对文言文。""通过批判孔学，他们动摇了封建正统思想的统治地位，打开了遏制新思想涌流的闸门，从而在中国社会上掀起一股思想解放的潮流。"白话文运动获得成功，有历史发展的必然逻辑，当然也有赖于以鲁迅为代表的一代作家社会实践和文学创作的有效性。他们通过作品，充分展示白话文的优势，极大地提高了白话文的声望和地位。白话文晓畅、明白、清晰、准确的特点深深地刺激了读者，用白话文写作可以摆脱很多程式束缚，可以说自己的话，说有内容的话，更加贴近时代气质。语言的解放也是内容的解放、思想的解放。自此，白话文写作和白话文阅读，慢慢渗入生活，成为人们的生活习惯。其中，鲁迅居功至伟。

鲁迅的小说美学路径

人们越来越多地发现，现代小说以塑造典型环境和典型人物为重要方法，描绘富有信息特征的时间和空间，对于历史和现实的把握和表现，往往比其他文体更加生动、形象、灵活。特别是在波澜壮阔的历史转型时期，小说对于事和人的书写，成为人类实践活动的具体丰富的记录，是对大的历史框架之外的细节历史和血肉历史的叙述。在照相艺术还不普及、摄像机还没有发明之前的很长一段时间里，人们对于历史的认识，主要依据是文字。比如我们今天对于20世纪初中国社会信息的获得，大多来自各种文字记录，特别是文学作品。在文学作品里，现代小说起到重要作用。小说发展成文学的一个大的样式，肇始于20世纪20年代。

从文学史的角度看，现代文学成就表现在方方面面，包括诗歌、散文、戏剧和小说等各个层面，其中，与其他艺术类型相比，小说后来居上，在记录历史样貌、表现生活本质方面发挥了重要作用，这与小说自身的艺术特性有关。小说以艺术想象和虚构为方法，以刻画人物形象为中心，通过完整的故事情节和具体环境的描写，广泛地反映社会生活。如前所说，小说从"自律"到"他律"，主动置身于社会环境中塑造典型人物的这个功能，并非"本原性"的，至少不是"原生性"，特别是在中文的语境里。

作为中国现代小说"鼻祖"的鲁迅，对于中国古典小说史的研究，也是早有自觉，最有发言权。早在1920年到1924年，鲁迅在北京大学开设了中国小说史课程，课程讲义后经修订增补，先后于1923年、1924年由北京大学新潮社以《中国小说史略》为题分上下册出版，1925年被合印为一册出版。鲁迅通过《中国小说史略》一书和《中国小说的历史的变迁》一文，基本讲清楚了中国古典小说的"其来有自"。今天，重读这些著述，我们会发现它们的超前性和权威性依然无法动摇，会发现鲁迅的文本细读功夫和理论思考能力难以企及，会发现建立在翔实周密的信息研究基础之上的判断，才是高明的、可信的，也是独到的、创新的。

"史略"是研究样式，也是鲁迅的谦辞。其实，在《中国小说史略》一书里，鲁迅从战国、两汉、唐宋一直写到元明清，借由对不同历史时期各种"类小说""小说"文本的细读，对"小说"一词以及小说作为一种艺术类型的艺术特征、演变发展趋势进行了极为周详的爬梳探研。"小说之名，昔者见于庄周之云'饰小说以干县令'（《庄子·外物》），然案其实际，乃谓琐屑之言，非道术所在，与后来所谓小说者固不同"，这是讨论小说作为文艺类型的源流。"小说家者流，盖出于稗官，街谈巷语，道听途说者所造也"(《汉书·艺文志》)，这是讨论小说家作为创作主体的构成。鲁迅认为："小说亦如诗，至唐代而一变，虽尚不离于搜奇记逸，然叙述宛转，文辞华艳，与六朝之粗陈梗概者较，演进之迹甚明，而尤显者乃在是时则始有意为小说。""及到唐时，则为有意识的作小说，这在小说史上可算是一大进步。而且文章很长，并能描写得曲折，和前之简古的文体，大不相同了，这在文体上也算是一大进步。"透过这两段关于唐传奇和话本的议论，约略可以了解鲁迅对于小说文体的理解以及评价标准。显然，鲁迅对于小说叙事极其看重，在鲁迅眼中，叙事既包括丰富曲折的内容——篇幅"很长"，也强调语言和技巧——"文辞华艳"。

回溯中国古典文学史，小说作为一种文体，完全不同于韵文的"规范""正式"和"庙堂范"，长期以来以"街谈巷语""娱乐消遣"为特征，小说家与引车卖浆者为伍。小说地位的提升，与小说自身的变化有关。明清以来，以《红楼梦》《金瓶梅》《西游记》《水浒传》《三国演义》以及官场谴责小说为代表，古典小说涉猎的范围、写作的水平达到了高峰，小说自此与整个社会的政治、经济、文化发生密切联系。

"至于说到《红楼梦》的价值，可是在中国底小说中实在是不可多得的。其要点在敢于如实描写，并无讳饰，和从前的小说叙好人完全是好，坏人完全是坏的，大不相同，所以其中所叙的人物，都是真的人物。总之自有《红楼梦》出来以后，传统的思想和写法都打破了。——它那文章的旖旎和缠绵，倒是还在其次的事"。这段话出自鲁迅1924年7月在西安暑期学校讲学时的讲稿。在这篇题为《中国小说的历史的变迁》的讲稿里，鲁迅明确谈到小说应该如何塑造人物形象的问题，通过正反对照，提出好的小说的内在规定性。中国古典小说类型多样，但无论是写神怪魔兽，还是描绘官场世情，或多或少、或深或浅都会涉及具体的人和事，也即开始了形象描写。通过形象寄寓讽颂，是古典小说的特征之一。在这段话里，鲁迅对古典小说的类型化叙事也进行了批判，即"叙好人完全是好，坏人完全是坏的"。缺乏真实感，缺乏发展和丰富性，这是早期小说类型化写作的特点。类型化写作，到了20世纪末，在网络文学写作和影视文学中重张，并结合互联网等传播介质的变化，得到极致化发展。

从鲁迅的小说美学构成可知，他在学习日本以及欧美小说作法的同时，也在继承和学习明清古典小说的一些经验。正如他自己所言，他是典型的"拿来主义"，无论古今中外都广泛涉猎，吸收其营养，也进行科学的扬弃。比如对于古典小说描写怪力乱神，鲁迅就特别不以为然，在他看来，小说是生活的镜子，要介入社会生活，记录人生和改良人生。"说到'为什么'做小说罢，我仍抱着十多年前的'启蒙主义'，以为必须是'为人生'，而且要改良这人生。"也正是从这个角度，鲁迅对明清小说表现出的社会性表达给予较高评价。这也是20世纪初马克思主义美学思想传播到中国后，对鲁迅等一代思想者和文学家产生的影响。也正是在这个层面上，鲁迅一直被看作是革命的文学家，是"为人生"派当仁不让的代表。

白话文运动中，小说这种文体，继承以《红楼梦》为代表的优秀古典小说的创作经验，吸收外国小说的技巧和方法，通过完整的故事情节和具体环境的描写，塑造典型环境中生长出来的成分多样、性格复杂的人物形象，成为重要特征和趋势。

杂取种种，常取类型

在鲁迅的创作生涯中，小说是其早期最为用力的一种文体。"论时事不留面子，砭痼弊常取类型"，虽然是鲁迅在《伪自由书》里关于写作的泛泛之谈，但也可以看作是鲁迅的写作经验。前半句讲写作的立场和态度，后一句讲方法和途径。

"论时事不留面子"，倡导不妥协态度，也是鲁迅终其一生所持的文化态度。他在《论"费厄泼赖"应该缓行》一文中提倡痛打落水狗，批判中庸文化："'犯而不校'是恕道，'以眼还眼以牙还牙'是直道。中国最多的却是枉道：不打落水狗，反被狗咬了。但是，这其实是老实人自己讨苦吃。"

"砭痼弊常取类型"的"类型"，与今天所说的网络文学类型叙事的"类型"不是一回事，其实是"典型"。关于典型塑造，鲁迅曾经说过类似"头在浙江，身在山东""杂取种种"这类话，对典型的普遍性与特殊性相结合的特征以及广阔充分的由来，进行了凝练而生动的描述。鲁迅笔下的典型已经具有两层内容：一是典型环境，二是典型环境生长孕育的典型人物。典型是"普遍性和特殊性的统一"，这是标尺。有特殊，才有多样，这意味着典型要比类型丰富多元。类型在美学上更倾向标准化、单一性，描写的环境往往相对固化，塑造的人物偏脸谱化。类型创作因为标准统一，可以大规模甚至流水线生产，今天主要运用于网络文学和影视领域，一些大型美术作品创作也有采用。提高类型化叙事能力成为电影艺术发展的一个重要手段，而美术作品的人物肖像创作对凝固瞬间的取材也偏重于

"类型"选择。不同的艺术介质对于典型和类型的接受度不一样。在文学领域，对于人物塑造的丰富性、多元性和微妙性要求较高，因此，对典型和类型会有高下判别。其实，即便是在影视领域，以影像呈现的影视，作为时间艺术，从高的标准看，典型叙事也高于类型叙事。

鲁迅从日记体小说《狂人日记》开始，就通过作为时间艺术和叙事艺术的小说创作，在塑造典型方面用功用力。1918 年5 月 15 日《新青年》第四卷第五号刊发的第一篇白话文小说《狂人日记》，塑造了被封建礼教压迫而发狂的"狂人"形象，通过这个形象，深刻有力地揭露出封建礼教的吃人本质。狂人具有典型的两个特质：独特性和普遍性。首先，这是中国文学史上前所未有的独一无二的人物形象，具有开创性。其次，也正是在中国封建社会的晚期，在西方外来文化的影响下，才会出现这样一个仿佛"苏醒"的"狂人"形象，时代特质和文化特性明确。在鲁迅的笔下，狂人是具体的生命，所有语言既符合病理学的"狂人"特征，又表现出 20 世纪初中国社会觉醒后被压迫的知识分子走投无路的精神状态。小说通过狂人的自白、反思等心理描写，勾勒出一幅清朝末年中国社会平民阶层的精神底图，象征、隐喻和精神分析的套用尤其精彩贴切，让人不禁拍案叫绝。这也是《狂人日记》被称为现代小说典范的重要原因。现代性不仅表现为白话文创作形式，更体现为思想的现代性，比如对人和环境的对抗、人吃人的异化问题的关切。《狂人日记》也是一部心理小说、病理小说。鲁迅的现代小说技法运用娴熟自然，这些现代技法在其八年后辑集出版的散文诗《野草》中得到更加充分的展现。

1918 年冬天，鲁迅开始写他的第二部短篇小说《孔乙己》，并于 1919 年 4 月在《新青年》第六卷第四号公开发表。单纯从短篇小说的文体建构来说，《孔乙己》比《狂人日记》的叙事性更强，对于人物的观察和世情的描摹也更深刻，对于人物性格命运的刻画入木三分。小说对社会现实的认识和幽微贴切的表达，充分彰显了作家的思想力，也彰显了作家的文字表现能力。这部短篇小说，全文加上标点符号共两千余字，用今天的分法，大概只能叫作"小小说"。但通篇不废一字，人物形象鲜明、独特、生动、深刻。用小说创作的眼光看，《孔乙己》究竟好在哪里？

从《狂人日记》到《孔乙己》，鲁迅都在通过探讨"国民性"，探讨"中国问题"。在鲁迅的眼里，中国问题首先是中国人的问题。无疑，《孔乙己》从文本的角度给予文学最大的贡献，是用小说的笔法写活了孔乙己这个下层"士"的形象。《孔乙己》里的孔乙己是封建底层读书人不幸遭遇的缩影。鲁迅以极简的笔墨对典型的生活细节进行描写，塑造了孔乙己这位被残酷抛弃于社会底层、生活困穷潦倒、最终被黑暗势力所吞没的读书人形象。孔乙己扭曲的人格和悲惨的命运，是封建科举制度对中国知识分子身心戕害的生动写照。《孔乙己》作为白话文小说的杰出代表，成为白话文运动研究以及中国思想文化史研究绕不过去的一个案例，充分展现了超越文本的思想价值。我们经常会说"人物画廊"一词，在中国现当代文学史上，从出现时间先后角度来排，"孔乙己"无疑要排在前面。从人物塑造的独特性、真实性和饱满度来看，"孔乙己"也位列在第一排。历经百年，远离当时的历史背景，这部文学作品光芒不减，值得好好研究。

正如李长之在《鲁迅作品之艺术的考察》中所言，鲁迅的小说创作"在内容上，写的东西却是一致的，就是写农民的愚和奴性"。短篇小说《阿Q正传》和《祝福》通过阿Q和祥林嫂这两个典型人物，恰好写出了"怒其不争"和"哀其不幸"两个层面。《阿Q正传》通过阿Q，发明出一种"精神胜利法"，高度精练地概括了国民的"愚和奴性"。《祝福》里的祥林嫂是被封建男权势力从身体到精神摧残的妇女典型。将儿子命运维系在人血馒头上的华老栓和《药》，因丢了辫子被女人当众辱骂以致忧愁万端的七斤和《风波》，都是短篇小说的精品。

在农民之外，鲁迅塑造的知识分子形象同样深刻独到，比如通过《伤逝》里的子君和涓生，写大革命背景下的青年知识分子的摇摆和迷茫。子君的犹疑，涓生的冷漠，都是社会大动荡期间因缺乏明确目标和生计来源的小知识分子首鼠两端的性格和颠簸命运的具体化。写什么，为什么写，鲁迅说得明明白白："所以我的取材，多采自病态社会的不幸的人们中，意思是在揭出病苦，引起疗救的注意。""我的意思是：现在能写什么，就写什么，不必趋时。"至于怎么写，他说："选材要严，开掘要深，不可将一点琐屑的没有意思的事故，便填成一篇。"深刻是作为思想家的鲁迅的小说要求。对于文字的琐屑和无稽，鲁迅一向深恶痛绝。因此，他会批判上海洋场小说，批判鸳鸯蝴蝶派，包括各种帮闲文学。"为人生""为社会"的文学观终其一生。

在鲁迅的笔下，小说怎么与人生和社会现实建立联系？小说是奇巧淫技，小说更是真实。鲁迅在《狂人日记》《孔乙己》

《祝福》里都设置了第一人称叙事视角，叙事人的身份，一会儿是回家休养的狂人，一会儿是咸亨酒店小伙计，一会儿是离乡知识分子，变化的身份和经验不是无由想象，而是鲁迅人生经验的杂糅、搬运和整合，进而结晶成为典型。"小说，依靠的是用概括的、典型化的手段，从现实生活的基础上，虚构了情节，使人物和故事给人以强烈感。"杂取种种，其实就是用"普遍性"打底。典型扎根于现实生活，通过观察社会生活的肥力和周边生态，生动深刻地揭示旧制度、旧思想和旧文化的落后、腐朽和病态。一笔比一剑，可挡百万兵，鲁迅用笔建构了辽阔深远的思想文化空间，并身体力行，成为新民主主义革命时期中国先进知识分子"干预人生""干预社会"的典范。鲁迅的中短篇小说被迅速传播，成为五四新文化运动思想启蒙的重要武器。

我一直认为，比较起杂文的战斗性和匕首特质，以深邃为背景的深情，是鲁迅写散文和小说时的情感姿态。散文是非虚构，直接探底作者的情志识。因此，阅读鲁迅的散文《藤野先生》《从百草园到三味书屋》《兄弟》《范爱农》，人物包括场景长留在我们的记忆中，一是因为鲁迅是语言文字大师，他的描摹生动有力，信息能够被有效接受；二是因为书写者深沉、细腻、真切的情感，具有强大共情力。鲁迅的深情，过去我们常说是孺子牛的深情。"运交华盖欲何求，未敢翻身已碰头。破帽遮颜过闹市，漏船载酒泛中流。横眉冷对千夫指，俯首甘为孺子牛。躲进小楼成一统，管他冬夏与春秋。"这是历经世变的中年鲁迅，借《自嘲》自嘲，并抒怀言志。鲁迅的深邃分两层，一层是对"旧"的批判，批判旧有的落后制度、旧有的荒唐习惯、旧有的世故势力。比较起这层批判，更深层的深邃是鲁迅的忧患意识。嘲笑人的人、吃人的人，与被嘲笑的人、被吃的人，都是落后的制度文化的产物。鲁迅对于具体的个人，其实更多的是"哀其不幸"，这是基于对人性的悲悯。鲁迅横眉冷对的主要对象，是这个"吃人"和使人非人的制度、习俗和文化。透过现象看本质，鲁迅的深邃来自比较文化的视野。比较古今、比较东西、比较先进和落后，鲁迅才有对于落后传统的批判。对于"拿来"和"继承"，鲁迅都深有体认，这些体认有的直接形成杂文，有的在鲁迅的小说里成为形象。胡适在《文学改良刍议》中提出八大主张，即"需言之有物""不模仿古人""需讲求文法""不做无病之呻吟""务去滥调套语""不用典""不讲对仗""不避俗字俗语"。这八大主张，在今天看来，除个别主张有待商榷，其他于写作也还都是真经。鲁迅的小说创作，无疑也是这八大主张的创作实践。今天，我们谈论现代小说写作，可能有种种技巧，但千变万化，如果不能塑造典型，不能写出生活的面貌和本原，不能语带体感，小说的使命恐怕也没有完成。

认真客观地回顾这一百年的小说创作，全面而不是割裂地去理解鲁迅和他的理论实践，就会发现，无论是学习"洋大人"的好做法，还是从民族传统中获取经验，我们做得都远远不如他。鲁迅，一个真正的思想和文化巨匠。

原载《中国文艺评论》2021 年第 8 期

文学如何应对时代大考

如果把时代看作一场大考，文艺有没有交出以及交出怎样的答卷，是文学史和艺术史要描述的内容，也是文艺理论要研究的课题。这是一个大问题，可以分解成若干子问题。比如，文艺的功能是什么？时代是不是一场大考？怎么准确提炼时代精神？文艺和时代是什么关系？文艺要不要及时反映时代？怎么评判文艺对时代的艺术表达？每一个子问题都不小，也复杂，其中，文艺的功能是本源性问题。

一、紧紧贴在历史背板上的文字

文艺的功能是什么？要回答这个问题，首先要搞清楚文艺是什么。文艺是什么，这个问题由来已久。从发生学角度来说，文艺的功能一直有"宣泄"和"记录"两种说法。宣泄说和记录说的出发点不同，宣泄说侧重行为的即时性和功效的完成性，记录说侧重历史性和纵深性。宣泄说因为鲁迅先生引用的"杭育杭育说"而广为人知。"杭育杭育说"设想了一个劳动场景，劳动者发出有节奏的声音纾解闲厄，或向同伴沟通示意，这个有节奏的声音，也即"劳动号子"，是最初的音乐。宣泄主要是为了释放，也包含治愈功能。甚至有研究者认为，治愈早于言志抒情，是文艺最初的功能。宣泄作为一种行为，发展到自觉和主动层面，才有可能言志抒情，形成记录。至于"宣泄"和"记录"孰早孰迟，大可不必纠结。对于宣泄的记录也是记录。关键是，与"宣泄"相比，从历史的角度来看，"记录"作为文艺的功能越来越受到关注，这也是我们今天探讨艺术表达和时代精神这个话题的重要前提。

毫无疑问，记录是文字的重要信仰。记录什么？记录事与人，记录时刻与时段，记录志和情。早期文明中的美术艺术比较发达，在发明文字之前，线条、造型和色彩承担着记录功能。今天散见于各种文明遗址的原始壁画、出土文物，天真的线条、生动的造型和自然的颜色，帮助我们确认了早期人类的生产生活面貌，言志抒情的意味也隐约可见。言志抒情这一功能达到随心所欲的地步，是随着音乐、绘画、舞蹈等文艺形态的成熟而实现的，特别是在文字出现、文学书写作为一种艺术形式诞生之后。文字书写传统，中西方略有不同——这里的西方主要指欧洲文学。与欧洲文学以叙事传统占主流不同，从《诗经》开始，经秦汉文赋、唐宋诗词以降，中国文学的抒情传统一以贯之，在东方美学含蓄、内敛、深沉的大旗下，各种诗词歌赋充分多样地表达了各个历史时期这块壮阔土地上人民的情感、情绪和情怀。

群雄逐鹿、思想勃兴的战国时期，屈原的一曲《离骚》文辞绚烂，借香草美人，向君主抒发政治志向和忠贞情怀。凭借一首《登幽州台歌》独步诗坛的陈子昂，"前不见古人，后不见来者。念天地之悠悠，独怆然而涕下！"寥寥数语，宇宙观和世界观跃然纸上，持久强大的共情力至今令人称赞。南唐后主李煜抒发亡国之痛的《虞美人》，也能不断激起普通民众的沧桑感和命运感。

与抒情传统相比，中国文学的叙事传统往往被忽略，或者被划拨到历史研究范畴。这其实包含着误会。以《诗经》为例，以"国风"为代表的韵文写作，对早期各地政治、风俗以及人事的描写，细节丰富生动，富有叙事魅力和叙事功能。诸子百家的文章之所以被广为传诵，大多源于信息的魅力，叙事的魅力，文辞的魅力。这些文字紧紧贴在历史的背板上，天文、地理、人文尽收眼底，既磅礴恣肆，又丰饶绵密。秦汉以继，《史记》广受喜爱，一是丰富，二是生动，书写中的历史事实与文学文字得到了较好的结合。《红楼梦》《三国演义》《水浒传》《西游记》是我国古典叙事艺术的高峰，现实主义、批判现实主义、浪漫主义这几种风格均有体现，明清四大名著以叙事为特征的小说获得了文体地位。

情有七情六欲，志有五行八作，情和志具有强大的驱动力，不同历史时期有不同的形式和表达，强劲地驱动着人类的生产生活实践。情和志作为人类的精神活动，用文字符号记录下来，形成人类精神和心灵的成长史。对于情志经验的观察体认以及语词表达，构成了文学叙事的基本面目。无论抒情还是叙事，观察体认是思想准备，语词表达的广度是技术能力。在此基础上，产生了各种书写风格。

为什么记录？为了纾解，宣泄，帮助记忆，传播沟通，等等，从精神构建的角度也可以延伸为"载道、传情、植德"。无论基于什么样的维度，研究者和受众都应该有一个基本共识，即文艺是对人类文明发展中实践活动和精神历程的形象记录、生动表现。这个共识承认文艺有特殊性，一是文艺与人类历史实践的特殊关系，二是文艺与人类精神活动的特殊关系。文艺不是悬浮的没有重心指向的尘埃，而是指向明确的量子，有力、有形，与世间万物存在具体的联系。这个联系和指向，是推动文艺创作的内在动力，也是实现文艺功能的势能。因此，从整体上看，文艺创作无法独立和游离于具体的历史现场，也就是我们说的时代。

文以载道，文以传情，文以植德。从实现文艺的这一功能出发，文艺作为人类独特的珍贵的精神创造活动，与时代须臾不可分。

二、在时代现场捕捉精神气质

怎么记录？具体到创作生产，由文艺是对人类文明发展中实践活动和精神历练的一种形象的记录、表现和积累这一共识，派生出文艺创作的两个基础理论："再现论"和"表现论"。从人类文艺实践看，这两大理论既互不关联、各自为王、开枝散叶，又有内在联系，缺一不可。这正是文艺的魅力之一，即理论先行，开掘创作的潜力，生发、形成各种可能和丰富的创造。

当代艺术领域一度出现零度写作和零度叙事理论，有人把它看作再现论的极端表现。顾名思义，"零度写作"即完全撤除主体的主观立场和情感介入，绝对冷静地记录对象世界。关于零度写作，最有名的理论书籍是罗兰·巴尔特的《写作的零度》，这本书也被看作早期结构主义的理论序言。在这本书里，罗兰·巴尔特对语言能指的独立性和文本形式的潜力发起了深刻探讨，引起创作和理论两界的普遍关注。形式和语言的魅力是艺术的自在性，对此加以探讨有重要意义，但因此否定艺术的思想和情感价值，任何一个理论家都不会这样断言，包括罗兰·巴尔特在内。罗兰·巴尔特提出写作的"无趋向性"，但没有否认主体创造的客观性。零度写作理论对先锋派写作影响较大，如余华、李洱等作家的早年作品。从"再现"到"零度"，从古典到先锋，这个跨度其实是两个理论层面。零度写作不仅"摒弃"，而且"革命"了再现论。凡革命，在最初或某一个出发点上通常是有意义的，但往往只顾一点不及其余，最终行之不远。零度写作以语言和结构为放之四海而皆准的"维 C"，把形式最终抻成了长颈鹿的脖子，失去弹性，难以为继。打开摄像头，记录下稍纵即逝的时刻，许多珍贵的历史照片诞生了。镜头后面的眼睛能不能做到绝对冷静？镜头如何选择拍摄焦点？

先说第二个问题。拍摄也好，写作也好，都是创作主体的精神活动。精神活动从一开始启动，就存在"靶向"和"取向"，包括情感取向、美学取向、道德取向，等等。而艺术的魅力，恰恰来源于这些复杂的、微妙的、千差万别的表现。因此，从"靶向"和"取向"出发，从选取题材和素材开始，主体的立场、思想和情感都自觉不自觉地贯穿整个精神活动过程。绝对摒弃立场、思想和情感的文艺创作是难以想象的。相反，在某些背景下，这种摒弃也违背创作伦理。这就回到第一个问题了。

关于创作伦理，文艺史上最有名的案例之一，是由《纽约时报》刊发、获得 1994 年美国普利策新闻特写摄影奖的照片《饥饿的苏丹》。瘦骨嶙峋的小孩即将成为虎视眈眈的秃鹫的猎物，空旷的背景，绝望忧伤的瞬间，形成了强烈的视觉冲击力。

照片的美学和艺术价值显而易见，但一个弱小的生命面临危险，摄影师能不能无动于衷地继续等待和按下快门，这是获奖后围绕创作主体的立场、情感和创作伦理问题展开的讨论。绝大多数人对摄影师持批判意见，摄影师凯文·卡特也在获奖当年不堪压力自杀了。这张照片的创作及其争议，涉及创作主体与现实的关系问题。换句话说，艺术要不要介入迫切的现实？创作者能对时代现实无动于衷吗？这是再现论遇到的难题。

表现论的困难是另一种困难。表现论在理论上不反对主体与现实保持密切的关系。表现论被广泛接受，以表现主义为最。表现主义成为现代艺术的重要流派，在绘画、戏剧、文学等诸多领域都有活跃表现，产生了不少表现主义大师和经典作品。表现主义不满足于对客观事物的摹写，强调表现事物的内在本质，表现主体充分观照和折射后的客观世界。整体而言，表现主义在绘画艺术上的成就要大于文学，文学层面的代表人物是弗兰兹·卡夫卡。从表现主义的作品中我们往往看到夸张或变形的现实，在这方面卡夫卡的小说比较典型，《城堡》里的"城堡"寓意及其荒诞性，《变形记》里的"甲虫"及其象征性，传递着作家浓重的情绪，如孤独、绝望，等等。从接收者的角度看表现主义作品，需要有哲学、社会学，甚至医学方面的知识准备。表现主义的极端表现是过分强调主体的主观虚构能力，否定客观现实的客观性，好比拔着自己的头发往天上飞，把文学和现实的关系极度虚无化，这也是不切实际的。艺术的独立性和客观性是有条件的，在真正的灾难面前，在大是大非面前，美要让位给真和善，或者说，美存在于真和善，真、善、美是三位一体。从时间和空间的客观存在出发，建立一个有内容的镜像，是历史记录的需要。

再现论也好，表现论也罢，现实不管在整个文本创作中占有多少戏份，都无例外地被分配了角色。文艺创作无法脱离具体的时间和空间。时间和空间构成历史现实。一切历史都是当代史，一切文艺创作都是对时代的记录和想象。时代是指以政治、经济、文化等状况为依据而划分的某个时期。这个文化是大文化，用今天的话说，指物质、政治、精神、社会、生态五大文明的总和。文明总和构成了一个具体的历史时代的底色。建立在这个底色上的文艺创作，是时代的文艺创作。创作主体自身无法摆脱具体的时代痕迹，创作对象也无法摒弃时代背景。

时代是更加明确的现实，是有色彩的词语，强调特殊的信息背景。现实当然是更大的概念，有些现实永恒不变、四时皆可，我们谓之为常情、常态。常情、常态也是客观现实，比如七情六欲是人伦常情。最典型的是爱情，和平年代也好，战争年代也罢，12 世纪也好，20 世纪也罢，男欢女爱，此情永不变。但具体的年代背景下，形式和内容的不同产生出大量丰富的爱情故事。冲破人性和世道的障碍捍卫爱情，这一类的爱情题材是文艺作品的宠儿。19 世纪的小说《简·爱》和 21 世纪的电影《朗读者》，同样都是演绎阶层和阶级差异下的爱情，前者的矛盾落在习俗和偏见层面，后者的矛盾是常态下和特殊境遇里的差异性。前者克服偏见，打破习俗，爱情获得尊严；后者置景于二战后的德国，违背常情的一男一女在战后"抱团取暖"，生活回到常态后，不伦关系加上女方刻意隐瞒的纳粹身份，爱情立刻"见光死"。电影的悲剧感恰恰源于美好真实的情感与不和谐的时代处境之间的巨大矛盾。

优秀的艺术家一定也是倾听者，通过倾听，深入到生活的内部，在时代的现场捕捉时代的精神和气质。什么是时代精神？不妨换个角度回答这个问题。一个时代对作家的影响是什么？最直接的影响是经验。目力所及，感同身受，都是经验。同一时代的人和事，身边的人和事，亲历的人和事，最容易进入写作的视野。在诸种经验中，一个时代区别于另一个时代的独特经验最值得记录。这些也是我们通常说的时代脉搏和时代声音，作家要去把握和聆听，文学创作提倡从自己的时代发现创作的主题，捕捉创新的灵感。最深刻的影响是思想观念，潜移默化，深沉固执。每个时代的思想方式和精神气质，通过各种载体和形式对个体产生作用。个体感同身受，形成理解力和认知力，发挥想象力和表达力，推出与时代精神相匹配的创作。当然，这是理想作者。理想作者越多，文学才不会辜负这个时代。

三、时代的文学书写要及时且有效

从某种程度上说，没有书写便没有历史。我们对于历史的认知，有两个重要来源，一是史料文字，二是文学文字。前者构成历史认知的框架和骨骼，后者构成框架和骨骼下的血肉和细节。一个优秀的作家，一定是时代认真的观察者和准确的书写者，会在历史的大框架下展开对现实的想象和构建。人类社会经历的苦难、进步和勇气，都应该收进作家的视野。但事实上，我们能看到，作家能写出来，以后能流传后世者，万无其一。这是为什么？不是作家不努力，写作是极其复杂的精神活动。从素材到文本，需要消化，需要重建，还需要机缘，这就需要我们有耐心，要给文学以时间。

阿列克谢耶维奇 2012 年出版的非虚构文本《切尔诺贝利的回忆：核灾难口述史》，是关于 1986 年切尔诺贝利核电站爆炸事件一线证人的笔录。汶川大地震十年后，阿来的长篇小说《云中记》问世，成为"灾难和救赎"的见证。《云中记》是一首抒情长诗，也是一部精神信史，写出了人类面对自然灾难的体认和精神自救。《云中记》写作的启发至少有三。第一，对历史和现实重大事件的书写，艺术表现力永远是第一位，艺术表现方式完全可以多样化。《云中记》没有采用传统的现实主义写法，甚至也不是现实主义风格作品，它具有浓厚的表现主义色彩，更像一部心灵史，属于现代派的阵营。但它可信，有感染力，令人震撼，有效地打开了关于灾后重建的认识路径。艺术超越了现实，是有创造性的艺术表现。第二，建立在对人和现实的关系基础上的诗性乃至神性的书写，彻底征服了读者。这种书写饱含文化体认。文化体认，考验作家的哲学思想力和历史认知力。小说具有鲜亮的单纯。故事简单，人物少，但凝结在主要人物身上的诗性和神性是光点，照进了读者的心灵。第三，未经思考的经验不是经验，未经想象的经验不是文学。小说捍卫的经验是具有想象力和审美价值的经验。未经思考和想象，用平庸的形式匆忙表达，是对珍贵的时代经验的浪费。写出疗治人心、见证时代的作品，文学的功能和艺术的审美才会同步，才能向经典靠近。

关于时代的文学书写，要及时，更要有效表达。所以只有处理好以下两个问题，才可能产生有效表达。

一是历史观和辩证法。这两者都是思想方式，是认知和理解时代的前提。历史观和历史思维需要自觉训练。历史观是长线，是大局观。大局意识决定现实态度。文学不仅要告诉读者你看到的世界的样子，还要告诉读者许多人看到的世界的样子。历史观决定作品能走多远。每个具体的创作主体都有具体的文化背景，即成长背景。超越个体的成长局限，超越经验局限，建立历史思维和整体观，会把个体的文化景深拉长，广角加大。对于文学创作来说，现实不只是一堆素材，而是认识世界的起点和依据。把人和事放在历史的维度下观察，格局和视野才能得到拓展，重点和本质才能显山露水。通过认识历史发展规律，也就会理解纷繁复杂的现实本身。

当代文学界"40后"和"50后"的共同点是具有历史思维和历史经验，这也使他们的作品识别性较高。而"80后"和"90后"的普遍特点是，受教育程度较高，知识面宽，网络文学写作表现出的知识量可证，但现实经验匮乏，历史思维欠缺，这些都成为新青年写作的短板。建立历史思维，强调观察事物要有历史底色。讲究辩证思维，强调观察事物要全面而不是片面，要本质而不是表象。要善于分析主要矛盾和次要矛盾，把握现象和本质的关系，关键是建立整体观和总体观，包括对时间的整体观和空间的总体意识。在此基础上，我们就能理解为什么要看清历史发展的大势，要及时记录时代现实的大事、要事、大转折和大变化，透过纷繁复杂的表象把握主流和核心，把握真实趋势。每一个写作者都是历史中的人，时代中的人，都对时代负有责任，这也是我们今天反复提作家柳青的原因。《创业史》从文本的角度来看并不是无可挑剔的，从文学性的角度来说也不是同时期最好的，但它的认识价值独一无二、出类拔萃。柳青以一个记者对于历史变化的敏感，以一个作家对于文字记录的责任，抓住了陕西农村和农民这个局部，提炼出普遍存在的农村和农民问题，用鲜活的形象、文学的语言写出来，并传播开来，对当时的农业政策产生了重要影响。文学深度介入社会生活，是柳青和《创业史》为文学带来的光荣。现实主义创作在这方面的经验比较突出，陕西作家继承柳青传统，从陈忠实的《白鹿原》，到贾平凹的《废都》、陈彦的《装台》，虽侧重不同，但对于不同历史时期的社会历史都有新的发现。包括以刘醒龙、谈歌、何申、关仁山为代表的20世纪90年代中期的"现实主义冲击波"，高呼"文学干预生活"。文学能否干预生活，取决于文学自身。文学能传时代之声，能领时代之先，才能在时代生活中拥有话语权。

文学有益于世道人心，有益于培根固本，才有"正能量"一说。"正能量"也体现了文学的宣泄、疗治功能。中国传统文化中的"仁义礼智信"和西方基督教中的奉献牺牲，都是人性中尊贵的一面，具有较大的感染力和共情力，引人向往。优秀的作品，在写时代和生活重重矛盾的同时，一定会写出人性中的光亮，哪怕是微弱的光点。列夫·托尔斯泰被誉为19世纪世界文坛最重要的作家之一，也是基于其作品中的积极力量。深受俄苏文学影响的作家梁晓声，2018年出版的《人世间》可以说是一部向列夫·托尔斯泰致敬的作品。这部长篇小说也是现实主义创作的重要收获。关于东北老工业基地半个多世纪平民生活经验的宏阔记录细致可信，小说对于平民子弟形象的塑造，既清晰透彻地写出人性的层次和矛盾，更饱含深情地写出时光机里人性的尊严和坚持，写出人类文明的底气和社会发展的意义。发展和奋斗，是我们国家改革开放40年来的时代精神。周秉义的勇气和大义,周秉昆的坚韧和仁善,都是这几十年的人世间发生的真相和真理,由此写出爱和正义的动人价值。周秉义和周秉昆这两个人物,是《人世间》对当代文学的贡献。

二是想象力和表达力。这两者都是艺术和技术方式,特别重要。言之无文,行而不远。这句话讲的道理对于写作永远不过时。

文艺创作进入公众视野的同时,产生了公共性。公共性是文艺的重要属性。公共性的产生,表现为传播力,有赖于文学性。在新冠肺炎疫情肆虐的时期里,报刊网络上各种形态的文艺创作开始活跃起来。正如在奥斯维辛之后要不要写诗——一个曾经看似历史的纸面上的问题,在这个节骨眼上成为现实。大家都在议论,不少是激愤和情绪化的表达。其实这个时候,包括文学界在内的文艺界,需要激情投入,也需要理性和理论的探讨。这是一场时代的大考,所有纸面上的理论研究,归根结底要有还原到现实生活层面的可行性和操作性。"在公共灾难面前,公共艺术能够形成一种团结力量——为亡者及消逝的祈福和缅怀;对生者的激励和宽慰,公民灾难意识的集体觉醒,公共意识内在与外在的社会和文化价值都不容忽视。"文章合为时而著,文学是时代和生活的镜子,也是时代和生活的推进器。从历史书写、凝聚力量的角度来说,我们鼓励同代人的记录,"耳听为虚,眼见为实",同代人的书写相对可信。从文艺的功能来说,提倡及时和在场写作。但这个"及时"和"在场",站在历史的角度指"同时代"或"同一时期",而不一定是"同一时刻"。面对时代,面对具体的时代,从记录时代精神刻度的角度,文学创作有内在规律,不追求急就章。

快和慢是创作的相对时效，与品质不是绝对挂钩的，与个体的消化、积累有关，也与文体有关。比如以抒情见长的诗歌和以及时记录见长的报告文学，面对突发性事件，反应通常比小说要快，这是文体特点。汶川大地震期间，产生了大量的诗歌、散文和报告文学，其中不乏好作品，这对于及时记录信息、沟通疗治十分必要。"灾难频发引起的生存反思及预警威胁，灾后受伤心灵的抚慰和家园的重建、灾难中的温情守望和人道弘扬、为共同的灾难记忆的悲悯叹息，种种情绪都是灾难中冲撞出来的创作灵感。艺术家在灵感的闪现间探寻一个公共问题和审美价值之间的黄金比例。"这个黄金比例，关系到我们的书写是否匹配正在发生的重大灾难。时代精神和文学表达有时间差，是技术问题。时代精神和文学表达有纬度差，是认知问题。

文艺是人类自觉的精神创造，以人为原点，从人和文艺的关系起步，历史地科学地客观地探讨文艺的形态和功能十分必要。对于这些问题的认知，形成了一个人的文艺观。特别赞成查尔斯·艾略特·诺顿在《捍卫想象》中的观点，他认为，在今日新学术的旋风中，文学研究要研究通识教育的价值。通识教育包括历史教育、哲学教育、审美教育，等等。审美教育，也是一种感受力和想象力的教育。通识教育最终培养的是对现实生活的理解力。

在关于时代精神和文学表达的关系中，文学的认知意义和精神意义压倒了其字面意义。这也是为什么要重申文艺的功能的必要性。至于字面意义和表达力，当然也特别重要，它们是帮助认知意义和精神意义走得更远的双腿。

文学回应时代关切天经地义。面对时代的大考，文学不能缺席，不能失言，也不能胡扯、瞎掰。经得起时间检验是经典作品的门槛，也是文学创作的纯正追求。由文字垒起的精神大厦，记录了时代的风貌与灵魂，思想内涵、文化积累和艺术创新应该成为衡量其艺术表达的基本维度。关于时代的书写，可能有千万条路径，但无论哪条路径，都务必要妥善处理及时表达和有效表达的关系。文字是呈堂证供，切勿漫不经心，或者花言巧语。

原载《中国文艺评论》2020 年第 4 期

文化观、儿童观和技术观的进步

儿童文学是中国当代文学重要和特殊的构成。说它重要和特殊，与少年儿童这个庞大而特殊的群体有关。对于少年儿童的教育，怎么重视都不为过，当下中国社会也正是如此。对于少年儿童人格塑造、美学教育等的高度重视，客观上给儿童文学提供了宽阔舞台，同时也对儿童文学提出了更多、更高期待。

应该说，中国儿童文学目前进入了最有利的发展阶段——这不是凭空武断，从出台的一系列文艺方针政策中，我们能感受到党和国家对中国特色社会主义文化的重视。

具体到儿童文学，一方面，儿童文学格外受社会关注，儿童文学的外部生态环境好，舞台大，出版市场活跃；另一方面，名家大家与新进作家共同构成扎实、有层次的创作队伍，这是儿童文学创作的内部生态。扎实的创作队伍能够确保精品力作大量地、持续不断地产生，确保我们的儿童文学创作发展的战略性和总体性。近年来原创儿童创作成就有目共睹，精品力作乃至经典名作不断产生，一些作品和作家陆续获得国际大奖，国际声誉提高，一些儿童文学大家和他们的作品在世界范围内得到认同，表明中国当代儿童文学创作水准越来越与世界儿童文学齐平。这一点特别重要。文学创作是一个需要不断踮脚甚至跳跃的运动，这叫发掘潜力，也叫激发创造力。高的标杆竖立在眼前，分享他们的经验，我们的原创儿童文学才有可能涌现出更多高质量的作品。也正因为这些标杆的存在，大家对儿童文学创作有了荣誉感，有了榜样，有了信心，有了兴趣。近年来，一批已经成名的成人文学作家的加入，使得儿童文学创作队伍更加整齐。放宽视野，打破封闭状态，打破小圈子观念，改变创作的内部生态，儿童文学创作才能焕发出创造力和生命力。

2015年在北京京西宾馆，由中宣部和中国作协共同主办的全国儿童文学会议上，大家提出了许多突出问题，比如出版系列化问题、创作同质化问题、年龄段分布不均匀问题、儿童观落后问题，等等，今天大多得到解决。2017年在八大处评审第八届全国儿童文学，评委们的突出感受是，儿童文学创作有了丰富性和层次感，精品力作共识度很高，包括小说、童话、幼儿文学、诗歌、散文、报告文学等在内的多种类型都有一些成熟、优秀的作家参与其中努力写作，尤其难得的是，儿童文学创作文本风格具有极为多样化的表现，美学探索的步伐迈得很大。这是相当可喜的进步。

具体地，可以从文化观、儿童观和技术观三个方面来谈。

一、不忘本来、开放、开明的文化观

文化观是文学作品的灵魂，有什么样的文化观，就有什么样的作品。它是指导人物的行为行动的意识形态，是人物思想和价值观念的表达，是人物对伦理道德的认知，是生命观和生活观。对文学创作来说，文化观是客观存在，与世界观、历史观、民族观、生命观等对作品的高度起着决定性作用。左眩的《纸飞机》写抗战时期的陪都重庆日军大轰炸，写颠沛流离，写到非常态环境下美好人性的固守，生命的意义，生存的尊严。这种朝野皆存的气节散发出动人力量，通过文字一点点地向孩子们渗透。陆梅的《像蝴蝶一样自由》是本难得的哲学小书，是关于生命哲学的文学讲述，在儿童文学中追问生命与存在的终极问题。张之路的《吉祥时光》和史雷的《将军胡同》都是典型的文化小说，文学化的人物和他们的"义为"和"勇为"给读者留下深刻印象。

文化观的一个重要表现是对于"人"的认知。文学是人学，儿童文学直接给处在认知塑形阶段的儿童传授做人道理。塑造什么样的人，提倡什么样的价值，体现了文学写作的境界，也决定了我们将塑造什么样的儿童。有什么样的儿童，就有什么样的未来。胡永红表现自闭症题材的《我的影子在奔跑》，自始至终没有出现一次"孤独症"或"怜悯"之类的词，这是它的高明。郭姜燕的《布罗镇的邮递员》为什么能冲破各种竞争获得关注？因为它展现了普通人的人性里的干净、美好、生动、可信。汤汤的《水妖喀喀莎》也是这样，妖怪应该不美好，但这个水妖却让人喜欢，童话激发认知共鸣的"同理心"。

在"系列化"写作和童书出版良莠不齐的当下，沾染暴力甚至色情的作品并不是没有。一些低级实用主义包括现实社会一些落后的观念，也时而出现在一些作品里。这是创作者的文化观出了问题。

中国传统文化里的这种优秀的、先进的东西，应该是儿童文学创作的文化宝库。不忘本来，才能开明、开放。著名作家、教育家叶圣陶先生在上海开办的书店就叫"开明书店"。开明是偏正结构，开放，才能明理，才会慧通世事、惠及他人。

二、辩证、健康、相对成熟的儿童观

儿童观是关于儿童成长教育的理念观念。教育理念很难追求统一，但一个成熟的社会，对培养什么样的人，怎么去培养，应该有讨论，有思考，特别错误的甚至落后的观念和做法，必须予以警惕。近年的儿童文学作品，在这方面有特别明显的探索。《沐阳上学记》《我的影子在奔跑》，写了两个非寻常儿童的案例，一个是多动症，一个是自闭症，文本对于这类儿童的态度或者立场，既不是抱怨、对抗，也不是一味同情，而是采用正常的姿态，尊重生命，平静地承担。既没有蹲下，也没有俯视，而是实事求是地对待儿童。

三、古典和现代两种风格并峙的技术观

形式要为内容服务，同时也是内容的一部分。文化观和儿童观都是体，怎么用？技术非常重要。技术进步，是第十届全国优秀儿童文学奖参评作品给我最深刻的印象。它们打破了许多写作的框框。

所谓古典风格，主要指中国传统美学观念和风格的写作。散文化和诗化写作的《一千朵跳跃的花蕾》《小女孩的名字》，以及京味浓郁的《红脸儿》《吉祥时光》《将军胡同》，都是这方面的典型。近年来，写作的返本求源，是一种自觉。中国的童年，中国式的讲法，识别度大，表现力更强。

儿童文学现代风格写作主要指文本的实验性、开创性，包括一些受国外儿童文学影响的写作，比如《布罗镇的邮递员》，

它的元素不是典型的中国元素，但叙事节奏流畅洗练，人物形象生动出色，文本写作几乎无懈可击。

文化观、童年观、技术观这些年的变化，有很多原因，这些经验应该认真地总结并继续推行。其中一个原因，是作家创作的成熟。更重要的一个原因，是相关主管部门的政策引导。特别是习近平总书记文艺工作座谈会讲话以来，关于文学创作和社会主义核心价值观的关系、文学创作和市场的关系，等等，一系列问题得到探讨。特别是政府评奖的导向，舆论和评论力量的介入，对于创作的引导作用很明显。这表明市场也是可以引导的。市场要看谁受欢迎，谁有受众，而受众是可以引导的。舆论和评论起的作用就在这里，可以通过引导受众而影响市场。

儿童文学创作繁荣与出版密不可分。感谢儿童文学的出版家们，他们为儿童文学搭建了巨大的舞台，通俗地说是"做大了蛋糕"。蛋糕可以是富含反式脂肪酸的人造奶油，也可以是健康的天然奶油，究竟提供哪一种给孩子吃，需要作家、评论家和出版家共同努力。

原载《人民日报》（海外版）2018 年 1 月 10 日

现实主义的"实"

　　把现实主义等同于写实和白描，是对现实主义的误解。现实主义的"实"，要远大于写实的"实"。现实主义的"实"，至少包含两个"既……又……"：一是既要写出此在的实，又要写出彼在的实——即本质的实，这一点把现实主义与主张零度写作的写实主义区别开来；二是既要通过扎实的细节和饱满的人物塑造出扎实的现实，又要借助创作主体的想象力写出飞翔的现实。

　　真正的作家都是生活家，对生活的态度无论是爱还是恨，都不妨碍他们记录生活的本能和勃勃兴致。记录的前提是发现。作家能够在芸芸众生中发现特殊的生命形态，首先要拥有犀利的眼光，其次要有情怀支持，要有善于感知的心灵。作品缺乏现实感，与时代、生活和人民割裂，在我看来，是对一部作品、一个作家最大的批评。近年来内地作家在香港书展的销售量和影响力之所以大幅降低，一个重要的原因是香港读者并不认为这些当代作家作品反映了中国当代现实。香港是一个洋气的地方，香港读者也算是见识过各种外来文学文本，他们的遴选标准说明，现实经验的发现和提供依然霸居首位。这给我们那些对于写现实经验不屑一顾的当代作家恐怕是一记大耳光。

　　对于现实的实，有的作家是不屑一顾，有的是无能为力。

书写近在咫尺的社会现实，作家除了有自觉和热力，还要有冷静的观察和准确的表达。写好此在的实，一要观察到位，二要描摹准确。有客观存在的生活比照，此在的实确实不好写。生活坦陈在眼前，有的人过目不忘，有的人熟视无睹。写作是泄洪，对生活的观察和掌握在前，对生活不敏感，缺乏观察能力，显然不能成为真正意义上的作家。不了解生活却急于下笔，凭想象、抒情或辞藻功夫进行编造，这样的文学创作终究不能提供丰满扎实的现实信息。文字是诚实的，不光顾此在的实，彼在的实当然更不会降临。

从实的经验出发的写作，才有可能进入飞翔的天空。所以，我认为写好现实的实，对于一个有志于文学写作的人来说，是要过的第一关。写好现实的实，就是学会走路。把"实"换成"经验"，大家就可以理解这句话了。与前辈作家相比，年轻作家的文字修养普遍较好，他们的视野、理论和知识背景甚至也远远超过前辈。其中，许多人非常勤奋，一年能出好几本书。但是，今天作家成大材的速度却远远不及他们的前辈"50后"。中国当代作家中的"50后"，是属于典型的社会大学毕业生，文字功底并不是很扎实，许多人没有受过很好的教育，是靠自学从农田和街道工厂里成长出来的。但他们的确贡献出了经典作品。成败皆萧何，当他们开始脱离现实生活，放弃最初成功的经验，他们的劣势也越来越明显。尽管这样，在今后很长一段时间内，当代文学要想超越"50后"已经取得的成就还真不容易。"50后"的成功经验，正是源于对现实和历史的深刻了解和认真观察。生活是密电码，普通人眼里的"12345"，被敏感的作家接收后，重新编码，转译成"生活的本质"。

任何与语言有关的学科都是这样，由能指到所指，阅读其实有很多期待。我在阅读时获得满足，往往是因文本能够提供意想不到的经验，让我在某个方面或某些方面开了眼界。这些方面，可以是具体的人的生存和生活，也可以是关于人性的知识或经验的呈现。而真正好的作品，一定是作家聚拢了一大盆生活原料最后提炼出来的那一小瓶精华。经验的底料越足，提炼的浓度越高，作品才越有信息量，才有可能写出本质，写出彼在，写出飞翔感。彼在的实更难企及，可以考量作家发现的深度。作家用笔削出一个尖头，当作钢锥，扎破表皮，狠狠地扎进生活的血肉，以至于扎出晶莹的血珠，这些血珠最终深深地扎痛了阅读者的眼睛，留下划痕。

不仅"80后"，包括他们的前辈作家，出版数量越来越多，宣传攻势越来越大，可阅读的东西却越来越少。其中，有的文本技巧本身很娴熟，故事讲述也很精彩，但只是纯技巧展示，没有具体的时空，没有经验的判断，没有真实可信的人物，读或不读，没有本质性的获得。这就是我们现在写作的问题：缺乏精准写作，缺乏对扎实现实的关注和停留，文本不能一刀切入生活，也就不能切入读者的内心，不能产生痛感和幸福感。

近来大家都在讨论典型人物写作问题，有评论家撰文认为当下文学对于典型人物的书写需要加强。我理解，造成典型人物创作不理想的局面，不仅仅是作家的文学观有偏差，主要还是今天我们的许多作家丧失了书写可信人物的能力。所谓可信人物，是有性格逻辑和生活基础的，不是坐在书桌前空泛的想象和虚构。对于书法美术，可能草书和大写意要比楷书和工笔画更受待见，但对于文学书写，草书和大写意远不及工笔和精雕细刻有价值。特别是塑造人物，准确客观的描摹能力是一锤定音，在写出人物特征的基础上写出社会环境的典型性，考验创作主体的观察能力和书写功力。作品是最后的完成时态，之前，大量的是对生活本身细致深刻的观察，这个观察甚至也包括对堆积在眼前的丰富的生活素材的提炼和抓握。有什么样的心灵，就有什么样的眼睛。有什么样的眼睛，有什么样的取景框，就有什么样的作品。有没有这个时代的特点和信息，能不能感染人，有没有传播力，能否成为典型，是读者说了算。优秀的作家大多擅长写小人物。在我们的日常生活中，小人物举目皆是，可能是我们自己，也可能是我们的邻居，对小人物的熟知程度决定了对小人物书写的衡量尺度相对严苛。书写小人物似乎容易出彩，容易产生共鸣和同理心，但因此也更难写。比如，专业读者可能会嘀咕，像或不像？感不感人？有没有打捞出被遗忘的人物或发现新型人物？像不像，是对人物塑造的基本要求，也是最难达到的要求，它考验观察能力和描摹能力，考验写作的基本功。我们的文学作品里塑造了许许多多小人物，可以说几乎写尽了他们的喜怒哀乐、悲欢离合。比如鲁迅笔下的祥林嫂、孔乙己、狂人，老舍笔下的祥子，曹禺笔下的繁漪，路遥笔下的高加林，王小波笔下的王二，高晓声笔下的陈奂生，等等。这些经典形象，让读者充分看到了人物的性格和命运，留下刀刻痕迹。

可见，现实主义的实是一道试金石，我们千万不要瞧不起它，因为我们可能还真不是它的对手。

原载《长篇小说选刊》2018 年第 6 期

从非虚构写作勃发看文学的漫溢

2016 年岁首,《时尚先生》刊发的特稿《太平洋大逃杀亲历者自述》引起关注,惊心动魄的真实故事和复杂痛楚的人性令人无法释怀,这是继 2015 年 5 月刊发《大兴安岭杀人事件》之后,《时尚先生》再次借非虚构发力。与此同时,《"情杀案",12 年之冤》《西部娶妻记》,等等,从《三联生活周刊》等刊物以及微信朋友圈接二连三地蹦出来。它们都与非虚构写作有关联。

非虚构写作似乎从 21 世纪开始才成为中国文坛比较引人注目的一种写作类型,而在世界文坛,它是一个写作大类,早在 20 世纪 60 年代就加入了写作行列。2015 年,白俄罗斯女作家阿列克谢耶维奇因为《来自切尔诺贝利的声音》等作品获得诺贝尔文学奖这一事件,似乎再次确证了非虚构这一写作类型的文学合法性——此前著名的温斯顿·丘吉尔已于 1953 年凭借非虚构作品《不需要的战争》获得这一奖项。从阿列克谢耶维奇获奖,我们可以再次猜测诺贝尔文学奖的价值取向。苦难?独一无二?关切?文学在溢出边缘,苦难是不断开发的财富,文学应表现丰富的独一无二,总之,我们看到了一种不断突破题材限制和类型限制的写作潮流被鼓励,看到了文学写作的不断探索。"真实"的真相,文学对于"真实"的态度。这两个问题恰好是理解非虚构写作伦理的关键。

对待"真实"的态度

作为美学的非虚构写作，首先要解决"真"的问题。

评论家李敬泽就非虚构写作接受《华西都市报》采访时说："真实，可不是一块石头，围绕着它有很多认识论的疑难……真的面向极为复杂，它不是由谁、由哪一个作者轻易判定和供给的，它是在艰难的对话和辨析中渐渐浮现。所以，以求真为宗旨的非虚构的写作，需要严密的写作伦理、工作方法和文体规范，它比我们想象的更需要专业精神。"写作伦理和文体规范，也是今天以及今后我们谈论非虚构写作无法绕开的问题。

我们常常把真实和真相混为一谈，就词性而言，真实作为一个形容词，是对行为逻辑可靠性的判断；真相作为一个名词，是对事物呈现是否符合原貌的一种判断。如果确定真相有唯一性，那么对于真相最有权威的呈现大概只有照相或录像——这也是纪录电影受到人类学研究关注的原因，但纪录电影的叙事同样存在主观介入和选择性表达的问题，可见所谓真相呈现其实是相对而言。这是其一。其二，在历史进程中，诸多的细节和流程，由于发生的突然性，往往是不可能也无法照相或录像的。照相式的真相难以获取，本身也存疑。既然如此，"以求真为宗旨"的非虚构写作，所求之"真"是什么"真"？真实比真相包容，具备探索的空间。因此，在我看来，由文字符码建构的非虚构写作，这个"真"还是更多地指向逻辑真实和方向真实的"真"，而不是本本和教条的真。

人类为什么写作？文艺为什么存在？写作的快乐，在于揭秘、解密，在于交流、分享，在于辨析、确认，由此形成人类的集体记忆。所有关于游戏和娱乐的说法，是写作这种形式的第一功能记忆之后的功能。结绳记事是人类的一种记忆方式，写作或画画同样是人类发明出来的更加复杂的记忆方式，以对抗无时不在的遗忘。从文艺的这个发生动机出发，人类最初的写作，毫无疑问是由记忆漫漶而来的非自觉的"非虚构"写作。"非虚构"写作，保存了人类记忆，使人类通过写作获得历史存在的确认。事实上，书写的基本轨迹也如此：以虚构为特征的小说是晚近才出现的角色，人类之前漫长的书写史，严格说来，"非虚构"是主角。以中国为例。先秦诸子百家以降的各种笔记散文，包括《左传》《史记》《资治通鉴》等，理论上都属于"非虚构"文本。也正因此，我们许多中国人是把《史记》当作历史文本来阅读的，对错不论，这个现象反证了非虚构文本的存在价值。欧洲书写历史也基本如此。《伯罗奔尼撒战争史》《罗马史》，等等，这些记录欧洲早期文明的非虚构文本，人们看得津津有味，并借此建构对于欧洲历史的认知。

今天，富有文体自觉的非虚构写作，在祭出"非虚构"大旗之时，实际上是从真实性这个维度出发，把写作摆在了真理之路上。真正的问题是，真理是整体，人类对于真理的探索注定是无限接近而永不能抵达的，非虚构写作这样的探索有没有意义？按照海德格尔的理解，哲学研究应把注意力更多地放在探索之途而不是探索的内容上。美学是哲学的近亲，作为美学的文学写作继承了哲学的这种暧昧性，在繁茂幽深的密林里，面对蜿蜒出没的条条小路，试图辨析可能的情感变动方向，这是它的求真之旨。因此，文学探索与科学探索，本质的区别在于，后者要给出确定性答案，前者则更在意探索真实和真相的"过程性"描述。

关于主观介入

文学＋客观存在，这两点，恰是非虚构写作的两个要素。怎么理解这两者的关系？

"文学"是文本存在的美学形式，不难理解。"客观存在"成为一个要素，前面说过，它符合人类对于真实和记忆的探索需求。这里的问题是，"客观存在"作为一个笼统的概念，无论是大的历史事件，还是细微的生活枝末，对应到具体的对象，其实都是琐碎、凌乱、纷杂，是无数的线头和层层叠叠的暧昧、模糊、不确定，是"一地鸡毛"，"一地鸡毛"怎么成为文学文本？重点是写作者的主观介入方式。无论是非虚构写作，还是虚构写作，对于人类的精神和心灵的探索，是写作发生的本义。写作者的主观介入毋庸置疑，关键是怎么介入。

虚构写作的对象是开放的和不确定的，主体介入的主要方式是想象和结构。非虚构写作的对象是相对客观的，主体介入的主要目的是还原和表达，主要方式是通过样本调查选择认识和判断现实与历史真相的路径，在文本构建过程上，非虚构写作的一个基本共性是"写客观世界发生过的事和人"。这个"写实"，一定是有一个具体的关注对象，通常表现为一个事件或一个人、一群人。通过调查和研究，剖析事件发生的过程和动机，解释命运变迁的偶然和必然，可以是顺时针叙事，也可以倒叙。非虚构文本最终能够还原、再现和记录到什么程度，取决于创作主体介入的侧面是什么，选择调查的样本是哪些。

非虚构写作无论选择从哪个侧面介入，对于人性和人情的探研始终是笔墨的重点。理由很简单，事件或事实的发生主体是人，日常化生活中人是细节实施的主体就不用说了，重大事件或一些事故中，尽管有时表现为制度、机构、技术、经验、成果等"物象"，但是人的具体行为和人的情感走向，最终生发并决定了事物发展的方向。写作是对人性和人情奥秘进行剥丝抽茧的还原，这个还原的过程也是从一个侧面还原事件或事实。

但是，同样写人，非虚构写作与虚构写作的叙事依据不一样。虚构写作在虚构的名义下叙事视角可以全知，也可以有限，可以从任意的角度对人物进行想象和虚构，叙事的开放性，产生了丰富的叙事期待，叙事者在命运的构建过程中只要"自圆其说"，即合乎"可然律"逻辑就可以。非虚构写作中，尽管叙事者可能把它放到最后说，读者必须看完部文字才知道，人和事件的结局其实是"已然如此"，对于叙事者来说，要做的事是由这个"已然"结局回溯发生的过程、动机，叙事者是侦探，要破解这些指向结局的来路，叙事的逻辑依据是他或她听到的、看到的和猜到的"事实"。这个"事实"，当然有赖于创作主体的发现——主体的发现是写作产生冲动的依据，并通过各种调查补充和完善这种发现。叙事的基本目的是"还原"事实和"了解"事实。在非虚构写作中，创作主体不仅是一台有选择的摄像机，还是一台有意图的编辑机，摄像头摇到哪儿，什么角度，采用仰视、俯视还是平视，完全取决于掌握机器的这个人，成品效果最终也取决于这个人的选择和意图。所以，在坚硬的"事实"面前，非虚构写作的主体介入性，其实相当明显，作用很强大，他或她是一个意志力强大的法官，他或她不断地发现新角度、新证据，他或她还能够作出方向性的判断。当然，由于叙事依据不一样，同样的叙事方法，产生的美学效果也不一样。叙事中常常使用"逆转"或"逆袭"，在虚构小说里会产生"浪漫"或"传奇"效果，在非虚构作品中则会相应地产生强大的现实命运感。

又有一个问题出现了。既然文学写作的目的是对人情和人性的真实奥秘进行探索，小说等以想象和虚构为创作手段的写作，依据的叙事伦理是什么？想象和虚构的依据依然是生命和生存的经验。非虚构写作试图对人类的经验原貌进行确认和记录，小说、戏剧等借助想象和重构，探索人类在边缘状态等极致状态下的能力和表现。对于小说和戏剧，美学评价的标准依然是"真切""动人"。真切，是美的标准，而不是道德标准，实现了真切，形成了经验的共鸣，才会动人。这是文艺作品鉴赏和接受的一个基本路径。

新闻和文学黏合，是"双赢"。对于文学来说，文学与新闻黏合，表现出对现实和历史"客观存在"的关切，不是技术性的变化，而是写作诉求和写作立场的变化。

首先，这是"向外转"写作的一种回归。从 20 世纪 80 年代后期以来，当代文学呈现出一种"先锋写作"和"向内转"的写作风潮。先锋写作对于写作观念、技巧的探索本身无可厚非，但当许多先锋写作建立在文本形式探索的基础上，形式不再出新，文本的思想力又不足够强劲时，写作就陷入难以为继的状态，大批先锋作家也因此销声匿迹。"向内转"是先锋写作衰微之后的一种写作潮流，对于本我和自我的探讨本无可厚非，但这种"向内转"成为逃避关注客观现实的借口，被"80后"和"90后"无节制地使用。以网络文学写作为例，穿越、玄幻成为主要模式，人物活动的历史和现实环境虚化，人物的性格和情态也完全模式化，文学写作成为真正的瞎话和白日梦。从写作对人性和人情的奥秘进行探索这个角度，网络文学的大量写作毫无贡献，写作成为文字的复制粘贴，制造的是重复的肥皂泡，这种写作遮蔽了丰富的现实存在，篡改了人们关于文学与现实、历史关系的理解。一方面是每天在大量地制造毫无现实感的网络文字，一方面是现实和历史在以丰沛磅礴的速度制造素材。专以现实和历史为写作对象的非虚构因此"揭竿而起"，文学写作以另一种形式回到了现实和历史的现场。

非虚构写作的勃发有深刻的现实背景。新世纪以来，非虚构写作同时在新闻和文学两个领域被主张并付诸实践不是偶然，是拜变化巨大的社会转型现实所赐。从20世纪90年代以来，中国社会进入了巨大的社会转型期，一是政治、经济和文化秩序重构，生活变动和生命迁徙活动进入激烈时期；二是全球化和信息化的复杂背景，给认知和实践增添了复杂系数。现实人生的丰富性和复杂性远远超出人类既有经验和对未来的想象力，加上信息总量和信息传播速度集束式增长、海啸式堆砌，导致人类原发的想象力和创造力钝化。现实比虚构更有戏剧性，所谓戏剧性，即跌宕起伏、不按逻辑出牌。对于文学写作来说，戏剧性即极致性。戏剧性和极致性，都是相对于人类认知能力而言。当历史和现实在人类的经验面前，不断表现出戏剧性和极致性时，虚构和想象就会自惭形秽，再现和记录生活的愿望就会增强。于是，我们看到了非虚构写作开始发力。

无论从世界历史来看，还是从中国历史来看，中国社会目前都处于重大转型时期。转型中产生的丰富的社会关系和命运变迁，包括现实和历史的戏剧性变化，都是文学写作的素材。许多作家感叹虚构赶不上现实，在这种背景下，文学写作对于现实和历史的态度成为首要问题，文学写作对于现实的发言能力倒成为其次问题。也是在这种背景下，非虚构写作作为一种文学文体进入公众视野，它的标志是 2010 年人民文学杂志社设立"非虚构作品奖"，并启动"非虚构写作计划"。在"非虚构写作计划"的推动下，一些作家和作品崭露头角，如梁鸿和《中国在梁庄》《出梁庄记》、李娟和《羊道》《冬牧场》，等等。经过几年的准备，一些在小说和诗歌写作领域有建树的作家也写出了有影响力的非虚构作品，比如，阿来的《瞻对：终于融化的铁疙瘩》、于坚的《印度记》、王树增的《抗日战争》、贾平凹的《定西笔记》、杨显惠的《定西孤儿院纪事》。李敬泽在《十月》《当代》上发表的《精致的肺》《护国之肝》，以及雷达在《作家》杂志发表的《费家营》等，也是非虚构写作的一种实验。旅华美裔作家何伟创作的中国三部曲《江城》《寻路中国》《甲骨文》，对于非虚构写作这种形式的贡献也值得研究。此外，以传统的报告文学、随笔、特稿等形式出现的一些非虚构写作也应该被关注，它们立足现实，较自觉地用文字记录社会历史。

解决了对于现实的态度，还要对非虚构文体边界做出判断。第一个大边界当然是"叙事"，抒情文章不在此列。在叙事大类里，非虚构写作与我们习见的新闻文体的区别在哪儿？以2015 年 6 月 10 日《时尚先生》杂志刊发的特稿《大兴安岭杀人事件》为例，谈点儿我的看法。

正如《大兴安岭杀人事件》这篇文章刊发时编者按所说，作者也即记者原本是要写篇通讯或特写，报道大兴安岭林区实施天然林禁伐令这则新闻。但是这个叫魏玲的记者是个好作家，采访中她发现了一些独特的东西，她没有偷懒，没有让这些发现随随便便地滑过去，而是选择了一种可以充分表达的文体：非虚构写作。虽然文章署上"特稿"栏头，虽然这篇文章以新闻为由头，但是写作的目的显然不是交代林区实施天然林禁伐令这一新闻，也不是只写一则林区偶然发生的杀人案。如果是前者，这篇文章的笔墨重点应该是为什么要实施天然林禁伐令，禁伐令的内容是什么，各种人对于禁伐令的反应。如果是后者，文章应该重点描写杀人动机、杀人过程以及追捕行动、司法反应。这篇文章是怎么写的？这篇文章的好，不在于"杀人"，杀人过程一带而过，杀人犯和杀人这件事不是笔墨重点，"这篇报道致力于呈现戏剧张力与孤独色彩的大兴安岭深处生活，以免它湮没无闻"。重点是"闲笔"和"闲人"，写一个鄂温克老人的孤独，写一个饭馆食客的攀谈，写一个叫贾二的林场工人的暴脾气，写环境、经济和历史。这些笔墨与中心事件有点远，但它是林区的生存，是当下一个角落的生存。作品打动人的，恰是这些无辜、坚韧、偶然的存在。如果一定要对文学和新闻的文本做个区分，是不是可以这么说：给出明晰"答案"是新闻写作的目的，写出丰富、微妙甚至暧昧的命运是文学写作的目的。比如一起杀人案突然发生了，虽然与"答案"的关系不是必然和紧密的，但它恰恰用一个偶然性事件，折射了一个人或一群人的命运，摆脱固化的思路，打开同情和启迪的场所。

在诸多现实素材面前，非虚构写作者用文字组织出人类世界生命演变的链条，写出时间和空间的质感。文学是人学，各种以历史资料、以新闻事件为由头的写作，最终是要还原人的真实生活进程。

贴近现实，同生活高度结合，追求写作的温度、丰富度以及新鲜度，显示出现实主义写作的狠劲，是非虚构写作的特点。但非虚构写作在题材范围内显然大于"新闻"，不仅对现实有狠劲，对于"过去的新闻"即历史的探索，非虚构写作同样兴致勃勃，阿来的《瞻对：终于融化的铁疙瘩》、王树增的《抗日战争》、李辉的《封面中国》等都属于这一类，即通常所言"回到历史现场"。历史也是现实，对于历史的发言，是对现实的另一种方式的表达。

非虚构写作是一个由多元素材来源、多种样式构成的写作形式。在这个形式内部，有自己的纪律和自己的理念，这就是对于"真实"的标举。如苏珊·桑塔格所说，作家的首要职责不是发表意见，而是讲出真相，作家要让我们看懂世界本来的样子，充满各种不同的要求、区域和经验。现实和历史充满了莫衷一是的细节和不同层次的声音，以现实和历史为素材的非虚构写作，看起来是写作边界的打开和漫溢，其实还是在文学也即人学的手掌里。对于中国当代文学，非虚构写作的勃兴也可以看作是现实主义写作态度的回归。

原载《文艺报》2016 年 3 月 14 日

关于近五年长篇小说的一点看法

对于一个时期或时段文学创作的评价，要看这个时期或时段文学能跳的最高刻度，而不是平均线。这也是我自己一直深信不疑的一种方法。从 2013 年到 2017 年，在长中短篇小说创作的沙盘里，跳得最高的还数长篇小说，长篇小说重镇地位保持不变。一是因为长篇小说创作体量大、数量多，创作队伍强、评论家关注度高、作品影响力大；二是作为人类一种对抗各种碎片化、即时化的表达，长篇小说可能从容量和形式上比较有优势。

在这五年，长篇小说创作发生了哪些变化？它们对于当下文学创作产生了什么样的影响？

变化之一：一批成熟或重量级作家回归或主要用力于城市题材文学写作，对于城市问题的观察和抓取敏锐、生动、深刻，他们的写作迅速拉高了城市小说创作水准。

由近说远。今年，以书写东北南部沿海农民出名的孙惠芬年初出版的长篇小说《寻找张展》，从成长小说、教育题材出发，延展出一个现实变革中的中国城市空间。随着生产力和生产关系的改变，整个社会关系发生了本质性的变化，权力和资本对于亲情、友情和爱情进行篡改。旧有的伦理、农耕时代的规则，以及我们内生的一种对于文明生活的向往，能不能对抗这种篡改？孙惠芬挖出了一口深井，细节丰满，人物可信，写到新青年，写出了城市关系的本质。孙惠芬不仅超越了她的"50后""60后"同代作家，也从对社会本质性、内在性的揭示方面超越了绝大多数年轻的城市生活写作者们，实现孙惠芬自我爆破的同时，也实现了城市题材写作的一种爆破。

今年还有一部现象级作品，这就是周梅森的《人民的名义》。《人民的名义》对于反腐题材把握及时，它之所以形成现象级传播，一是对于新的形势下政治生态的观察和描写准确到位，二是为这类书写贡献了高育良、李达康、祁同伟这些典型化文学形象，成为近年反腐题材写作的力作。

2016年，王安忆的《匿名》文本极富实验性，既是王安忆自身写作的一次挑战，也是长篇小说写作的一次技术攻关，被称为"烧脑"小说，在评论界产生意见悬殊的议论。路内的《慈悲》是2016年一部普遍叫好的小长篇。作为一位相对年轻的作家，路内对于工厂、工人和生活痛感的表达，温和、宽谅、有情义、语言干净、值得称道。徐则臣的《王城如海》对于雾霾问题的抓取，北村的《安慰书》作为一个先锋作家对于社会现实问题书写的转型之作，都有一定的特点。

2015年是长篇小说丰收年。陈彦的长篇小说《装台》像一匹黑马横空出世，作为剧作家的陈彦回归小说领域的第二部长篇，排在当年"中国好书"文学类第一名，不是偶然。小说对于装台工以及装台这个边缘化职业的书写，为当代文学提供了独特的时代经验、生活经验。小说继承了中国传统小说的写法，在人物塑造、方言使用、故事讲述等方面下了很大的功夫，特别是顺子这个人物，是可以进入文学史的独特形象。2015年，东西的《篡改的命》是另一部功力深厚的作品,无论是主题的开掘,还是人物形象的塑造,都应该得到关注。

2014年,徐则臣的《耶路撒冷》、阎真的《活着之上》和严歌苓的《妈阁是座城》都值得一提。《耶路撒冷》是徐则臣"进城知识分子"写作的代表作,小说里对于知识分子的精神内省和救赎描写是有价值的。《活着之上》延续《沧浪之水》的风格。《妈阁是座城》细致生动地讲述了澳门赌城、赌徒的故事,探讨人性的美丑和善恶,也是一种新鲜经验的表达。

由第九届茅盾文学奖五部获奖作品可见,城市文学与曾经火力集中的乡土写作开始平分天下,五部作品中,除了王蒙的《这边风景》是边疆题材外,其他四部,两部乡土题材——《江南三部曲》和《生命册》,两部城市题材——《繁花》和《黄雀记》。具体到这五年,一个明显的感觉是整个城市文学创作数量上升,作家队伍扩大,具有现象级传播影响力的作品增多。这些作品从不同角度提供了新鲜、有益、独到、有效的时代生活和城市经验。为什么会这样?城市自身的发展是一个客观因素。随着城镇化进程的加快,城乡比例发生了很大的变化,城市的规模和城市人口总量都在扩大。城市生活孕育了城市文学,作家的城市生活经验丰富了,写作队伍发生变化,这是本质原因。特别是具有战斗力的"50后",总体上虽然还在写,但数量在减少。而已经进入中年的"60后"和"70后"接上了棒,他们许多受过高等教育,有些甚至有过留学、访学经历,在城市生活的时间较长,体力又好,开始在城市题材上用功。

变化之二:新乡土写作的出现,改变了农村题材写作的旧有格局,特别是"70后"女性作家的发力,让乡土写作呈现出新的面目和希望。

说到乡土文学写作，首先要向贾平凹和格非两位文坛宿将致敬。在这五年中，他们的写作依然坚持面向乡土，面向现实，保持着稳定的数量和稳定的写作水平，每每还有新的关注和新鲜表达。比如贾平凹的《带灯》、《老生》和《极花》，特别是《极花》，将人口贩卖这样的社会沉疴纳入长篇小说创作视野，表现了一个成熟优秀作家的勤奋和敏锐。格非的《望春风》对于乡土中国的观察，是2016年长篇小说的一个收获。

老实说，现有的大量的乡土书写与中国乡村现状并不匹配，一是不能真实地再现乡村现实的复杂性；二是叙事陈旧，堕入模式化和浅表化。解决第一个问题，首先需解决作家自身的认知。作为写作者，哪怕只是写一个角落，也应看到乡村的整体现实，要写出整体性经验。整体经验的匮乏，导致许多乡土写作简单粗暴。

李凤群的长篇小说《大风》，可以看作是一部关于中国农民身份和身份感的写作。这部作品打破了家族史惯常的线性时间叙事模式，采用穹顶式空间叙事策略，随着时间和事件的流逝，痛感在不同主体间转移，痛感的动力、缘起也在转移，反击痛感的方式也在转移。四代人各自的立场和视角，差异的声音，混合为一部主体旋律明确的江心洲农民命运交响乐或者中国农民命运交响乐。从两个"梁庄"到《神圣家族》，知识分子梁鸿不仅文字回到了乡土，身体回到了乡土，眼睛和耳朵也回到了乡土。陕西"70后"女作家周瑄璞和王妹英相继出版的《多湾》和《山川记》，对于中原农村特别是陕西农民的观察，既有清醒、深刻的时代经验，又在艺术上发挥了女性细腻、鲜活的优长。

　　要重点说说付秀莹的《陌上》，这是"最当下中国北方乡村分集记录"。过去的两年，许多人都重提"现实主义"，我的理解是，透过大量的隔岸观火和隔靴搔痒、大量敷衍的抒情和穿越，大家希望从文学书写中获取关于当代社会的可靠信息，看到生活细节的质感重现——它或能最终填补历史叙述的罅隙。使《陌上》与"最当下"相连的，不是"日常"的风俗，而是风俗的"非常"和"变迁"。《陌上》对于社会现实的表现和理解，既犀利又典雅，受到了许多评论家的激赏。

　　好的文学永远拥有直指内心的力量。我对这些作品的挑选，主要依据两个标准：现实感和叙事性。现实感，是这五年来长篇小说与时代、人民和生活关系的一种表达，"文学是时代的精神记录"这一点始终是写作本义。叙事性，是对知识分子介入小说写作后叙事性弱化的一种反拨，小说的叙事艺术应该也是小说写作的命门。

原载《文艺报》2017 年 8 月 28 日

偏见和趣味

关于批评，一连串问题会从脑子里跑出来，比如批评的正义和理性、批评的有效性和武器，等等。偶然间，作家鲁敏的一句话刺激了我，决定就谈谈偏见和趣味。

自然，所有的批评都不能抛弃角度，角度就是一孔、一隅。角度是偏于通俗的表达，理论和学术的表达应该是维度。对于一个成熟的批评从业者，维度是学术修养、价值观和趣味三味一炉的结晶。这三味，有无伯仲？不知道别人怎样，至于我自己，这三味是慢炖已久、各自入味、难分伯仲，但也还有分别。比如，学术修养或学院教育构成是基本起点和逻辑养成，价值观和趣味决定批评的面向。

如果不是本硕博十年学术训练，我这个曾被戏称"湖畔派"的女文青，本硕毕业后极有可能投笔从商、从政、从嫁……选择无好坏，但此一生奉献给报纸副刊编辑这个职业以及批评这个所好，也算学有所用，故能安之乐之。一个阶段，对舞蹈和音乐感兴趣，开始写写涂涂，音乐舞蹈界写文章朴素，没见过我这样花哨的，于是有人问要不要去舞蹈所当所长——这是玩笑呵。及至跟随单霁翔先生研读文化遗产专业博士，我确实彷徨过，这个专业更侧重建设性的理论建构和丰富的田野实践，我是不是应该从建筑学起步？幸而打住，感谢"湖畔派"的趣味。我掂量了一下。

及至正经开始批评实践，已是许久以后的事了。导火线还真是"价值观"。郭敬明的电影《小时代》上映，我像九斤老太一样忧虑莫名，写了篇《小时代和大时代》。互联网正值盛年，这篇文章一不小心成为一枚炸弹。美国《大西洋月刊》开始讨论《小时代》的"六宗罪"。青年批评家黄平后来用《小时代和大时代》这一题目写了本书，专谈"80后"和"90后"的作品。

事过境迁，回头再看这篇文章，个别措辞确实严厉了些，对于青春文学也有偏见，可以改得更恰切。好，说到偏见了。偏见在汉语里已被窄化，成了贬义词。偏见的这一窄化也影响了批评生态，许多人都害怕偏见，包括批评的对象，也包括批评从业人员。只有当偏见回到中性和哲学范畴，立意在维度和深究，我们才会懂得偏见的深刻和必要，才可能迎来真正的批评。

批评从业者从事批评实践，都有一个终极目标，即有效和精准。怎样才有效和精准？有的放矢，逻辑科学，持论明确。逻辑源于维度，持论是维度射出来的箭。批评持什么样的维度，就射出什么样的箭。维度从哪儿来？学术修养、价值观和趣味。学术修养是必要前提，是批评的门槛，这个门槛通过学习可以跨越。趣味却比较麻烦，更偏重于直觉和感受力，受直觉和感受力引导。李泽厚说是直觉和感受力，而不是其他，决定了一个批评从业者的职业生涯能走多远。此言不虚。直觉和感受力，好比美食家的舌头，是自带武器。故而，说一个人趣味不行，实际上就是判了一个批评从业者的死刑。这也是对趣味的偏见。

　　趣味是批评发生的内驱力，偏见是批评的激情表现。至于价值观，它在偏理性的学术修养和偏感性的趣味之间作了平衡，使批评主体的判断具有稳定的倾向。

　　三月份，鲁敏把小说《荷尔蒙夜谈》寄来，附了句话："觉得你的趣味是比较雅正、追古的。我也是犹豫了一下，才寄去。"作家对于批评从业者是不是也存在偏见呢？

原载《南方文坛》2017 年第 6 期

回到本体批评抑或本本批评

文学批评的一个重要内容是作品批评。作品批评也是文学批评的逻辑起点。针对具体作品的文学批评，通常花开两朵：一朵是社会文化批评，一朵是本体批评。

社会文化批评涉及作品与历史、现实的关系，也涉及作品客体与作家主体的关系。针对作品和作家的社会文化批评，不仅是必要和重要的，在某些时候，特别是在历史的长河里，甚至是判断一部作品创作成就的主要依据——这与文学发生的动力和诉求有关。但本文的重点不是谈社会文化批评的表现及影响，而是想谈谈本体批评——因为关于本体的批评实践正在弱化。

什么是本体批评

在谈本体批评之前，先对本体批评的概念作一个界定。从广义的角度，社会文化批评当然是并必须是从文本出发、以文本为依据的批评，相对而言，它侧重于对文本的"外循环系统"进行批评。而我们通常说的本体批评则更侧重对文本的"内循环系统"进行批评，具体的面向是文本的语言、结构和风格，也即传统意义上的"本本"批评。在本体批评相对封闭的循环系统内部，分蘖、结构和生成了许多意象形态和意义链条，繁衍出许多学科，比如语言学、叙事学、形态学、风格论，等等，纷繁复杂，摇曳生姿。在这诸多细分学科中，语言或文字无疑是文学批评的基础对象，由语言或文字衍生出叙事、风格。毫无疑问，没有变化多样的"内循环"，就没有精彩出色的文本呈现以及延展丰富的文本"外循环"。因此，本体批评这个"内循环"，封闭性也是相对而言，内循环和外循环两个系统理论上应该畅通无阻。

从方便表达的角度，如果把社会文化批评描述为关于文本的精神表现或社会表现的批评，关注语言、结构、风格的本体批评，可不可以描述为是关于文本的物质呈现或艺术呈现的批评？如果我们认可这种比较直白的描述，社会文化批评和本体批评的关系似乎很清晰，无非是"精神"和"物质"或"务虚"和"务实"的关系。必须要补充一句：现实层面的社会文化批评与本体批评的关系可不这么简单，更多的情形是你中有我、我中有你，界线交叉、模糊。至于逻辑上为什么可以这样推理，如前所说，具体的文本也是社会文化批评进行阐释和研究的逻辑起点，文本是依据，是物质性的基础，不同的文本产生不同的阐释和分析路径，最终形成不同面向的批评文本。

本体批评实践的弱化

社会文化批评和文本批评的关系既然如此清晰，那么问题来了。第一个，本体批评实践怎么就弱化了？说弱化，也是相对社会文化批评"强化"而言。谁弱化了本体批评？当然是批评主体。批评主体自行弱化本体批评的原因是什么？

一个原因是本体自身乏善可陈，巧妇难为无米之炊，不得不弱化。这是客观原因，这种情形下的本体批评弱化，板子要打在创作的身上。平心而论，今天的文学批评队伍比文学创作队伍要整齐，活跃度要高，虽然这句话说出来会遭到作家队伍的不屑。诚然，当代中国文学创作高手已经达到世界水平，近年来莫言获诺贝尔文学奖、刘慈欣获雨果奖、曹文轩获安徒生奖等便是铁证。譬如登山，高手的确已经登到山顶了，但刚刚爬到半山腰者是常态，而大部分人可能连山腰也还在翘望之中。创作水平差距为什么这么大？今天，整个社会受教育水平普遍提高，会写并喜欢写文章者多起来，与此同时，互联网和线下出版充分发展，文学作品的发表平台和出版渠道越来越多，文学写作的门槛大幅度降低。从文本呈现看，总量大，层次多，精品欠缺。写作是一件需要天赋加经验的精神创造活动，经验本身已经难得，天赋更是可遇不可求。

有人会问，有的国家或地区，在某些历史时期，为什么会有一大批优秀作家集中出现？难道都是有天赋者？写作当然存在技巧训练以及文化生态问题。文化生态或文化环境对于优秀作家的滋养和培育，更多是解决创作主体的物质生存和可持续生产问题以及创造精神的养成问题。就文学本身而言，一切精神性的创造，最终必须转化为美的可以征服受众的文本。技巧训练，解决的就是这个文本转化的问题，也即最终要落实的问题。写作技巧训练是个系统工程，它建立在本体批评实践成果的基础上。不重视写作技巧训练，创作水平受挫，批评水平也会受挫。写作技巧训练不到位，是目前我国中小学以及高等教育的一个硬伤。当然，在写作技巧训练系统中，教员本身具有较高的文化素养和较为丰富的写作实践，教授的技巧才成其为技巧，否则难见明显成效。

与文学创作相比，文学批评需要的门槛一直存在。对文学批评的训练，关键是逻辑训练和审美训练，写作训练倒在其次。逻辑训练和审美训练，建立在知识体系建构的基础上。这个方面，我国传统文科教育有优势。近一百年来传统文科教育都相对发达，各大高等院校集中了一些优秀知识分子，积累了相关的教学经验，也培养了一大批文科毕业生。在这个相对发达的文科教育体系中，从本科课程设置角度，文学教育又是重点和长项，不曾间断和耽搁。而且近年来伴随高校扩招的大节奏，与文学相关的专业，招生总量激增，重视程度提高。这样一种教育背景，为文学评论队伍提供了稳定可靠的来源。比较而言，文学批评队伍"人多势众"，比较整齐。但人多是不是就一定力量强大呢？还要看批评自身的准备。

批评自身准备不足

这就要说到第二个原因，批评自身准备不足。这个准备不足，包括批评主体的主观和客观两个方面。

主观准备不足，即对文本的阅读和研究不足，是近年来文学批评饱受诟病的一个重要方面。针对文学批评的批评，主要集中在批评的及时性、针对性和有效性方面。及时性是时间效率问题。针对性和有效性绑在一起，没有针对性，就不可能获得有效性。关于针对性的批评，也是一枚集束导弹，打的是不及要点的夸夸其谈。不及要点，一是理解力的问题；二是文风浮夸；三是不读作品、不了解情况。理解力是个硬伤，是客观准备，这个只能通过理论学习和不断实践加以提升。文风浮夸和不读作品是同一个原因：浮躁、浮浅，不肯下做细做实的功夫。教师不备课，站在讲台上乱说一通，必然会被学生"嘘"；批评者不读作品，却因情谊、面子或投机心理驱使乱发意见，会被作家或公众"嘘"。

贾平凹谈到长篇小说《极花》创作时说，"对于当下农村，我确实怀着两难的心情，这不是歌颂与批判、积极与保守的问题，我就是在这两难之间写出一种社会的痛和人性的复杂。而作品讨论要回到作品本身，脱离小说文本的任意延伸、引申是可怕的"。有批评从业者会不解，浮躁是整个社会的一种心理表现，何以独对文艺批评如此苛刻？作为一次性表现或仅作为个体的私密表现，这种做法可以不去管他。但作为一种专业行为，或公共行为，这种浮躁会产生暗示，影响批评的客观性和权威性，最终损害批评的合法性。至于说到职业操守、底线把关则是道德伦理层面的问题，是另一码事了。

如果阅读和研究了文本，依然作各种不接近、不切实的批评，不是态度或作风问题，而是"不曾解得其中味"。不解其味，是缺乏审美力、理解力和判断力的表现。审美力，需要经验和直觉。直觉可以是天生的，也可以依靠经验培养。建立在审美力和理解力基础上，放在一个大的历史背景和专业背景下研究，对具体文本就能作出合乎逻辑的判断。合乎逻辑的判断是理性的判断，最终会得到认同和支持。

理解力的提升则需要各种知识储备，包括哲学观和方法论储备，这一点很重要。在综合性高等院校，包括历史、哲学在内的文科教学起初与中文教学齐头并进，但近二十年来，受到"实用论"和"就业至上"的影响，许多学校大幅度压缩历史和哲学的本科招生比例，甚至砍掉相关院系课程设置。"哲学是我的职业，历史是我的训练，文学是我的娱乐"，胡适这句话虽有偏颇，但不无启发。在传统文化浸染后接受西方文化观念的民国通才教育，有可圈点之处。一个学者如果不做哲学和历史知识储备，要想在文学批评领域做出大的成就，在我看来是断断不可能的。

理论准备不足

在关于本体批评的客观准备不足这个层面，除从业者的经验准备不足之外，还有理论准备不足，这一点其实是最重要的。理论准备是批评主体的方法和武器，理论准备不足的问题近年来特别突出，也是文学本体批评弱化的深层原因。理论准备不足也有两个原因，一是理论联系实际不够，一是理论创新不够。

理论创新不够，是大家的普遍苦恼。文艺理论的创新肯定不是在沙滩上建城堡，它要面对共时性的现实实践，还要面对历时性的经典传统。理论创新可遇不可求，需要积累和等待。这个问题比较难解决，但是，一旦理论有创新或突破，批评实践就会获得质的改观。

相对好解决的是第一个问题——理论联系实际。本体论的要素是语言、结构和风格，关于这三者，中外文论中都有丰厚的理论阐述，特别是中国古典文论，从《文心雕龙》《诗品》到《人间词话》，基本上都是在艺术本体范畴开化散叶。西方义论就更不用说了，古典主义也好，现代派也好，"格物致知""技术化"是它们共同的强项。以语言学为例，索绪尔的《普通语言学教程》为现代语言学奠基的同时，也开创了结构主义的先河，其他如小说叙事学、诗歌形态学等就更不用说了。既然受过严格的规范的理论训练，批评主体为什么在批评实践中将理论武器挂靴？对于经典理论的轻视，导致理论与评论两张皮，理论不能介入本体批评现场，最终导致本体批评的弱化。加强文学理论和批评实践的联系，可能是回归文本、强化本体批评的有效路径之一。

就此打住。既然谈到强化本体批评，还是不再夸夸其谈，做一次直接文本的批评实践为好。

原载《文艺报》2016 年 7 月 18 日

下篇

议

陈彦的文学观和方法论浅议

文学创作，从行为和动机的角度，个体特征比较突出。但作家成名以后，对于作家及其作品的研究，必须要放在"史"的大盘子里探讨，才能对文本的价值进行有说服力的解析和判断。这个过程也是文学经典化的过程。这个"史"，既有作家个人创作史的意味，更有一时代文学所反映的整体时代精神及其嬗变线索之意味。研究个人创作史，探讨的是一个具体作家的"长成"和"组成"。千差万别的个体构成文学史的全部，提炼出规律性和独特性，个别研究就有了总体性价值。研究文本对于整体时代精神及其嬗变线索的反映，是从文本出发，把具体的、个别的创作放在"时代"和"历史"两面巨大的镜子前，以此为鉴，以此为坐标，对文学创作的历史表现和时代意义进行判断。后一种研究，客观上溢出了文本本身，试图建立文学创作与时代、历史的关系，其价值在于突出和强调文学创作的社会功用，使文学创作超越职业化行为，成为一种重要甚至必要的精神活动。

从这个角度看当代文学，相对而言，陕西作家群对于现实主义风格的坚持和开拓比较用力，成果也明显。具体到陕西作家群内部，柳青、路遥、陈忠实、贾平凹在现实主义风格大旗下各有擅长的场域，表现出独特性，包括凭借长篇小说《主角》获得第九届茅盾文学奖的陈彦，其创作风格也十分清晰。与同时代大多数作家相比，陈彦及其创作属于其来有自，文学信仰正统，价值表达恒定。

新与旧，特殊性和普遍性，都是相对而言。从"返本""开新"的角度研究陈彦文学创作路径，或许能解释很多问题。

"为人生"和"在人间"

正统文学信仰和恒定价值表达，这里指的是五四新文化运动以来以鲁迅为代表所主张的"为人生"和"在人间"的文学追求。"为人生"和"在人间"有紧密逻辑关联，具体到陈彦的创作，是创作动机和方式方法的关系。

（一）经验表现的独特性和时代性

把文本作为具有道德优势和知识优势的个体表达，是现代小说写作的一种当下趋势。这种趋势的写作，脱离人文环境的具体性和丰富性，过度倚重创作主体的想象力和虚构能力，与实际生活经验对立，越来越多地陷入重复与自我重复之中。现代小说写作的这种趣味，不仅大量存在于书斋写作，就连许多从底层成长起来的作家，也开始倾向放弃对于生活经验的信赖，标举"想象力"，认为这是"洋气"的写法。任何事物走向片面化，便是死路。最早把这条路走到死胡同的是先锋小说。先锋小说包括现代小说为什么会有这样的表现，原因很多。其中，缺乏和轻视生活经验应该是本原。文艺创作离不开想象力，也离不开技巧，但相对于想象力和技巧，文学创作的逻辑前提是对具体环境中的体验经验的再现和表现。能否提供独特的、新鲜的、发人深省的、令人回味的生命体验和现实经验，是文学作为一种精神活动的逻辑起点和始终应有追求。

"如果要问我这几年中国当代文学最大发现是谁，我会毫不犹豫地首推陈彦。……他扎实的写实功底、深厚的文化底蕴、细腻的人物塑造、绵密的叙事风格赋予其小说独一无二的品格，在中国当代文学的大家庭里称得上是奇花独放，令人惊艳。"从2014年1月出版第一部长篇小说《西京故事》，到2019年8月凭借《主角》获得茅盾文学奖，前后不到六年时间，陈彦创造了奇迹。由结果反推，陈彦以"拙"为"新"的写实路径和叙事风格是有效的、富有感染力的。通过小说和剧本，陈彦努力描述确切而不含糊的人生经验，表达稳定而不摇摆的价值观念，散发出新鲜动人的生命滋味。新鲜指经验的保鲜度，动人指经验的形象性。

珍视经验，让生活进入创作现场，陈彦的写法不难辨析，但恰恰是这种老老实实、看似守"拙"的写法，体现了文学创作记录和再现的要义。在当前各种时尚洋气的写法中，是"返本"，是"反动"。

小说作为20世纪以来中国本土文学中发展最快的一种创作样式，从白话小说雏形到现代小说经典，进行了多种多样的形式和内容的探索，积累了大量丰富的经验。小说作为一种艺术形式，如何审美地重构生活、表现生活，可能是永恒课题。人类对于审美创造的主观期待不断延展，客观生活经验不断变化，人类的想象力和文学重构方式不断遭遇挑战。在如何重构生活和生命经验的艺术探索中，现实主义创作风格是重要收获。坚持现实主义精神，追求有效介入生活和历史现场，着力塑造典型环境和典型人物，努力通过真实性和形象性写出深刻性，用现实主义风格再现和表现毫不含糊的时代以及个体经验，成为陈彦长篇小说创作的重要特质。

时代变迁，生产力和生产关系急剧变化，由此带来的人的生活和命运变化，是陈彦文学创作的关注重点。比如在历史的背景下，写出职业的特质和社会性，写出现实生活中的人和时代、人和职业的关系。两部以戏曲为题材的长篇小说分别以装台工和戏曲演员为表现对象。《装台》对于装台工的生存环境的观察，填补了当代文学创作这一题材的空白。在《装台》里，作家像细工木匠，一笔一笔地刻画刁顺子这个人物以及他的生命空间。通过狭小的个体空间，及时并鲜活地展示了时代背景下变化了的装台工生活，既从微小的侧面表现时代征候，又充分描绘出人物独特的生命哲学和生命方式。《主角》记录和刻画剧团和戏曲演员的生活空间，从经验提炼的有效性层面和形象塑造的新鲜性层面都有独特贡献。《主角》对秦腔剧院大小新老演职员的艺术生活和日常生活进行近景观察，通过这个群体的情感方式和行为方式，比如忆秦娥的经历经验，再现一种珍贵而独特的艺术人生。刁顺子也好，忆秦娥也好，这些人物及其经验因为独特性和时代性而深刻和珍贵。

（二）儒家文化精神内核的体认

陈彦通过富有生活质感和特殊经历的典型人物塑造，写出了今天这个时代背景下民间散落的儒家文化遗存，这是他戏剧和小说创作的意外收获。

陈彦通过刁顺子这个人物形象，描绘小人物身上的忍辱负重、人性的自强和自救，充分展示市场化时代儒家文化的纵深传承。这里面涉及"义利观"的当代辨析。从古典社会进入商业社会，刁顺子这个底层人物身上隐伏的情义，是对社会变化大背景下的一种反差经验的信任。小说从四个层面构筑刁顺子的"情义世界"。一层是"信"，主要是写刁顺子的职业操守。一层是"义"，对于装台工弟兄们的情义，包括同工同酬、同舟共济，把小工头的职业形象拉宽了、改写了。一层是"忠"，先后娶了三个妻子，死掉两个，走掉一个，对待继女的态度尤其具有典型性，对于刁顺子这个人物的性格塑造极为有力。刁顺子与亲生女儿菊花、继女韩梅的关系，形象地折射了"义"和"利"、儒家文化与市民文化的紧张对立。一层是"仁"，对于忤逆、背叛行为的宽恕，写出仁者之心，甚至表现出道家的味道。描写刁顺子与朱老师、师娘的交往细节，对待父母兄弟的孝悌，其实是在写儒家看重的"礼"。也用一些细节写刁顺子对父母兄弟的孝悌。刁顺子有着七情六欲，有着爱憎，小说实事求是地，甚至着力描写了他的狡黠和幽默。因此，我们看到的刁顺子，是大好人，但不是滥好人，更不是无用的好人，而这往往是写人物正向特征时容易误入的歧路。刁顺子的性格特质是符合真实生活逻辑的，如果没有这种性格特质以及柔韧的生存能力，刁顺子早就被生活压垮，当然，也就不可能成为富有人格魅力的典型形象。小说是作家的话筒，是有主张的精神活动，表达了作家对生活的理解和主张。陈彦的现实主义创作精神表现为遵循生活逻辑，不拔高，也不拉低，写出人性固有的丰富有趣的一面。通过刁顺子这个现代游侠形象，围绕"仁义礼智信忠孝"书写人物精神，写出了困窘下的侠义。现实人性丰富复杂，小说理应写出真实具体的人性。然而，是津津乐道于人性的低劣，还是善于发现人性的高级，这是两种透视路径，小说呈现的面目也因此大不一样。

小说对于现实和人性的处理，包括对于有价值和美好事物的发现，也是一部好小说和一部平庸小说的区别。

从两千多年前西汉王朝"独尊儒术"至今，儒家文化对于西安的日常生活产生了深刻影响。刁顺子、忆秦娥、罗天福这些小人物身上的儒家文化基因，被陈彦从急剧变化、多元表现、看似无章的生活里提炼成形。以陈彦的"现代戏三部曲"《迟开的玫瑰》《大树西迁》《西京故事》为例，分别书写奉献牺牲、家国情怀、自强进取三个主题。也是由"现代戏三部曲"开始，陈彦确立其创作的基本面向：平民视角、现实题材和都市生活。"为人生""在人间"成为其创作追求。

《西京故事》里民办教师罗天福为了照顾在西京读大学的儿女，带着有病的妻子从乡下进城打工。处于"食物链底端"的罗天福一家进城务工的坎坷不易描写得越真实恳切，种种打击和磨难下内生性痛苦越强烈，在压力下人物身上的德行、朴实情感和良好趣味越值得珍惜。罗天福的行为是儒家以义为先理念的反映。作家为人物灌注了文化灵魂，鲜明、生动，具有强大的感染力和共情力。秦腔《西京故事》演出反响热烈，同名小说于 2013 年出版。追溯这部戏剧和小说获得社会共鸣的原因，与素材和经验的独特新鲜有关，也与对素材开掘的深度有关。没有真正的痛苦和真正的思考，就没有社会的革新。近二十年来，农民大规模大范围进城务工，许多新的问题陆续产生，比如农民工子弟就业、城市原住民与新移民的关系、城乡文化差异等。同时，也产生许多新的经验，新旧交汇、碰撞和交融中的阵痛，这些都是社会现实，也是文学发现、辨析和描述的对象。作家通过文字书写，记录国家和民族历史发展进程中的经验和困难，试图探讨解决问题的路径和方式。这种努力，体现了作家的现实感和人文情怀。

（三）有态度的现实主义

陈彦的现实主义写作，不同于写实主义，不是一比一，也区别于以揭示和批判为目的的"揭批主义"，而是有镜有鉴，是有理想主义底色、有态度的现实主义。这个态度，表现为作家的文学观，即对文学创作社会功用的确信不疑，主张文学疗治人心、改造社会。这是受俄苏文学影响的现实主义风格。狄更斯和契诃夫的小说在揭示生活真相的同时，善于发现和书写微光，让微光成为客观存在。路遥的小说也有这种特点。从个体情感提炼理想人格，最终将理想人格塑造成情感共同体和理想型文化，也是社会主义文艺的重要特征。《装台》里，这种微光是人世间的各种情义。《主角》里，这种微光是艺术热情。《西京故事》里，这种微光是仁厚。

从发现到再现到表现，对现实进行提炼、重塑和加持。再现的完成度，决定于笔力，决定表现效果。生活经验层出不穷，文学创作常感力有不逮。笔力不逮，首先是眼力不逮、脑力不逮。陈彦在长篇小说《装台》里，视角下移、内移，用温润的笔墨，塑造城市夹缝中坚韧乐观地生活着的刁顺子这个文学形象，写出了古城西安光滑表面下的粗糙不平的内里，写出了"了解之同情"和"理解之赞赏"。《装台》这一独特新鲜而重要的经验被评论界敏锐地捕捉到，"作为深浸于传统戏曲和传统文化的戏剧家，陈彦也许在这个问题上并未深思，而是提起笔来，本能地就这么写下去。这个传统说书人的牢固本能，使得《装台》成为一部罕见的诚挚和诚恳的小说——在艺术上，诚挚和诚恳不是态度问题也不是立场问题，不是靠发狠和表白就能抵达，而是这个讲述者对他讲的一切真的相信，这种信是从确切的人类经验中得来的"。

"文章合为时而著，歌诗合为事而作"，中唐诗人白居易在《与元九书》中提出这个观点，经后世文艺理论和创作实践的不断积累，成为唐宋以来中国文学赓续流传的重要传统。这个文学传统，简言之，说的就是创作动机以及创作与生活的关系。创作动机决定创作主体的取景框，决定题材选择、主题提炼和美学表达。文艺创作是精神活动，陈彦的"为人生""在人间"的文学观，决定了其后的文学实践方向和命运。经历长期的历史实践，任何国家和民族都会形成本国家、本民族独有的文化传统和美学范式。文学是对文化传统和美学范式的表现。鲁迅以"吾国吾民""吾乡吾土"为对象，提出"为人生"的文艺观，是儒家"经世致用""文以载道"文化传统的对象化。这一中国现代文学的重要遗产，对中国当代文学产生了深远影响。当代文学的经典作品，题材和风格虽各有偏重，但都可以发现"为人生""在人间"的精神传承。在互联网技术高度发展的今天，文化消费方式和趣味都快餐化，陈彦为什么能凭借三部写法看似传统的长篇小说，在短暂的时间里跻身文学创作一流阵营，值得深思。

在具体的文本中，"为人生""在人间"，也会具体到个体、族群和职业。通过打一口或几口深井，掘进去，带出泥，对井和它周边地理气候进行探研，写出不同侧面的肌理血肉。一个作家、一部作品，能不能关注到生活和时代的肌理血肉，对于世态和人心、人的命运书写得到位不到位，是判断这个作家或这部作品历史价值的重要指标。具体的关注点会各有千秋，比如，同样是在陕西这片文学高原上写作，柳青和路遥的取景框则更倾向探讨在政治和经济杠杆左右下的人性，表现社会重大政治生活和普通人的关联性。来自商洛地区的贾平凹和陈彦，把笔墨较多地探入日常生活的内部，通过描写复杂微妙的日常性和普遍性，记录时代大背景下特异的精神和心灵变迁。

西安书写和文学新空间

无论是孤篇独存，还是洋洋万章，让作家最终能在文学史上留下痕迹的，还是文本表现和美学贡献。陈彦对于经验的表达，主要通过两类题材予以呈现。一是西安书写；一是戏剧书写。西安书写是地理空间，戏剧书写是人文空间。

（一）以西安为天花板

城市不仅是地理，也是文化，城市的个别性和多样性、丰富性和模糊性，远远没有被充分、及时、准确地书写。没有个别性，就没有精准性，也就没有层次感和丰富性。城市题材书写总量不少，但大多停留在城市生活表层和模板层，如青春、爱情和职场，很少触及城市内在生活肌理，也没有形成城市风格的独特表达。关于城市的文字，往往是漂浮的，甚至是架空的、千文一面的。而中国社会发展现状是，城乡差距缩小，城镇化发展水平提高，城市居民在某种角度已经超越农民，成为国民形象构成的主流。面对变化了的社会构成和社会生活，除了北京、上海、广州、深圳这种特征突出的重大城市，其他众多城市和居民生活缺乏具体、详备、可信的文学书写。即便是北上广深的城市书写，也不尽人意，一是具有广大影响力的作家作品不多；二是美学风格和文化气质日渐模糊。

为什么会形成这种状况，原因较复杂，其中有两个重要原因。一个是城市自身的同质化。从相对稳定封闭的古典社会进入流动开放的现代社会，城市风貌、市民结构、文化气质进入同质化阶段。文学是生活的反映，千城一面的城市，在文字里同样缺乏独特性。以北京为例，虽然近年有人提出"新京派"概念，但事实上，作为一个开放的国际化的移民城市，固有的地域性文化特征逐渐消失，新的独特的文学气质尚未成气候。上海因为方言在小范围内保留，情况稍微好点。这也是当年"老上海"金宇澄的长篇小说《繁花》用方言形式写出来之后评论界感到兴奋的重要原因。另一个客观原因是，从比例上看，今天的城市文学主要由青年作家担纲，而长期活跃在创作一线的作家群体主要是"50后"和"60后"，包括少量"70后"，这些年龄段的作家目前虽然基本生活在城市，但大多是通过考学、参军等方式，从乡村走进城市，具体的生活经验和强烈执着的原初情感，都还围绕乡村展开。城市生活经验还没有转化为文学经验，还处在"望乡型"写作阶段。比如作家格非从苏中乡下走到上海，在北京定居，但成名作和代表作多是乡土题材。这种经验结构，导致当代文学乡土书写一直保持高出镜率。人群结构多样，生产生活方式分层，特别是近年来城乡流动性加剧，城市的复杂性和丰富性远远大于乡村，城市与现代性有天然的血缘。一方面是城市书写层次不够丰富，面目不够鲜明。另一方面，城市是文学的富矿，需要被书写，也应该被书写。

取材西安，以"西安"为书写对象，充分体现了陈彦的文学敏感和文学自觉。

"人文的东西，需要不断地去讲述、解说。文献资料、故事传说、诗词歌赋等，这些文字建构起来的都市，至少丰富了我们的历史想象与文化记忆"。在西安复杂多元的题材空间里，陈彦深钻进去，用热度拔出来，已经是打碎、提炼、融合、重塑的文学西安。发掘和重塑的路径，源于陈彦的景深。陈彦笔下的西安，不同于报刊新闻里的西安，也不同于同代同城其他作家。陈彦通过三篇长篇小说和三部戏曲剧本，在北上广深之外，用文字搭建了一个积聚压力和张力的天花板，建构了一个陈彦视角的文学西安。"移民"陈彦，生活和工作在西安之后，着力描写西安，意味着陈彦的经验"移民"和情感"移民"。

从地理层面，西安是西部的政治、经济和文化中心。从经济层面，西安既是西部头羊，又是背负沉重的老牛。从文学创作层面，当代文学重镇，名家辈出，撬动了整个中国文坛。现实生活中的西安色彩丰富。从历史文化层面，是古都，崇文尚武，文化习俗自成一体，比如写字、画画、吟诗、作曲、唱戏、拉琴等，这类"风雅"，也是贾平凹创作《废都》的经验依据。这样一个面向丰富的西安，是以日常和平民的面目进入陈彦的文字。从家乡商洛到省会西安再到首都北京，陈彦其实经历了三个经验差别较大的文化带。西安在陈彦的笔下，首先是刁顺子、忆秦娥、罗天福生活的城市。这些都是小人物，是平民，甚至是城乡交界的边缘人群，但又都是一个社会和一个城市的基础民众。在时代转型中，小人物最容易被抛出生活常轨，受到的考验最多。这个城市，有古都历史人文底蕴，有温柔敦厚的儒释道文化滋养，才有刁顺子的情义、忆秦娥的戏痴、罗天福的达观。在现代文明发展背景下，西安面临经济发展、社会转型的巨大压力，新与旧的角斗下的诸多矛盾，才有刁顺子的坎坷遭遇、忆秦娥的命运起伏、罗天福的艰难困苦。

文学重塑记忆。小说作为虚构的艺术，难点和魅力是在文本和读者之间建立"信"。读者情感被无间隙代入，对小说产生充分的"信"，小说才会对读者发生深刻的感染力。小说的"信"，源于作者的了解。作者写出"了解之信"，包括准确无碍的转达。区别于贾平凹笔下欲望失控、精神危机的20世纪90年代初期的"废都"，也区别于被市场经济异化的其他大都城，陈彦灌注于文字中的西安，是笃定不移、温润如玉的古城，也是充满情义和文化魅力的现代西安。三部长篇小说《西京故事》、《装台》和《主角》都以西安为天花板，目光向下，写城市平民和城市贫民，这里面既有从农村进城的罗天福一家，又有长期生活在城中村的西安老居民刁顺子，还有生活在文化单位大院里有着各种来源的剧院职工。这里面有看得见摸得着的古城墙、大小院落，也有听不懂唱得响的方言、戏曲、村话、俚语，还有厨房的劳作、舞台的表现，有女性间的矛盾，也有男人的粗蛮。古都西安和现代西安交杂的日常生活和盘托出，使得人们对西安的认知富有质感。

一个优秀的作者，一定会像建筑师一样，建造自己的文化空间。《装台》《主角》和《西京故事》从不同侧面，细致地展现逆境中的人性光辉以及人物、事件和情节的内在发展动力，形成对这个时代西安城市的观察和记录。"在一个居住了30年的城市，写她的肌理与骨感，还是略有把握。我对这座城市的感情，全都集中在我的作品里了。"

（二）以戏剧为圆心

戏剧和舞台，几乎是作为小说家的陈彦独有的题材资源，也是他进入文坛独特的姿态。

陈彦的文学创作包括小说和剧本两大块，这使他从创作类型上区别于一般作家。这么强调和界定，是因为很长一段时间以来，戏剧和影视剧本创作似乎已经与文学"分家"了。笔者曾试图从文体意识和文化意识角度，探讨陈彦的创作。从剧本到小说这样一个创作路径，对于推动陈彦作为一个小说家的成长和成熟具有特殊的作用。比如对于塑造人物的用力，情节结构的设计，特别是对于故事和事件本身节奏的控制、矛盾的把握，都是戏剧创作对陈彦产生的影响。

从剧作到小说的"文体皆备"，对于"戏剧艺术"的格外用力，突出的戏剧意识和相关生活经验积累，是陈彦创作《装台》和《主角》的前提。特别是《主角》，以改革开放四十年秦腔、剧团和演员为对象，书写经济转型时期和文化转折时期的传统戏曲演员的生活和经验，借此深入探讨戏曲文化的魅力和命运。《主角》获得广泛关注，有两个重要原因。

一方面是题材独特。以戏剧为观察对象和创作动机，打开新鲜神奇的生活空间。能够写好戏剧题材，必须具有深厚的剧院生活基础，在当下作家中，长期工作在戏剧界并曾长期生活在剧院的陈彦，具有得天独厚的条件。与从戏剧门外掀开帘子探访的作家不同，陈彦为笔下的戏剧和戏剧界人物祛魅，所描写的是普通人，既有台前光彩，也还原台下和幕后本真。古老戏剧进入当代生活，孕育了丰富、复杂、悲伤的人事变化，成为陈彦笔下的故事。

另一方面是价值观雅正。自古以来，戏曲艺术都是古典社会高台教化的重要媒介，其中蕴含着当时的主流价值表达，比如儒家文化。陈彦对于儒家文化情有独钟，与长期从事戏剧工作不无关联。

此外，戏剧是有节奏的艺术，讲究故事结构和人物形象塑造。故事讲述饱满，人物形象典型化，这两点特色也形成了《主角》和《装台》的技巧优势。一个优秀的作家，必然是文体家。在文学写作类型日益细化的今天，陈彦的跨文体写作优势反倒显现出来。从戏剧到小说，文辞的古雅和动作性都得益于戏曲唱词的影响，人物语言和人物身份的密接感也是得益于舞台塑造人物的经验。

一点启示

恩格斯说地球上最美的花朵是思维着的精神。一个优秀的作家必然是思想家。作为思想家的作家，才有可能借局部写出整体，由当下溯及历史，从现象钩沉本质。但小说毕竟是小说，最终要能引人入胜、动人心魄。鲁迅作为一个具有强大思想力的文学家，文学实践力也强大。今天尊鲁迅为"白话小说中短篇之父"，不是因为理论主张，而是因为鲁迅卓越的创作表现，如《孔乙己》《祝福》《伤逝》《闰土》。鲁迅对于中短篇小说创作，留下了富有先锋性和建设性的创作成果。以《狂人日记》为例，从现代小说的角度，《狂人日记》的心理描写和精神分析、意识流手法、第一人称受限视角等，都令后世学习者望尘莫及。特别是语言，虽是"白话初期"，但指陈有力、含义丰富，是思想性、艺术性和可读性结合的典范。鲁迅的短篇小说为中国现代文学人物画廊贡献了孔乙己、祥林嫂、闰土等形象。从这些人物普通且普遍的遭际，我们读到了 20 世纪初中国社会发生翻天覆地变化前夕的现实面貌。这个面貌，既是地方风俗的白描，又是广义社会学的精研探索；既具体可感，细致到方言、土地、食物和人的命运，帮我们触摸到一个时代的血肉肌理，产生深切的共情，又留下思考和想象的巨大空间。借由这些形象和文字，我们读到汹涌澎湃的历史潮流，读到辛亥革命在江南等地率先爆发的青萍之末。在此，文学发挥了介入社会的功用，留在了历史书写的丰碑里，影响和改变了一个甚至几个时代的精神文化。这也是鲁迅后来被称为"革命家"的由来之一。鲁迅作为作家的路径无疑对陈彦有很大的影响。

　　一方面，作为小说家的陈彦，懂得掌控小说的叙事节奏，起承转合，水泼不进，比如《装台》。另一方面，发挥小说"思""想"自由，把丰富的思想文化研究成果"形象化"后，写成小说，通过文字用力探索世俗精神和伦理力量的来源、锻造、坚持。以《西京故事》为例。在舞台上和文字里揭示中国农民和他们的子弟进城后的命运，既是政治学和经济学层面的观察，也是哲学和人类学层面的记录。在文字里，陈彦将自己对儒家文化的"信"灌注其中。城与乡、穷与富、正与邪、男与女……各种矛盾和压力，构建了当代生活的多面性，在此客观背景下，现代性不是形式上的戴上墨镜穿上超短裙，而是认知上的超前和实事求是。对于文明转型时期的人的处境和人性的艺术呈现，是哲学意义上的写作，也是人类学意义上的写作。

有思想力的作家会站在生活的高处，视野具有总体性和整体性。有这样追求的作家，其作品的生命力才会长久。

原载《中国文学批评》2021 年第 1 期

试论陈彦长篇小说的文体意识和文化意识

——以《主角》和《装台》为例

一、文体意识和两个问题

《主角》是不是《装台》的延续？《主角》的主角是谁？至少是带着两个疑问，我开始阅读作家陈彦的这部七十八万四千字的长篇小说。

为什么会有这些疑问？2016年初，陈彦凭借长篇小说《装台》领跑"中国好书"和中国小说学会年度排行榜。《装台》这出戏唱火了，陈彦"一书成名"。一年后，《主角》问世，同样写舞台，从传播学的角度，人们有理由认为，《主角》将借助《装台》的火势，写成《装台》后史，让刁顺子这个引人注目的新型人物继续活下去，并活出名堂来。

结果，陈彦完全重起炉灶另打鼓。

（一）个性化叙事腔调

"陈彦就是在这样一个基本语境下写作的，他要打开不可能性，必须说服我们，让我们相信刁顺子原来是可能的。陈彦似乎从来不担心不焦虑的一件事，就是他作为小说家的说服力。是的，取信于人的说服力首先取决于语调。好的小说家必有他自己的语调。《装台》的语调完全是讲述的，引号里边是活生生带着气息带着唾沫星子带着九曲回肠和刀光剑影的'这一个'的声音。而叙述者很少越出人物自身的边界，他设身处地、体贴入微，他随时放下自己，让每个人宣叙自己的真理或歪理。"

无疑，陈彦是一个胸有成竹的讲述者。从结构上看，《装台》是典型的梦境写作。作为小说家的陈彦，一亮嗓，我们就听出了他那与众不同的腔调。因为这种独特的腔调，他的小说叙事具有了很强的识别性，并从同类作品中脱颖而出。这是什么样的叙事腔调？语气欢畅、幽默、生机勃勃，从中可以看到古典和民间的情趣。所指和表达细致、精准、一丝不苟，由此可以分享一种新鲜的生活经验和生命体验，也可以看到作家自身生活经历和体验的宽度和厚度。陈彦的小说叙事语言，表层是一种少量夹杂着陕西方言的陕西普通话，内里混合了两种语言痕迹，一种是由传统文化化来并保留古典痕迹的大西安地区文人化语言——这来自作家目前自有日常语言，一种是陕西中部和南部地区城乡平民语言——这是作家对人物语言的刻意贴合和模仿，这两种语言在作家的笔下被熔冶，形成一种丰富、从容、活泛的表达。语言是小说家的门脸，从陈彦目前使用的语言看，至少有四个特点比较明显，这些特点也是许多同时代作家所欠缺的。这四个特点分别是：一是细致准确。这一点在描写人物的个性、动作和心理状态时尤占优势，可以说体贴入微。缺乏白描能力，更不用说细致准确，是目前许多中青年作家被诟病的一个方面。许多人读经典作品，往往被作品表现出的思想力所激发，而忘记了形成这些思想力的卓越的描摹。描摹能力不足制约了文学创作的现场感。二是生动形象。作家善用各种引类譬喻，把不熟悉的东西日常化、抽象的事物形象化，整个句式生机勃勃，跳挞、灵动、好看。而大量自带喜感的生动的比喻，让整个文本充满了浓郁的生活气息和令人会心一笑的民间智慧。因此，即便写苦难（如《装台》），写沧桑（如《主角》），小说也不显很沉重。三是方言俚语。对于西北方言口语的熟稔和灵活运用，是西北作家的普遍优势。比较起来，陈彦对于方言俚语的灵活运用，表现为注重语言与文本的整体性关系，让方言俚语的生动性和传神性成为整个叙事的有机部分，而不是让方言跳独舞，贻害小说文气的整体和谐——在这一点上他更像前一辈作家路遥和陈忠实。所以，陈彦的小说，总体上还是使用普通话，方言俚语只在必要时出现，比如塑造人物，作为有效信息出场，彰明来历，调节节奏。四是文雅畅达。陈彦在比较圆熟地化用典章文献和传统戏曲文本信息的基础上，已经形成了风格化的书面表达。

从便于理解的角度，我把陈彦小说语言归纳出上述四个特点，其实这四个特点在具体的文本中不分家。高度杂糅，是陈彦小说的语言特点。

混合的风格最难指认，不得不说，这种语言风格读起来既让我们感到熟悉，又让我们体会到复杂。有时候，听到有评论家说陈彦的小说有古典白话小说比如《红楼梦》的基因，但有时候又觉得该作家深受西方现代派写作影响，比如心理叙事、意识流之类手法用得炉火纯青。总而言之，它是杂糅的。这种杂糅的功大，显然来自陈彦的长期文化积累。杂学种种，杂取种种，学养到位，才可能通过消化，吐出自己的结晶体。陈彦是艺高胆大。其实，杂糅最难，杂糅得不到位，往往四不像，所以从写作训练的角度并不建议初学者学习这种语言。

　　《装台》《主角》都使用第三人称叙事法。第三人称叙事，成败案例都很多。这种叙事法，作家可以随心所欲，但也很容易因为创作主体标签贴得太多，让描写对象失去自己的独立性，人物塑造也因此失去可信度、层次感。小说创作大多从第一人称叙述起步，然后转到第三人称，从第一人称到第三人称是从"我"的经验转换到他者经验，不仅经验的格局扩大，也使小说创作技术跨越了一个门槛。作为"新司机上路"的陈彦，在《主角》和《装台》这两部长篇小说里，一上来就老练地使用第三人称全知视角，并利用第三人称叙事的自由，将作家自己的观念和情感贯穿到对象的生命体验中。这种放下身段，将创作主体完全附体于描写对象的写法，既有利于表现描写对象的处境和情感，又便于借描写对象之口耳心悄然表达作家自己的立场。被创作主体附体后的叙述对象，情感、能力、习惯，等等，所有的信息被"全知全觉"，也被文字全息表达。这个时候，作家就是调度和导演，特别要注意每个角色都要被设计贴合身份的表达，设计出音调以及配合音调的动作，轮到角色上场时才上场，追光灯打到的时候才可以独白、聚焦。能做到这样，我们才会认为小说语言具有层次感。

　　陈彦的小说语言在层次感上有自己的设计。

　　首先，人物各有贴合自个儿身份的语言。这是作家对小说人物的体贴和用心。比如，在《主角》里，忆秦娥的舅舅胡三元的语言就具有"村""干""硬""瘦"几个特点。"村"表明胡三元的出身，没有受过什么教育，性格又比较倔强直率，故而用词比较直接，不善于表达感情，语言里经常夹杂村语粗话，即便和他相好的胡彩香说话，也是用骂骂咧咧代替柔情蜜意。

这种处理符合胡三元的出身。胡三元作为一个从农村走出来的民间艺人，在城市没有根基，但又有点恃才傲物，脾气很坏。他与胡彩香的地下情，既源于男女最表层的荷尔蒙吸引，也有患难知己的味道——阶层基础。胡彩香受教育不多，也能接受和回应他这种以骂代爱的表达方式。而忆秦娥的追求者、行署副专员儿子刘红兵是干部子弟，语言完全是另一种风格。比如，"只听刘红兵在门外嘟哝说：'老婆，真的想烫死我呀！我是死猪不怕开水烫哟，就怕烫成一身疤子，更不配你了，懂不懂？'"这段话虽然也充满民间气息，甚至有一股死缠烂打的痞气，但总体语言还是干净的，畅白中透着活泼、俏皮。境遇决定性格，并决定语言。刘红兵家庭环境优越，养成游手好闲、大方、富有活力的公子哥性格，这种性格在忆秦娥的朋友圈相对罕见，最终他能把忆秦娥追求到手并结婚，也与这种相对新鲜的感觉有关。

小说在叙述和交代情况时使用的语言相对简单，基本分为两类：作家本人的语言和契合人物生活环境的语言。《装台》的叙述语言主要是后一种。在《装台》里，作家为了贴合人物生活语境，主动降格。大量使用俚语俗语和口头禅就是一例。而《主角》的叙述语言则要复杂一些，既有遵从人物特殊语境的叙述语言，又有遵从作家自己的日常语言习惯。《主角》叙述语言的这种定位，大概是因为忆秦娥的生活语境特别是进入剧团后的环境，这与陈彦自己的日常语境高度重合，作家完全可以回到自己熟悉的语言体系。事实上，小说也确实借朱团长、古孝礼、忆秦娥以及其他戏曲演职员之口，说出来一些专业化程度很高、分量很重的话，比如院团管理、传统戏传承，等等。

这些话，对于当过多年院团长、长期从事戏剧创作的陈彦，肯定都是真金白银的经验和体悟。通过小说，他说出来，是表达，也是分享。我甚至认为这是陈彦创作《主角》的一个重要诉求。可见，写作对于陈彦这样的作家，是言志抒怀，并非无聊或单纯竞技之举。

陈彦小说的美学吸引力，从根本上说来自叙事魅力。从阅读的角度，我们看到，刁顺子的眼、嘴、心都活动起来，而不是被静物式地速写；我们看到忆秦娥的成长、观察、思考、表达、宣泄，自主地往下游走，成为小说的有机成分，而不是被第三方旁白或交代。这说明从传统戏曲中获取营养的陈彦，在小说写作时却试图打破传统小说和戏曲惯用的第四堵墙，进入无隔叙事，借此建立一种自由把控的叙事节奏，这是他对小说现代性的追求。依靠强大的叙事动力，将整个故事特别是人物命运有头有尾、有板有眼地往前推演，这又迎合了传统小说和传统审美对故事讲述有头有尾的追求。有意思的是，虽然《主角》另起炉灶重打鼓，但《装台》的主角刁顺子在《主角》里还是作为护院甲乙丙丁之类的闲角，若有似无地露了下面儿。虽然不过一页纸的篇幅，不到半场戏，足见作家的调皮，当然也是一种技巧：通过同一人物的"互文"，完成人物存在的延续性，以佐证虚构空间的真实性，类似于传统白话小说里的章节起缝"各位看官，这位王小二就住在我家隔壁，前两天我亲耳听他说……"之类写法。在陈彦的小说里，我们看到新旧营养杂存。

（二）有效塑造典型人物

许多优秀作家都热衷于写小人物。在我们的日常生活中，小人物举目皆是，可能是我们自己，也可能是我们的邻居，对小人物的熟知程度决定了对小人物书写的衡量尺度相对严苛。书写小人物似乎容易出彩，容易产生共鸣和同理心，但因此也更难写，它考验观察能力和描摹能力，考验写作的基本功。比如，忆秦娥像不像戏曲界的人物，刁顺子是不是进城务工的农民，这些看起来最基本的衡量标准，对于当下许多作家来说，反而成了难题。就好比画画，实地写生应该是常态，如果平常忙于画各种行画，临到画大作品时，就只能用所谓大写意，其实是类型化写意来对付了。写作同样如此。小说人物不是从日常观察中获得，而是凭空虚构，人物必然是类型化、概念化。类型化是文学写作的最大敌人，没有远大前途。文学与戏曲、影视都属于线性叙事。讲故事，写人物，是线性叙事艺术的基本路径。故事和人物能否成立，能否写出真实感和合理性，最终决定这部作品流传的命运。同理，一个作家最终是否成为优秀作家，也要看他能否写出流传后世的人物。

从对典型人物的刻画和塑造角度，尤其是对小人物和人性书写的深度来看，《装台》贡献出刁顺子这个形象，一招制胜。

"这几天给话剧团装台，忙得两头儿不见天，但顺子还是叮空，把第三个老婆娶回来了。顺子也实在不想娶这个老婆，可鬼使神差的，好像不娶都不行了，他也就自己从风水书上，翻看了日子，没带一个人，打辆出租车，就去把人接回来了。"这是《装台》开头的第一句话，小说对刁顺子的描写简练生动，像速写，寥寥几笔，有动作，有心理活动，有叙述，线条清晰，通过勾勒刁顺子的状态、情感、特征，交代了装台工刁顺子正在做娶第三个老婆过好日子的美梦。梦，到头来都会醒。刁顺子的美梦，以女儿的强烈干扰、徒弟的引诱、自己身体不适等现实的诸多不配合而告终：第三个老婆蔡素芬留下一封信，离开了他。小说刻意采用章回小说体例，写到第"八十"——也是最后一节，第四个老婆周桂荣进了门，女儿菊花在外面游荡一圈又回来了，刁顺子"突然想起了《人面桃花》里的几句戏，虽然意思他也没全搞明白，但那个'无常'、'有常'啥的，还是让他此时特别想哼哼几句：花树荣枯鬼难挡，命运好赖天裁量。只道人世太吊诡，说无常时偏有常……"刁顺子每天跟戏曲演出打交道，不会唱来也会哼，用哼唱表达情感再自然不过了。哼唱只是一个动作，中国传统戏曲故事包含的人生道理，其实已经渗透他的情感。人生无常，心安即归处，佛教对于生活和生命的得失有无之解释，让刁顺子获得了平衡，成为打不倒、苦不死、总努力的刁顺子。人生无常，美梦醒后，刁顺子妻离子散伙伴死，无力感让他想痛哭，但刁顺子最终还是面对各种不适，平静地认真地继续生活。很快，他又开始了下一个美梦。这有性格自身坚韧的原因，也有传统戏曲长期高台教化的作用。不自暴自弃，对他人也宽谅仁义，这样一个性格特点或者说生活态度支持了刁顺子，戏曲的长期高台教化也是形成这种性格或生活态度的一个原因。刁顺子这样一种人物的发现和写作，刷新了我们对于一种人性的认知理解。

总体而言，《主角》和《装台》都承续了陕西作家，由柳青、路遥、陈忠实而来的现实主义写作传统，但同样站在现实主义大旗下，《装台》和《主角》的写法又几乎是两码事。

《装台》大致可以归类为写实现实主义。什么是现实主义？我的理解，是既要写出本真的实，也要写出本质的实。这个本质的实更有意义，可以考量作家发现的深度。也就是作家用笔削出一个尖头，当作钢锥，扎破表皮，狠狠地扎进生活的血肉，以致扎出晶莹的血珠，这些血珠最终深深地扎痛了阅读者的眼睛，留下划痕。《装台》留下的这一道划痕，就是"刁顺子以及他的命运"。《装台》对于小人物的思想情感和生活现状的再现和还原能力，令人刮目相看。作家的人物写实功力以及对世俗人生的体察，让我想起了巴尔扎克的那柄显微镜。显微镜下面，是"人间喜剧"四个大字。马克思曾高度赞赏巴尔扎克的《人间喜剧》对于资本和社会关系的再现价值。随着演出市场社会化，装台这个技术含量不高的工种也已经社会化，成为一群半工半农半城半乡的男性劳力的职业。这么一群社会地位和经济地位都不起眼的人，他们的苦乐爱痛、生活进展、生命感受，具有身份转型时期的典型性、具体性。书写近在咫尺的社会现实，作家除了有自觉和热力，还要有冷静的观察和准确的表达。《装台》通过文字描写，把一个陌生的行当和一群特殊而又实实在在存在的装台人的状态和人性，准确、生动地复活了。小说引起那么多反响，客观地说，也是一种久违的文字力量的刺激和苏醒。

作品是最后的完成时态，之前，大量的是对生活本身细致深刻的观察，这个观察甚至也包括对堆积在眼前的丰富的生活素材的提炼和抓握。有什么样的心灵，就有什么样的眼睛。有什么样的眼睛，有什么样的取景框，就有什么样的作品。许多人认为现实主义是客观写作，事实上，文学写作作为一种精神行为，不可能是绝对客观的等比照录。《装台》和《主角》的描写之所以令阅读者动容，恰恰因为描写有"温度"。作家主体情感的附体和渗透，在《装台》和《主角》里表现得很突出，作家既满腔同情地写出了这些人物的苦和难，也满怀敬意地写出了这些人物身上的不屈不挠。礼失求诸野，写出了这些小人物的底线坚持、伦理担当，写出了支撑这个社会的平民的脊梁。认真读完《装台》，我们无法忘记那个已经低到尘埃里却仍然乐观向善地生活着的刁顺子。说实话，刁顺子打动我的，甚至不是他的苦难，而是他的旷达、善良和不自暴自弃。有人把《装台》归类为"底层书写"，我更愿意称其为小人物书写。"底层"是政治学术语，"小人物"是社会学角度。职业差别，政治和经济地位高低，是人类社会绝大多数时期的客观存在。文学是社会科学，记录、再现和表现不同行业不同人物，是由起和天职。小人物和大人物有本质区别，大人物往往决定历史走向，小人物却不能掌控自己的命运。但是，小人物终归是社会的大多数，是历史实践的主体，他们的故事构成了历史的存在。从文学书写的角度，小人物也很容易成为主角。小人物的生活相对艰难，他们的愿望与他们的实际人生落差大，矛盾的戏剧张力也大，容易照见丰富、复杂、微妙的人性。就人性而言，小人物的处境相较大人物来说，更加不自由、不轻松、不容易，对于人性的磨炼和拷打就会更加日常化。从写作的角度，磨炼和拷打容易出戏剧性，推己及人，小人物的命运也更容易引起共鸣。写小人物也是近现代以来中外文学家们的一种提倡。大人物的成长和生活基本被各种模式写完了，而千姿百态、质感丰富的小人物的生活才是生活的本义，也是文学的本义——以人和人民为中心。中外文学史里，特别是近现代以来，写小人物并能写好小人物的作家，一定是大作家，比如十八、十九世纪以来欧洲文学界的巴尔扎克、狄更斯、卡夫卡，等等，不胜枚举，这也是现代小说与古典文学差别最大的地方：创作目光下沉，对平凡人性的格外关注。小说创作的这一特征是符合小说的"本来面目"的。从中国传统文论的角度，小说者，"稗官野史之流也"，市井杂说之录也；从西方小说起源论，小说最初不过是中产阶级妇女客厅的消遣品，简·奥斯丁的《傲慢与偏见》之所以风行一时，在于她写出了资产阶级和中产阶级兴起后，开始打破现行体制，政治结构调整，社会阶层重组，小说从文学的角度写出了平民阶层的强势崛起，对历史进行了如实的生动的记录，这是不经意间的巨大贡献。

近来大家都在讨论典型人物写作问题，有评论家撰文认为当下文学对于典型人物的书写需要加强。我理解，典型人物创作不理想局面的形成，不仅仅是作家的文学观有偏差，主要还是今天我们的许多作家丧失了书写可信人物的能力。所谓可信人物，是有性格逻辑和生活基础，不是坐在书桌前空泛地想象和虚构。对于书法美术，可能草书和大写意要比楷书和工笔画更受待见，但对于文学书写，草书和大写意不如工笔和精雕细刻。特别是塑造人物时，准确客观的描摹能力非常重要，在写出人物特征的基础上写出社会环境的典型性，非常考验创作主体的书写能力。

作家在《主角》的扉页上打上一句"小说纯属虚构，请勿对号入座"，我理解，这句话之所以打在这里，不是一般性的循例，而是为了避嫌和杜绝不必要的麻烦。作为在剧团生活了二十多年的前剧作家，陈彦的这句申明分明有瓜田李下之嫌。当然，他不知道，文本一旦完成，付诸出版，进入公共传播领域，作家对于小说的命运便没有掌控权了，甚至连解释都是多余。譬如《主角》，虽然作家强调小说文本与真实生活无关，但由于小说文本自身强大的合理性逻辑和真实性环境，让我们忍不住对这部长篇小说塑造的人物和书写的历史抱有莫名的信任，也因此会浮想联翩，会进入作家虚构的梦境，会试图破译小说与作家自身生活经历的关系。

塑造典型人物这一艺术追求，是陈彦作为小说家的引人注目之处，在人物写作普遍钝化和扁化之际，他似乎有点逆流而上。单从这一点看，作为小说家的陈彦也是有前途的。

（三）追求多样化写作

一个优秀的小说家，对自己的小说风格，一定有特别的执念。但是，许多作家或者说更多的作家，不会满足于只写一种形式，一定会尝试各种实践，去探究自己写作的底有多深。至于效果如何，另当别论。

追求多样化写作，从《主角》的变化已经可以看出陈彦有较强的文体意识。如果把《装台》比作人物工笔画，《主角》就是一幅工笔加大写意的人物风俗文化全景图。比较起《装台》的写实性，《主角》的写作，呈现出较多的主观现实主义特点。这也是很多看过《装台》的读者再看《主角》，觉得不习惯的原因。视觉暂留效果还没有完全消失。但也有不少评论家更喜欢《主角》。《人民文学》杂志主编施战军在《人民文学》杂志2017年11期卷首语中按捺不住激动，写道："这是一部富含营养的长篇小说……从每个角度切入，都可以获得有滋有味的营养。有营养，对文学创作来说，我认为是基本的又是严苛的要求，《主角》做到了，而且在用高妙的艺术完成度来给我们以文化和精神的营养方面，注定会给中国故事的长篇讲法留下属于它的诚恳的样式。"我用省略号代替了文章中列出的一系列创新角度。我也赞成施战军的这个判断。从艺术完成难度来说，《主角》更难，不仅仅是主角、次主角，几乎连每个侧写的人物，都有自己的一副腔调和一个有头有尾的命运。这种挂而不漏，就像一个大指挥家在指挥命运交响曲，所有的乐章都有饱满的情绪，都在努力地堆积，都在不断地往一起簇拥，最终合奏出整个人物群体命运的历史和现实的宏大乐章。这是这部小说的"宏大气质"。但从讲述技巧上，它又很聪明，选取一个极有代表性的人物，以点连面，通过一个秦腔女演员的半个多世纪的命运流转，讲述人和舞台的关系，诠释传统戏曲时代变化转型中的特殊性和普遍性。小说中，忆秦娥的命运主调清晰分明，其他复调、辅调、和声、伴唱各司其职，只有在追光或聚光打到时，其他角色才在自己命运的小舞台上独白和独奏。小说尽管跨越半个世纪，线索复杂，有名有姓的出场人物众多，但一点也不觉混乱，足见作家强大的结构能力和逻辑能力。

整部小说的叙事结构具有明显的起承转合、抑扬顿挫。这是戏剧写作的后遗症。在《主角》里，陈彦把小说的结构处理成戏曲的矛盾冲突结构，牢牢把控主次人物关系，不断调整矛盾的演变节奏，锣鼓点敲得恰到好处，不抢戏、不拖戏，最后把主角的性格和命运走向和盘托出。比如说，在处理主次角戏份时，同样是写女性，写旦角，小说突出写了两代四个主演。忆秦娥招进县剧团，就与长一辈的旦角胡彩香、米兰结识。这两个人对其演艺生涯都产生了至关重要的影响，胡彩香是领她入门的师傅，米兰是她进剧团的主考官。在忆秦娥往后的生活里，长辈旦角之间的恩恩怨怨以及命运差异化变迁，既是对忆秦娥生活的一种补充、衬托和影射，也是一种历史感和时代感的写作。小说里代际这条线始终在蔓延、发展，临到结尾，还不忘写到胡彩香和米兰的聚会，通过这种沧桑巨变写出一种人生感喟。从代际写，既打通了历史和文化相传的脉络，又展现了人性的对比性和丰富性。对同时进剧团的一批旦角的描写，则构成忆秦娥成长的直接和重要生态——主要是压力、矛盾和动力来源，其中重点写个人条件不错、生长环境相对顺利的楚嘉禾。忆秦娥从一个烧火丫头成长为一个光彩照人的大青衣，势必要拿走原本是中心和主角的楚嘉禾的戏。不仅如此，小说还写了一个具有女性特征的矛盾：楚嘉禾喜欢的男孩最后爱上了忆秦娥，情感矛盾加上职业前途矛盾、性格差异，形成几乎无法解开的仇怨。在近八十万字的描写中，忆秦娥和楚嘉禾的矛盾相伴始终，几乎成了忆秦娥命运的辅线。从衬托主角、构建戏剧矛盾的角度，楚嘉禾在小说里基本担负着挑起矛盾、引发事件、推动事态恶化的责任。楚嘉禾是一个招人恨的反面角色，这一点让我不满足，作家对人性的处理在这里有点简单粗暴。即便如此，这个角色也没有类型化。在楚嘉禾的身上，集中了以自我为中心的年轻漂亮女性、一心想唱主角的女演员这两种极致化女性的特点，她的表现偶尔也让人同情，但更多是让人厌恶。作为演员，争戏抢戏恐怕是常态，只是从作家的价值尺度出发，长幼有序之外，还要有真才实学，有唱主角的能力。怎么呈现矛盾，怎么处理关系，可以看出作家用了很多心思。第一，写出矛盾存在的客观环境——剧团生态，但注意不把演员之间的矛盾铆着劲写成打打闹闹尔虞我诈的职场戏，否则这部小说就在题材上庸俗化、雷同化了。第二，着力通过两个人的环境差异写出禀赋和性格差异，由此对比突出忆秦娥能够成大材的秉性和特异性：大智若愚。这才是重点。从而写出压力下的成长，靠的是唱念做打真功夫，而不是阴功夫或其他功夫。这么处理，表达了作家本人的人生观和价值态度。当然，要这么设计，作家必须写出逻辑合理性，否则就会成为道理或道德的说教。陈彦的聪明，在于写出了忆秦娥的本真性格和艺术前途的关系：一个放羊娃偶然闯入秦腔界，单纯、坚韧甚至是笨拙，秦腔挽救了忆秦娥，给她打开了一扇艺术精进的窗户。第三，更多地写出了人物命运的传奇性和成长性，一个大青衣或一个大主角的与众不同，在于历经各种磨砺，又吉人天相，所谓"老天爷赏饭"。这句老话也是对命运的必然性和偶然性的一种认识，忆秦娥的一生也是对这句话的形象诠释。看完《主角》，难免会想，一个角儿的出现，往往是天时、地利、人和各种条件聚合而成，是"时势造人""命运使然"。

这么看来，《装台》通过写日常性写出平凡人物的不平凡性，并写出普遍环境；《主角》则通过写惊涛骇浪般的传奇人生写出平凡人的向前和向上伸展的潜力，写出特殊环境。总而言之，通过《装台》，陈彦贡献出刁顺子这个人物，通过《主角》，陈彦贡献出忆秦娥、朱团长等新型人物。不过可惜的是，胡三元和胡彩香这两个人物上半部戏份很足时特别出彩，简直栩栩如生，到了下半部，随着忆秦娥从县城到省城，生活环境变化，大量新的人物出现，胡三元和胡彩香被甩出了主要视野，他俩的戏份明显减少，人物命运的交代有点匆忙。

在长篇小说写作既被关注又被怀疑的当下，应该怎么写才能打动读者？从创作角度，近半个多世纪以来，文艺的分类、分家、分工越来越精细，从组织管理角度是便捷了，但是从创作本义，特别是文学创作，我认为知识越丰富，逻辑性越强，美感度才会更突出，提供给读者的审美经验也更开阔。由此想到文学写作的跨界问题。这些年来，文学创作特别是小说创作，在技巧方面有很多研磨，但在知识力方面长进不大，知识力包括生活知识和专业知识。博物馆式的写作有持久魅力，在时间为轴的流传中才不会被嫌弃，比如《红楼梦》。《金瓶梅》更是典型案例。对于《金瓶梅》的研究超越简单的性与情，进入到知识层面的研究之后，文本才有大价值。小说创作犹如武学，即便有独门秘籍，也要研习内功，因为支撑独门秘籍的是雄厚的综合实力。这也是许多跨界写作看起来比较容易成功的原因。我与陈彦同时担任文化部国家舞台艺术精品工程评委时，对其戏剧创作实力就有领教。陈彦被文学界视为黑马，一是并非年少英俊婉转试啼，而是行走江湖多年，"建功立业既早"；二是具有打通戏曲和文学的独特优势，从宽泛的角度看，戏曲、影视与文学原本就是一家，在一个文学不发达的国家，很难看到戏曲或影视的独自发达，本质上，它们是一荣俱荣、一损俱损。这方面郭沫若、老舍等前辈的写作早有示范，只是这种打通式写作近年来稀罕了。在年产四千多部的长篇小说生产车间，陈彦作品具有鲜明的异质性，让人欲罢不能、欲说还休，却又必须认真地对待。院团长和戏曲编剧的经历为陈彦的小说创作"增值"。跨界写作虽然不是本文的话题，但陈彦的这种跨界写作对作家们可能会有启发。

二、文化意识和两个戏码

（一）平民情怀

这一点其实来自前面所说的小人物的书写。

像刁顺子这样的小人物，占中国今天人口的大多数。提倡文学创作看到他们、发现他们并书写他们，提倡写作要忠实于历史和现实。但笔握在作家的手里，写什么，怎么写，是他们的自由。对于小人物的关注和书写充分展现了作家陈彦的精神情趣，他除了书写他们的苦难，更不惮于通过书写，传播他们的尊严和尊贵。陈彦的写作是有大情怀的写作，平民意识昭然若揭。这一点特别令人尊敬。

作家通过《装台》的书写，打通了与民间社会对话的通道。通过《主角》的写作，打通了与传统艺术对话的通道。装台工的报酬和社会地位，决定了装台工的佣工来源是农民、贫民和平民，而三教九流中的传统戏曲界演职人员的基本来源也大多是平民乃至贫民。比如忆秦娥，是黄土高原上的一个放羊娃，被在县剧团打鼓的舅舅胡三元带进剧团找口饭吃。小说在一开头就交代了人物从易招弟、易青娥到忆秦娥的人生三个阶段："她叫忆秦娥。开始叫易招弟。是出名后，才被剧作家秦八娃改成忆秦娥的。易招弟为了进县剧团，她舅给改了第一次名字，叫易青娥。"三下五除二，把忆秦娥这个神秘的主角的身世交代得清清爽爽：这个角儿不是天生的，而是从最不可能的角落里升起来的，整个小说的调性很明确。这个开头甚至比《装台》的开头更有独创性——《装台》的开头与《白鹿原》有相似的成分。忆秦娥由低处向高处升起的过程，也就是这个女孩传奇命运的讲述，是小说的重点。小说通过写时代和社会转型中的偶然性和必然性，写出了我们很不熟悉却又特别好奇的戏曲演员的不容易的生活，写出了一个女人的独特性格和她的盛大命运。小说为我们去了一个魅，却又加了一个魅。前一个魅是戏曲演员职业的魅，是神秘。后一个魅是人物自身的魅力，是光彩。

在丰富跌宕、比虚构更加戏剧化的现实历史条件下，人类一定遭遇了前所未有的精神考验。但遗憾的是，至少目前，文学创作并没有表现出与时代变化同步的力度，真正动人的作品难得一见。在此焦渴之际，《装台》脱颖而出，获得了一种解渴式认同。

先说文学层面。作为一个作家，应该有自己的一套理解和塑造人物的独特逻辑。比如陈彦写刁顺子的一生，"人生如梦太无常"是文眼。刁顺子认认真真娶了三个妻子，结果不是病死就是走了，到头来似乎还是孤孤单单；含辛茹苦抚养两个女儿，结果被继女遗弃，被亲闺女各种虐待；和伙伴们老老实实地干活，结果，不是被拖欠工钱，就是伙伴在工地上死去……这些从日常性到极致性的遭遇，都发生在刁顺子身上。勤劳、踏实、厚道、仁义，这些构成了刁顺子的日常德行，这个日常德行里面还包裹着一层坚韧和乐观，它支撑了刁顺子渡过生命的大小难关，使这个人物的表现超出了日常性，散发出特殊的精神光亮。《主角》亦然。从文学的角度，忆秦娥这个人物最大的魅力不在于她在舞台上担纲主角的那一刻，而是在她从一个烧火丫头到秦腔演员各种艰难爬坡时的坚持，遭遇各种矛盾和低谷时各种发自天性的耐受力。我不支持把《装台》简单地归类为

"底层写作"或"苦难写作"。《装台》《主角》都已经超过"发泄"和"宣泄"的范畴，它的更确切的名字应该叫"表现"，是对现实生活中那些具有异质性的新鲜生命的写作，主要是写出了一种历百劫而不垂头丧气的人生。从哲学和宗教的角度，这样的写法，或者说这种对生命的认知，应该是抛弃了功利层面，回归到对生命本体和生活本质的热爱。说实话，具有这种生命观和宗教感的写作极为难得，它能给匍匐在暗黑人性中的众多写作一些有益的提醒。

《主角》的主角忆秦娥与《装台》的主角刁顺子是平行世界的人，如果一定要有一个政治学意义上的身份，他们都属于"芸芸众生"。从陈彦之前的戏曲也能看到这种相传一致的平民视角，比如被称为"现代戏三部曲"的《迟开的玫瑰》《大树西迁》《西京故事》。特别是《西京故事》，以进城务工的乡村民办教师及其儿女求学就业前途为线索，写逆境中的守正不移。从戏曲创作到小说创作，陈彦这种平民意识和平民美学一以贯之。我的感觉是，作为小说作家的陈彦，要比剧作家陈彦更加深沉、更加丰富、更加辩证，对于矛盾的把握更加自然。这当然也可能是小说与戏剧的媒介区别带来的变化。他把受舞台限制不能尽兴的表达，转换为具有表现力的文字。

文学写作主张记录现实，记录的前提是发现。作家能够在芸芸众生中发现特殊的生命形态，首先要拥有犀利的眼光，其次要有情怀支持，要有善于感知的心灵。在《装台》和《主角》这两部小说中，我们能明显感受到"陈彦"的主体色彩。作为长期浸染在儒家文化传统里的剧作家，陈彦对于许多问题已经有了深思，因此提起笔时，取景框自然本能地对准了容易被忽视被误解的角落和人群。通过《装台》，我们能看到一个悲悯宽厚的陈彦。这个悲悯，既有对不幸事物的同情，也有对丑陋事物的宽恕，即能推己及人，对生命和人性有体谅。刁顺子身上的仁义平和，应该是寄托了作家自己的体验。通过《主角》，我们又能感受到陈彦身上那股刚健浩然、自强不息的文化气质。作为一个戏剧界业内人，如果从"好看""大卖"的角度，作家完全可以把《主角》写成花花世界，况且这也是一种人性的现实。但写这种花活肯定不是陈彦的志向。在陈彦的精神构成里，守正持中是主流。因此，明明有那么多花花故事可写并好写，但他不屑一顾。陈彦的写作态度是审慎和郑重的。剧作家出身的陈彦对戏剧和戏剧界感情深厚，有话要说。我理解，《主角》其实是陈彦的"以正视听"。他写一个命运坎坷传奇的秦腔女演员怎么通过自身努力和执着追求最终炼成正果，当然，这不是简单的励志故事，作家这样安排人物的命运走向，本源在于他认为和相信被舞台光环环绕的主演，其真正和持久的魅力来自精湛的艺术，来自演员的表演和身上的真功夫，而不是表演艺术之外的各种花花肠子。写作要有格调，这个格调是什么？就是思想和情怀。思想短缺才是今天小说创作的要害问题。从这一点上，对于哲学和文化素有钻研的陈彦，思想境界自然高出一筹。比如他也会看到和接触到文艺界的各种蝇营狗苟，《主角》恰恰要破的就是这些蝇营狗苟无往而不胜的"理"。他通过忆秦娥这个演员的经历告知世人，在艺术舞台上，不学无术，没有人能够长期占据主角的位置。相反，像忆秦娥这样既没有突出的天赋条件，也不会走"捷径"的乡下来的丫头，最终能成为大主角，靠的是用功、好学和众人拾柴。

这样设计人物命运，自然就把投机取巧、华而不实等东西放在了真才实学、老老实实的对面。这是陈彦长期观察和思考的经验，也与他的儒家道统思想相承。"我十分景仰从逆境中成长起来的人，周遭给的破坏越多，用心越苦，挤压越强，甚至有恨其不亡者，才可能成长得更有生命密度与质量。"

为《装台》和《主角》撰写两大篇后记时，陈彦是热情洋溢、毫不隐瞒甚至积极主动地"代言"和"被代言"。"让笔下的人物借我的躯壳不住地抖动着。有人说，我总在小人物里转，我觉得，一切强势的东西，还需要你去锦上添花？……因此，我的写作，就尽量去为那些无助的人，舔一舔伤口，找一点温暖与亮色，尤其是寻找一点奢侈的爱。与其说为他人，不如说为自己。其实生命都需要诉说，都需要舔伤，都需要爱。"通过写作弥补人生的不足，介入式疗伤，甚至寻找支持，陈彦的这种"为人生"的文学观，把他与"技术派"写作划分开来。靡不有初，鲜克有终。希望陈彦能一直珍惜手中的笔，保持这种诚挚、诚恳、诚实的写作态度。

（二）戏剧精神

在小说《主角》里，作家不仅深化了与民间世界、世俗世界的对话，还打开了与传统艺术世界的对话空间。

传统戏曲是当下作家鲜有问津的领域。剧作家出生的陈彦，在县、市、省各级剧团浸泡了几十年，写剧本，管理剧团，担任过陕西省文化宣传主管领导，从宏观到微观，从政策到措施，从理论到实践，对包括戏曲在内的传统文化的历史沿革、发展现状方方面面几乎了如指掌，不仅是戏曲界的人，而且是戏曲界的"大腕"。用小说的形式，通过人物和事件的讲述，把艺人生活和秦腔艺术发展状况展示给世人看，是剧作家出身的陈彦的野心。他应该还有一个野心，就是把自己几十年来关于戏剧艺术创作的一些基本问题，比如老戏的传承、现代戏的程式、编剧的作用，特别是角儿与戏剧的关系，也即文化观和戏剧观，通过《主角》的写作表达出来。上海文艺出版社此前出版了陈彦的《说秦腔》一书，用非虚构的形式，对秦腔艺术理论、秦腔历史和秦腔发展史上的重要人物作了既理性又感性的阐述，可作为《主角》的兄弟书阅读。

从题材看，《主角》对于传统戏曲领域的描写，既是博物馆式写作，又是考古式写作。说它是博物馆式写作，源于其对秦腔艺术门类以及秦腔艺人培养环节作了一次细致、丰富、准确的文学性展示和阐释，这是戏曲史上前所未有的一次写作。说考古式写作，源于其对于艺人生活形态的新的发现、发掘和表达。博物馆式写作追求展陈丰富，考古式写作重在发掘新鲜事物。《主角》能够做到这两点，占了题材的光和作家自身经验的优势。

《主角》写并写活了与舞台和剧团有关的各色人等，以及近半个世纪以来中国戏剧界内外环境和兴衰沉浮。从表现历史的纵深度和生活的广阔性、层次感，对于各色人物的本色表现来看，《主角》无疑比《装台》占优势。从结构和容量上，如果把《装台》比作一台生动活泛的净末当家折子戏，《主角》则是一台剧情跌宕起伏的全本戏。全本戏是全活，不但剧情完整，有历史延展，关键是生旦净末丑行当齐全，生有老生和小生，旦最丰富，分出了青衣、花旦、刀马旦和老旦，就连花脸甚至也分出铜锤花脸和架子花脸。小说围绕着舞台和剧团，写编戏、排戏和演戏，写招收、培养演员。在编排演戏这一环节，写编剧、导演和演员的关系，写团长和其他行政环节的表现，写历史戏重排和现代戏创排的起由始末。在招收培养演员这一环节，写大历史环境的变化对小环境的影响，写几代秦腔演员的际遇沉浮，由此，写出了况味丰富的命运感，包括戏的命运和人的命运。比如写老一辈生旦净末丑演员曾经因为时代和历史原因离开了舞台，沦为门房、烧火师傅，等等。演员的光彩是在舞台上获得和展现的，一旦退回到现实生活，他们是虚弱的和卑微的，甚至是怪异的。这正是作家陈彦生活经验的优势。他曾常年生活和工作在剧团，深谙剥去了舞台光环之后的这些成了名的角儿和未成名的演职员的真实生活和工作状态。《主角》作为内行人的写作，生动并真实地还原了秦腔艺术生存和发展面貌，为戏曲演员这一神秘的职业祛了魅，写出了新老艺人的桩桩不易和种种努力。

小说中的旧式艺人，甚至包括忆秦娥，都具有典型的民间性，以及与民间性相称的传奇性。小说写了一系列的旧式艺人，比如编剧秦八娃，忆秦娥的舅舅胡三元，忆秦娥还是剧团烧火丫头时拜的四个师傅古存忠、苟存孝、周存仁、裘存义，等等。四个师傅的名字构成忠孝仁义，事实上，他们也是一生竭尽全力地传承秦腔艺术，最后甚至死在舞台上。忆秦娥这样一个似憨非憨、似痴非痴、偶然闯入秦腔舞台并成长起来的放羊娃，之所以有后来的大起大落、大开大合的传奇一生，与她的这些起点有直接关系。作家用深沉虔敬的情感、生动确切的细节，写出这些老艺人历经各种磨难挫折初心不改。衰年之时，四个各怀绝艺的存字辈艺人都将保留艺术毫无保留地口传心授给忆秦娥。忆秦娥也正是得这些前辈的推举、教诲，一步一步走到舞台中央。舞台代有新人出,新的艺术发展,必须建立在对传统的继承和光大基础上。《主角》写出了一个女演员的艺术生命的密度和质感,也写出了一门传统艺术盛衰发展的内外环境。

小说《主角》用扎实的故事表达理论性很强的戏曲观念。这就是戏曲的守和变。比如写忆秦娥最初一鸣惊人,完全是因为基本功扎实,会唱老戏并有传承老戏的绝艺。这是写"传"和"守"。到最后,忆秦娥也退出了主角的位置,这是写"变"和"新"。传统戏曲的守和变是个开放性的理论问题,也是实践问题,始终困扰着中国戏曲界,很难产生唯一答案。但是陈彦有自己的戏剧理念,他不仅有大量丰富的戏剧实践和理论表述,甚至用文学创作来传播。

"功底是不错,但毛病也不少。都是'老戏把子'那一套,拼命拿技巧向观众讨好呢。这在旧舞台上是可以的,但现在不行了,演戏得塑造人物。一举一动,要符合人物性格逻辑呢。不能为耍技巧而技巧,得与内心活动有关联。"这是忆秦娥晚上带着礼物去拜访封导,封导教育忆秦娥时说的关于技巧、表演和内心活动关系的一段话。这一段话显然是作家在借题发挥,对于今天我们怎么处理传统技巧和具体表演的关系都有启发。戏改这一段也是,特别是关于现代戏创作,戏剧界一直在探索,有经验,也有教训,小说通过忆秦娥等人的几个尝试,其实给出了答案:要探索,但不能走偏,不能完全丢掉传统。陈彦是写老戏出身,但十多年前,他的现代戏《迟开的玫瑰》获得中国舞台艺术精品奖 2007 年度第一名。之后,《大树西迁》《西京故事》也先后获得各种荣誉。唱腔留下来,表演经得看,故事耐人寻味,能够干预现实人生,这大概是他的戏剧创作追求。

舞台以及剧团的延展空间，是《主角》的核心书写对象，这与《装台》显然不同。在《装台》里，舞台只是写作的背景需要，是虚晃一枪的"银样镴枪头"。对于刁顺子这些为谋生而来的装台工，舞台这个职业空间，与菜市场、铸造车间并无二致，所以《装台》不写舞台和戏，只写与刁顺子的生活发生致密关系的家庭和人，比如妻子、女儿和同仁。而《主角》，以舞台为核心，舞台上演的秦腔以及围绕演戏出现的人都是《主角》的内容。舞台上的主角，也是小说的主要人物忆秦娥后来成为戏痴，一个重要的表现是，站在舞台上，她是掌控自如、光彩四射的角儿，而一旦回到世俗生活，她往往很低能。正是忆秦娥这种异于常人的秉性，使其能够忘乎所以地投入到排戏和演戏之中并成为一代名角，也使其当断不断轻重缓急不能取舍，以致一生波澜起伏跌宕坎坷。小说的结尾，经历了各种起落喜悲遭际，忆秦娥最终还是回到舞台，实现其性格逻辑和命运逻辑的统一性。显而易见，在小说《主角》里，舞台，除了是实体的舞台之外，还有一层哲学意味：人生如戏，在人生舞台上，有起承转合，是起起落落，最终，"绚烂归于平静"。从结构上看，一部《主角》，就像一棵葱茏茂蕤的大树，人和戏的关系、人和人的关系构成树干，从树干上生发出若干枝条，这些枝条纠缠勾结，把许许多多大小人物包括大小事件关联在一起，牵扯推搡，互为因果，其中，重大事件是小说情节发展和人物命运转折的分水岭。

敏于观察，勤于思考，还要善于表达，这是成为一个好作家的重要条件。从丰富的生活体验、理论经验到形象的小说文本，要经历复杂的文学重构。转换和重构的好坏才是关键。陈彦的两部长篇小说尤其是《主角》，通过驳杂、丰富、个性鲜明的人物形象，写出一段历史时期（改革开放前后至今），中国西部社会的生活经验和生命体验，写出人性的常道，写出丰富的人情，使文本具有了灿烂的人本意味。并通过曲折婉转的人物命运变化、波澜壮阔的社会生活，写出历史的人文坐标，主要是写出历史的本质，表现了历史的深度，获得历史的美感，又使文本具有了深刻的历史感。从这个意义上，我对陈彦的小说写作高看一眼。

原载《扬子江评论》2018 年第 6 期

从梁庄到吴镇的梁鸿

创作中的作家梁鸿正在变化。以《神圣家族》(在《上海文学》以"云下吴镇"为名连载)为据,虽然署名"梁鸿",但与《中国在梁庄》和《梁庄在中国》的梁鸿,变化显而易见。变化的本质是什么?怎么评价这种变化?

两个"梁庄"的"冒犯"

首先说两个"梁庄"。

2009年,《中国在梁庄》出版,梁鸿和梁庄迅即被各种文学评论捕获。这不意外。对于文学来说,"2009年"是个什么状况?广大的"底层"(虽然我不倾向于用这个词)凭借坚韧的现实存在,由近十年的"被冷遇"再度成为文学写作的"热情对象"。早在2004年,《天涯》杂志发表一组文章开始讨论"底层"和"关于底层的表述"。"底层写作者"得到支持。2005年,还在流水线上作业的诗人郑小琼获得年度华语传媒文学最具潜力新人提名。2007年,同样是务工出身的王十月加入中国作协。梁鸿2009年出版的《中国在梁庄》和2011年出版的《梁庄在中国》之所以受到关注,是因为有"书写底层"的因素存在,但不是因为底层的梁庄作为文学素材格外新鲜,也不是因为梁庄农民的遭遇格外曲折——显然,梁庄的现实无非是淮河以北村庄的普遍现实，梁庄农民的命运也是历史转型期的中国农民的普遍命运——从人类学的角度，梁庄既没有环境历史的特殊性，也没有族群形态的独特性，并非一个典型样本。从文学的角度，两个"梁庄"被文学界以及后来的大众传媒广泛关注，正是因为有力地主张了一种文本样式——非虚构写作，重张了一种写作方法——田野考察。文本叙事的独特性和采信的可靠性，使众人在震惊之余，迅速地把它们作为当下现实的一个细节和缝隙接受了。人类学田野考察在欧美国家被当作基础方法使用是有道理的，文学是人学，由对具体环境里的人类个体进入，才能了解个体和环境、历史传统的关系，理解和思考它们的形成要领。这种田野考察方法，梁鸿之前的当代文学有没有人使用？有。写《黑骏马》和《北方的河》的张承志。写的是小说，还是散文随笔？当年有人嘀咕，但没人计较，为什么？作为历史学者的张承志，在行走和调查中写他认知的宗教、历史和族群，强烈的情感代入、深刻的思考和可征信的现实呈现形成了文本的独特价值，作品用哲学厚度、美学深度和情感浓度打动了大家。

非虚构写作和人类学田野考察这两个名词，作为单独的话题已经议论得很多，此不赘述。通过田野考察，用非虚构叙事法结构文本，把非虚构写作和田野考察关联在一起，是梁鸿写"梁庄"的自觉。梁鸿离开书斋，回到村庄，追到城中村，与亲友们再度在一口锅里搅饭勺，踏着一辆三轮车走街串巷，目的是重新了解和熟悉土地上的人以及暂时离开土地的人的进行时态生活。作为学者的梁鸿，厉害在于，一是有行动能力重新回到乡村，带着情感去介入和观察变化中的乡亲的生活；　二是有眼光看到乡土中国的转型以及转型中的独特文化形态和精神气质，并能占据一个较为宏阔的视野进行思考和判断；三是有能力把自己的体验和经验凝结成具有冒犯力量的独特文本，而文学文本的魅力正在于这股冒犯力量。

"梁庄"冒犯了什么？

（一）它冒犯了非虚构写作的叙事真实原则

梁庄是真实的存在吗？福伯、五奶奶、堂叔堂婶、堂哥堂弟和堂侄，等等，出现在文字中的梁鸿的诸多亲友和生活的村庄，是真实的指代吗？不是！梁鸿首先否认。在中国河南穰县的地图上，我们找不到"梁庄"。梁庄是梁鸿虚构的一个村庄名字，我们为什么就相信这是梁鸿自己的家乡？仅仅因为她写出了艺术真实，符合可然律吗？噢，不，梁庄是梁鸿的家乡，除了物理上的村名不对、人名不对，生活的基本走向和形象细节都没错，原汁原味，却非原型原态。原汁原味是什么？想到了一个字：豆。一把黄豆洗净隔火蒸熟，撒上盐油，这是最基础的做法，豆的本质和外形基本没变。一把黄豆粉碎研磨成浆再点卤做成豆腐，黄豆的营养成分没变，形态完全变了，口感也变了。一把黄豆研磨成浆掺加莲蓉、蛋黄、面粉、蜂蜜、黄油烘烤制成莲蓉蛋黄月饼，黄豆成为月饼的诸多配料之一。在这三者中，蒸黄豆需要一把火，做豆腐需要研磨点卤，烘烤月饼需要掺加许多其他食材。前两者讲究原汁原味，豆占据主料。蒸黄豆是原汁原味并原型原态。做成豆腐，还是原汁原味，但型和态已经过"料理"。理论上，这两种"原汁原味"，都被纳入非虚构写作处理素材的筐中。这两种"原汁原味"，对于接受个体来说各有所好，对于写作者，后者的技术要求和时间要求要远甚于前者。研磨和点卤是制作豆腐的技术要领，研磨是对素材的物理形态的处理，点卤则通过添加少量"异物"，形成新的物质形态，是化学处理。在非虚构写作中，从黄豆到豆腐，是从客观素材到非虚构文本需要完成的重构，研磨容易理解，这个点卤如何完成？对于文学创作来说，卤是什么？仍以两个"梁庄"的写作为例，回乡知识分子梁鸿不是一台简单的照相机，她既怀揣情感，又具有很强的思考能力，这个特点决定了梁鸿对于梁庄的素材处理，既是一台亲切的扫描仪，情感热烈地牵着所有的梁庄的线索往前走，又是一台主旨明确的编辑机，在素材的取舍、剪裁、合成中进行底色设置、细节曝光，同时依据自己的逻辑想象和趣味进行补光、补叙、补白，使主线和主旨更加典型突出。"梁鸿"的在场，既是对梁庄的生产生活常态和乡土固有情感的整理，又是深埋在平凡生活表象之后的中国农村丰满真相的朗读者。整理者的选择，完成的是描述；朗读者的语调，完成的是情感指向。它们结合，最终完成了对乡土梁庄的重构和传播。因此，梁庄是真实的梁庄，同时也是梁鸿眼里和笔下的梁庄。梁庄不是简单的复现，而是经过作家文字重构的梁庄。作家梁鸿的重构，使梁庄既熟悉又陌生，从而产生了美感，进入了美学范畴。非虚构写作也好，虚构写作也好，本质上都是叙事行为。任何一种叙事都具有主观性，虚构叙事的主观性是通过想象试图再现和表现生活，而非虚构叙事的主观性是通过想象，补白、扩大和链接生活的断裂与不足，突出和显示生活的真相。

（二）它冒犯了乡土中国的牧歌化审美惯性

"解甲归田""衣锦还乡"……这些中国传统文化中的美满，最终都落实在"田"和"乡"上。"田"和"乡"既指代生产生活的家园，也是精神和情感的家园。有人说这是中国传统文化天人合一的例证。这个例证从人和自然关系的演变，反证了文明的发展与人的异化问题。在儒家思想长期占据主导地位的中国社会，由农耕生产生发的乡土精神成为精神本源。在城市化和乡村改造的进程中，个体联系紧密的农耕模式被流水线工业模式篡夺地位，城市对乡村形成空间、能源、劳动力资源的剥削，大规模的劳工迁徙由此产生。每一个离乡者都有乡愁和乡土记忆，在家园被记忆符号化的文学写作中，乡村社会成为现代文化的对立面，被赋予田园牧歌和世外桃源的象征。而现实的中国农村，经济形态变化、生产方式变化、生态环境变化、村庄组织结构变化、人际关系变化、伦理逻辑变化，这还是不是田园？或者这还是不是记忆中的牧歌？谁来讲述变化中的村庄？或者谁来判断村庄的走向？乡土文学是当代文学的一个重镇，创作总量不少，但近年来有重大影响者不多，乡土文学遭遇了创作瓶颈。其中，最普遍的问题也是被质疑最多者，是乡土文学的"现代性"问题。解决这个问题的关键不是写作技巧的翻新，而是主体认知的"跟上"。

第一，如何认识乡村发展和整个社会发展的关系？把乡村看作独立于现代社会发展之外的桃源，显然是遮蔽现实。把乡村看作从不发达社会到发达社会必须抛弃的一种生产生活形态，更是重大误解。历史的发展是环环有序的链接，解决好乡村发展的历史固有地位问题，才能真正实现中国社会的现代化。对于农业发展，中央政策已经有所针对，这个当然也不是我们谈的范围。我想说的是，农业技术的现代化不代表乡村社会现代化的必然形成，乡村社会发展有其文化自在性。

这就要谈到第二个问题。什么是现代性？现代性不是传统的对立面，它是传统的当下实现。工具的现代化并不必然推动人的现代性。人是社会的主体，人的现代性是社会现代化的判断依据，人的现代性是个复杂问题。具体到乡村社会，人的现代性问题，涉及对于乡土精神及乡村现代性的认识问题。这个认识直接影响到乡土文学的写作。梁鸿带着关切揭开生活的盖子：梁庄既不是牧童横笛的田园牧歌，也不是滞后野蛮的荒村野店，梁庄是变化中的中国，政治、经济、文化多种形态并存，人和土地的关系松弛，人和人的联系由紧密的家族血缘姻亲关系过渡到各种生产关系，如雇佣、伙伴、同业、同事，等等。经济关系挑战夫妻、父子母女、兄弟姊娌关系等传统伦理关系，新型矛盾出现，生活形态和生命形态丰富芜杂。走出乡村的梁鸿，重新审视乡村社会，既投射不可避免的乡土情感，又不回避知识分子的价值立场，在旁观者看来，梁鸿的梁庄具有了相对客观的价值。

（三）它冒犯了职业化写作对于现实人生的隔膜和冷漠态度

心中有，才会笔下有。写作作为一种职业，对于一个有良知的作家，最大的问题不是生存问题，而是为赋强作的痛苦。为赋强作的本质原因是，写作者缺乏热切的生命体验和值得分享的经验。经验源自了解、理解。职业化写作容易消磨作家的激情和才华，大量的无病呻吟、顾影自怜和伪装现实的作品就是这样产生的。因此，现代文学史上从鲁迅等当年力倡"为人生"的写作基点，到陶行知提出"知行合一"的行动人生，理想其实是一致的——包括文学在内的知识要学以致用，要介入现实社会和现实人生，要进入生活现场，了解民瘼，表现民情民生。将近一百年过去了，"为人生"的写作初心似乎被遗忘、被误读。

"为人生"的写作，主张文学干预社会和人生。作为知识分子的梁鸿，不仅文字回到了乡土，身体回到了乡土，眼睛和耳朵也回到了乡土。文学如果不写身处的时代，不写活生生的人，还有什么意义？这是梁鸿寻觅的写作的意义。两个"梁庄"的成功，也是"为人生"的文艺观的成功。梁鸿是王富仁教授的学生，王富仁教授是鲁迅研究专家，鲁迅"为人生"的文学立场以及鲁迅的作品对于梁鸿这样一位从乡土社会走出来的青年知识分子的影响可想而知。

《神圣家族》的局限写作

"为什么写"是问题，"怎么写"也是问题。《神圣家族》应该是在探讨怎么处理生活经验和怎么构建美学形象。

"局限也可以成为平台，也可以成为风格，如果你有足够强大与自由的文心，条条框框可以成为彩绸花棍式的道具。"作家王蒙这段茅盾文学奖获奖感言，表达了一个有丰富写作经验的作家对于局限写作的理解。"局限"在此不再是泛泛而论，而是具有特定含义的专有名词，指通过对写作对象生存环境的刻意限定，在不大的灵魂空间积聚能量，借助对有限现场的放大，厘清对象肌理，催生聚变条件，突破天花板，形成极致呈现，产生爆破美感。局限写作容易产生典型样本，成功范例不胜枚举，苏童、莫言、迟子建、王安忆、池莉，等等，都可以算得上通过局限写作而"风格化"。余光中当年说，"上海是张爱玲的，北京是林海音的"，从一个侧面反证了局限写作的深刻性和影响力。从两个"梁庄"到《神圣家族》，梁鸿是在试图进一步发掘自己局限写作的能力。梁鸿说，"我要前进，尽管人们还在看梁庄，但我不能停留在梁庄"。

有评论认为，从梁庄到吴镇，梁鸿是从文学的外部关系写回到文学的内部关系。这话没错，但这是不是意味着梁鸿的文艺观也从"为人生"的艺术转变为"为艺术"的艺术？因为"云下吴镇"里的十二篇文章，似乎每一篇风格都有变化，作家看来是在写作的技巧上较劲儿。

《神圣家族》是虚构文学吗？许多人要问。文学必然和具体的时间、空间发生关系。这十二个故事发生的空间是吴镇，有意思的是，在河南穰县的地图上，吴镇实有其名。现实吴镇的街道布局、房屋户型、集镇风貌，真实地复活在文字中。空间真实的吴镇是不是村名虚构的梁庄的"集镇化表达"？不禁起疑。如果再机械一点，作家梁鸿的家乡其实就是河南穰县吴镇。空间移到了吴镇，人物移动了，时间移动了吗？如果认为吴镇是"梁庄"边上那个集镇，那么发生在吴镇的这些事，时间在两个"梁庄"前还是在两个"梁庄"后？还是与"梁庄"平行？

神圣家族生活在云下吴镇。"云下"与"吴镇"搭配，是文绉绉加田园。云下吴镇，既是文人化的理想情感的投射，也是大时代下的小空间的聚焦。先来看看吴镇到底是什么样的吴镇？吴镇是梁庄向集镇的蔓延。从梁庄移到吴镇，从乡村移到集镇，土地移走，集市和商贩进入。比较起两个"梁庄"的出出进进、动动荡荡，吴镇过的是相对安稳的岁月。吴镇的安稳，是因为集镇的生产方式相对稳定、经济来源相对固定。集镇是邻近乡村的政治、经济、文化中心，也是信息交流中心，集镇在文化气质上还是乡土味儿，人、事、物与乡村社会紧密相连，但集镇居民已经脱离土地，生产方式变了，生活方式自然也有别于农民。商贩再小也是商人，集镇再小也有市民，政治文化形态再粗陋也有知识分子，但都需要加上一个"小"字：小商人、小市民、小知识分子。这些个"小"，不是小而精致，而是小而不充分、不纯粹、不满足。"云下吴镇"系列按照主要人物的身份，基本上可分为两部分：以乡镇教师为代表的小知识分子群体和乡镇里有故事的人物。这两部分着墨最多、形象呈现比较完整的是前者。"云下吴镇"对小知识分子这个群体的格外关注，与作家的成长经验有关。作为一个在乡村长大的学者，梁鸿对于乡村的第一手经验都是离开土地前的经验。这些经验中，最有代表性的是作家本人中等师范学校毕业后在乡村小学任教的人生经历。这一经历使她真正接触到了乡土中国的一个特殊群体——乡村教师，对这个群体的生态相对熟悉。这个职业的艰难和尴尬在今天尤显突出，一方面，长期低薪酬，经济状况不好，生活条件恶劣。另一方面，读书改变命运的人生道路不再被信仕，乡村失学儿童增多，乡村教师的政治地位下降，职业荣誉感丧失。受过教育、尚有人生要求的小知识分子既对命运不甘又无力改变，既对现状不满又经不起现实诱惑，投身生活激流又往往水土不服甚至被溺死。对此，作家既怀抱显而易见的同情和怜惜，又对他们性格中的懦弱、犹疑和价值观的不彻底进行解剖和揭批。

《神圣家族》有九篇文章都以一个扩大的小知识分子群体为表现对象，乡镇中小学教师、乡镇医院医生、沦落的老初中毕业生……这些人物具体形态虽异，但在作家的笔下，具有内在的联系。《一朵发光的云在吴镇上空移动》调子起初很淡，有点像汪曾祺的白描，借少年阿清的眼睛扫描吴镇的"隐秘的社会"。少年阿清是"前小知识分子"，他站在树上看清树下的吴镇后，离开了吴镇。这篇文章作为"云下吴镇"系列的开篇意味深长，开放式的结构埋下诸多线头，让我想到了另一个树上的故事——韩少功的《爸爸爸》，树比地面高一点点，树上的视野已是对现实人生的俯视。我们可以发散地想一想，如果阿清不离开，他将过着小镇小知识分子一眼可以看到头的人生。他就是青年的明亮、中年的李风喜、老年的许家亮和德泉，社会和经济转型期被轻视的乡村教师，理想破灭、现实人生失败的失魂落魄者，被侮辱被损害的弱者。《许家亮盖屋》里老上访户许家亮，穷困、孤独、落魄、年老力衰后哪怕是退缩和和解也会被碾碎。许家亮的悲剧，不仅仅是制度和人的互塑问题，还有彻头彻尾的无力感，这是十二个故事中最令人悲伤的故事。为了调和这个故事的悲伤调子，作家类黑色幽默地写"地下宫殿"建成后乡民的膜拜"盛景"以及色彩、造型和美感的张扬。"文人笔舌武夫刀，抚忧中华气量豪"这副原本荡气回肠的对联，在此因为处境和理想的巨大反差更显荒诞。阿清如果考进中师，当上教师，那就是《明亮的忧伤》里的明亮——青春梦想破灭、职场竞争失败后一蹶不起的小知识分子。这里出现了海红，这个形象可以看作是梁鸿的一种青春祭。《圣徒德泉》具有复杂的表述。小知识分子不彻底的自省，首先让自己找不到世俗的出路，身陷道德伦理危机后德泉疯狂了。"一本书，半卷着边儿，陈旧破烂"，这个孔乙己般的德泉，有一个令他抬不起头的风流妈妈。他讲着上帝才能听懂的语言，做着拯救弱者和迷途者的事——试图用自认为散发出来的光明"照亮街道、树木、房屋和万物"。圣徒形象，是从小镇医生第三方叙事角度进行的一种讲述。而在多数吴镇人的眼里，德泉早已疯了二十多年。两种截然不同的叙事逻辑，形成了断裂的语境，我们仿佛看到了另一种《狂人日记》。《杨凤喜》里那个日夜在欲望中盘算的小知识分子杨凤喜不过是一个低级的于连，这个人物不值得同情，但这个故事的写法有讲究，生理欲望从杨凤喜的妻子周香兰丰满的胸脯和乳房开始蔓延，写到周香兰、杨凤喜、张晓霞这个三角恋的历史和现在，特别是张晓霞躺在病床上大呼小叫的十段意识流，将小镇小知识分子的婚姻、爱情和职业前途残酷地搅和在一起，成为一潭臭水池。《那个明亮的雪天下午》也是梁鸿的青春祭，与《明亮的忧伤》可以对比着看。

作家的乡土，是作家创作的一个重要面向。阿清离开了吴镇，成为学者梁鸿，又回到了吴镇。寓言式的开篇隐喻了小知识分子在吴镇没有前途的悲剧性。这种命运的设计，暴露了梁鸿对于乡村文化前途的悲观。作家也意识到这一点，于是，在《好人蓝伟》里，试图要给小知识分子群体重构一个出路：把蓝伟对于现实的"无为"上升到一种主观自觉。"努力淡化失败感"，"无可无不可"，"并不是所有的坚持都是美的、对的，妥协也是美的"，等等，这些作家梁鸿忍不住跳出来替蓝伟说的话和想的理，给吴镇小知识分子的人生画出一点精神的亮光。但是，"努力淡化失败感"的蓝伟，在想起没有勇气去探看的女儿时，"眼泪涌了出来"。这些画出来的亮光之虚假不言而喻，小镇知识分子的身份焦虑和精神焦虑一目了然。这是梁鸿的矛盾，她不想彻底剥夺亮光，却又给不出理由。

除了小知识分子群体，《神圣家族》的其余三篇也写得很别致。它们是《美人彩虹》《漂流》和《到第二条河去游泳》。《美人彩虹》写失去青春和梦想的小镇美人，题材不新鲜，但对夫妻关系的本质以及双方在这种关系中的钝化的把握十分精准，人物的体态和内外活动描写得凛冽、生动，既见现实白描功夫，又有后现代虚无感。《漂流》一文有明显的哲学意味。一个坐在轮椅上失去行为和思维能力的老女人，被或盲目或蓄意地推来搡去，最终还是停放在小镇上。这应该是梁鸿对于人生的一种理解。不过，也由于说理意图强，文气反而不够舒畅。比较而言，我当然最喜欢《到第二条河去游泳》。这是一个农村青年女人的故事：嫁了两个丈夫，生了一个孩子，在妈妈喝药自杀后自己也投河自杀。这个短篇前半部分是情感节制，后半部分是意义解构。原本极悲怆的命运却写成了平淡的调性，一个女人人生的最后一天仿佛是在逛街、散步、走亲戚，冷静的动作，零碎的幽怨，小小的不甘，似乎都在撤去悲伤的色彩。漂流在水面这一段，显然是魔幻现实主义写法，死去的人集市般地吵闹，争议或纠结令人发笑又伤感，生命尚不足惜，其他的执着、执念有何意义？在漫不经心的死亡面前，生便显得无聊、无趣。这个女人似乎一直在为自己的死找理由。

一个不想变化的作家注定不是个好作家。回到文学内部关系写作，是梁鸿对自己的要求，因此变化对梁鸿是有意义的。至于读者诸君，只要她写得足够好，是虚构还是非虚构，接受效果是没有区别的。梁鸿，你写得足够好了吗？

原载《文学报》2015 年 11 月 20 日

写活一个自带亮光的人物

长篇小说《梁光正的光》让我惊喜。梁鸿终于写到了梁光正。

从两本著名的"梁庄"到小说集《神圣家族》，梁氏家族若干人等都出来亮相跑场。这次，梁家重要人物，或者说凝结着梁鸿一个时期主要男性经验的梁光正，"啪"一下，自带亮光出来了。梁鸿小说写作进入新段位。

"啪"一下，有我的臆想，当然，主要是感受。梁光正这个人物的光感太强，有电灯拉亮或蜡烛点亮那一刻的光华，光圈在迅速扩散。

叙事舞台上本有追光，从高空打来，焦点自始至终对准梁光正。长篇小说《梁光正的光》是吴镇农民梁光正本传，从年迈写到年轻，以寻亲为追叙由头，最终写到他的死。叙事结构看起来声部很多，其实非常清晰，与梁光正有致密关系的四个儿女均发表了不同视角的经验和不同立场的意见，其中以第三个女儿冬竹的叙述为主，其他三位时有替换，充分揭示每个人的情感好恶和记忆要点。活在儿女眼中的梁光正，小说自始至终没有给予他自述和辩护的机会。在儿女的参与、不解甚至咬牙切齿的旁证中，梁光正独撑全场，用足时间，也演足了戏份。

在十五万字舞台上表演的梁光正，是一个什么样的人？梁光正是乡村社会的异类。他虽然姓梁，但他显然不属于梁生宝这个群体。梁生宝稳健、踏实、持重，始终是乡村社会的中坚力量。梁光正更不是白嘉轩，他缺乏白嘉轩的权威和魄力，虽然不断为邻居和村民出头谋事，但成绩显然不好。当然，他也不是游手好闲的阿Q和小D。农民梁光正愿意担责，也在努力担责，甚至为了担责而担责。担责或揽责，既是内在情感的需求，也是一种充沛的生命力的驱使，他歇不下来。农民梁光正是新鲜的，他就像一个人类学标本，在大家兴致勃勃以致惊讶感叹的观看中，充分、细致、一刻不停地表演。这就是梁光正的光彩。梁光正的动能是天生的，他是一枚不抽自转的陀螺，是一台不需外部发力的永动机。他从内而外主动地散发热情，并付诸行动，也由此或正或反、或顺遂或倒逆、或喜或悲地改变着自己的人生乃至亲人的人生。在中庸的传统道德修养标准面前，梁光正的折腾，是笑话，是异类，是包括儿女在内的亲人的精神负担，当然还涉及物质付出。在儿女不绝如缕的倾诉中，我们看到三年困难时期梁光正的折腾，他偷跑到内蒙古找活干，被作为流窜犯关押起来；看到他对调解人事近乎病态的爱好，为村民、为自己打各种官司；看到他65岁以后不停地寻亲、报恩、还愿；看到他在妻子病后以及死后对异性旺盛的需求……一句话，这真是个折腾人的人。

折腾，换作今天的时尚用语，就是"作"。时代在变化，今天的作女，已经是对时尚和不安分女性的一种近乎正面的称谓。什么是作？一刻不停地运动，即便是原地踏步，也不会休息。但是，这个作有伦理和道德的前提——即不主观故意损害他人利益。只有当这个作，对他人有了善意和帮助，才产生真正意义上的光亮，被怀念和向往。作是有动能的作，而不是作恶之作。这个"作"，戏谑中隐含着欣赏。天性爱折腾的梁光正，是他那个年龄和时代的作男。不幸的是，他早生了五十年，失去被理解和被欣赏的机会，否则，他就是今天我们指称富有生命力和创造力的人物。有幸的是，今天，几乎是在一种打捞式和内疚式的情感语境中，梁光正的生命力和创造力在梁鸿的笔下复活了。

梁光正的作，虽然折腾得儿女难安，但还是让儿女和阅读者牵心挂肠，就因为他洋溢的生命活力和一贯的善意乃常人难为。以梁光正为例。妻子生病卧床八年，儿女正在青春期，田园贫瘠，邻居如狼似虎，内外各种吃紧，但是，在儿女的记忆里，"爹永远兴致勃勃，也不知他哪儿来的乐观、奋斗精神？我们常常在背后偷偷议论爹，都百思不得其解。一辈子受苦不说，还要主动去揽苦，除了'事烦儿'的天性之外，还因为什么？"

在梁光正这个人物的身上，梁鸿写出了历史大逻辑下个体命运的小逻辑，写出了性格与命运。写一个人的历史，必然会涉及年代背景。《梁光正的光》也不例外，写到了三年困难时期的农村饥荒，写到了改革开放后农民进城务工等。但这些显然不是叙事重点，充其量只是主要人物活动场地。在忠实于历史大逻辑的前提下，小说对于人性"本来"的观察和表现，要比许多作家务实和深刻得多，梁鸿的学术修养和生命观帮助了她。梁光正这样一个作男，他的可以脱离具体环境的时尚感和纯粹性，完全打破了我们对于这个年龄段、这种生长背景、这类生活阅历的男性的既有期待。他甚至不需要乡村或城市、20世纪中叶或21世纪初这种时空背景，就可以独立在生命圈里运动。

城市或乡村，今朝或昨夕，境遇或有不同，但梁光正的过法，逻辑上依然是"作"。这个人物性格的自足性实在太强了。

追光打在梁光正的白衬衣上。"白衬衣"，这个屡次出现的细节，用在梁光正这个作男的身上深刻动人，既有通常的时代感或时间信息，更是人物的一种由内而外的造型：讲究——在意——自尊——理想主义，这是朝向好的一面的联想和归纳；讲究——虚荣——浮躁——不切实际。白色吞进五颜六色，消化成自己丰富的白。

追光是舞台上方的光，是外界给予的光。梁光正的生命自带光亮，自有美感。梁光正的光来自良善人性，这是他被理解乃至被欣赏的基本逻辑。小说从真实的人性出发，写出了梁光正这个人物身上的勉力和失败、庄重和可笑，这些不和谐的东西，又因为兴致勃勃，产生了奇妙的喜感。对于一个生命来讲，最可怕的是死寂和无力。有勇气的生命当然具有美感。在个人遭际和家庭生活最困窘不堪之时，包括伺候生病的老婆、个人生理问题的解决、抚养儿女，等等，梁光正都挺身而起，或迎战，或改辙。又因为平衡性不够，常常将事态主动或被动地带进尴尬境地。以客观可能性作为衡量标准，梁光正许多行为看起来不切实际。他生活在自己的逻辑里，像堂吉诃德勇斗大风车一样，打破了一次次的秩序禁锢，似乎有点无事生非。他像堂吉诃德一样被同情——因为他的无害性，也像堂吉诃德一样被欣赏——因为他的勇气和乐观。勇气和乐观的生命姿态，在我们的生活经验中，值得珍惜。

以梁光正跟蛮子、梅菊的关系为例，小说对于这个生理处在壮年期的男人既富有生物性又具有一定自觉性的表达异常生动，从遮遮掩掩、欲说还休、最终豁出去的细节描述，可见作家已经完全控制不住人物命运的发展，人物在按固有的性格走完命运的征程。整个寻亲过程慢慢地还原了梁光正对于蛮子和被烫伤的小峰的恩情，梁光正对蛮子从生理需求出发到依恋、相思和坚持，平素爱显摆的梁光正至老都没有亲口说出偷偷寻找蛮子被其夫痛打的经历。这种隐忍，是一种承担。这是民间的爱情。这是梁光正的爱情。所幸，小说没有停留在梁光正和他的风流韵事层面，也没有停留在梁光正和他的儿女们层面，虽然小说基本是通过梁光正与他的三个女儿一个儿子的紧张关系展开。

比较起《神圣家族》，我真的喜欢这本《梁光正的光》。成熟作家的写作都自带景深。梁鸿用天花板式写作，让这种景深更加深邃，这口井打得越来越深。作为小说的《神圣家族》某种程度上是在写梁鸿的实际生活经验和体验，在人物形象塑造的典型性和成长性上浅尝辄止。《梁光正的光》则几乎是经验的重构。小说人物梁光正超越了作家的经验，在自己的逻辑轨道上行走。梁光正的光，辐射过来。他已经不仅仅属于梁鸿了。

原载《人民日报》2017 年 11 月 21 日

中国文学　它跑到了队列之首

——关于徐则臣长篇小说《耶路撒冷》的叙事策略

由于《耶路撒冷》，徐则臣得奖得到手软。写作是一种天赋，比如想象力和感受力。但同时存在技巧，比如语感以及对生活经验和生命经验的处理，我倾向于认为它们是可以后天培养的才能。

知道徐则臣的写作功力扎实，但说实话，看完《耶路撒冷》，还是感到意外，意外在于《耶路撒冷》这部作品已经超越了某一年龄段的经验，比如所谓"70后"的生活经验，它不仅机智地呈现了理想主义这个集群的生命体验，而且在长篇小说叙事样式上特别是结构和语感形态方面体现的自觉和能力，已经超越了同时期的诸多作品，远远地跑到队列之首。在这里，只想谈谈《耶路撒冷》的几点叙事策略。

气味和气味中的人

急刹车后，在"一股隔夜的口臭，还有变质的酒味"中，由京城还乡的小文人初平阳睡不着了。为什么？他"怕酒，也怕酒糟味和酒臭味"。这又是为什么？"酒"，一个意象由此开始结构，埋下伏笔，在后文中不断地增厚、增长。从上铺爬下来的初平阳在走道的窗边坐下来，"他试着把窗户拉下来一条缝，一天里河流的最好的味道侧着扁身子挤进来。他抽着鼻子深吸几口，清冽、潮润，加上植物青涩的腥甜，这味儿在北京一百年都闻不到"。在这种清甜的气味的蛊惑下，初平阳从车窗爬出火车，顺着小河，向运河和家走去。气味和家，让我们想到了什么？想到了普鲁斯特《追忆逝水年华》的开头。

"一百年"，这话说得有点大，从一条河流和它的气味，小说开始了极致的乡愁。地点从小河、入河口、运河北岸一点点迁移，雷阵雨越下越大，为了避雨，初平阳躲进了河边的小屋，船老大何伯和他的儿子出现了，并出现了两股气味：何伯的"屋里有股湿霉的鱼腥味，门槛上粘着星星点点的鱼鳞"；儿子"满屋子臭脚丫子味"。在两股气味和油腻不净的碗筷中，初平阳尝到了老何家至为独特的"白大雁"鱼汤味："刚入口是一个味儿，咽下去又是一个味儿，咽完了留在舌面上的还有一个味儿，张开嘴两口气进来，出现第四个味儿；分层次，立体感很强"，"他喝了四碗，舌头差点咽下去"。徐则成的同乡江苏籍当代作家中不乏"美食作家"，比如汪曾祺和陆文夫，高淳鸭蛋和苏州美食在他们的文字里滋味十足。汪曾祺和陆文夫是美食家，所以能享受到食物的各种美妙，并能写出美味之文字。描写美味和美食，徐则臣显然不是对手，但徐则臣聪明，对于美味细节这个弱项他避而不沾，这个极简做法又极具味道的鱼汤，在《耶路撒冷》里处理为记忆的线索，是作品安排叙事节奏的一个重要的音符。老何一直想请恩人初医生喝这个鱼汤，初医生在他老婆难产时救了母子两条命。但初医生不曾喝，初医生的儿子初平阳喝上了。也由于这份恩情，老何划着船，在风雨中，把初平阳送回花街。

　　老何在小说里是花街诸多故事线头的起点，由他的嘴，拽出了一串重要的元素：花街、御码头、沿河风光带管委会。这些地理人文是小说的内容，也是人物生长的环境。老何还拽出了初平阳的家世，拽出他从京城回家的原因，拽出了"耶路撒冷"这个词。

　　显然，苏北运河边的老何，这个老派本分的渔民，不同于贾平凹笔下那些个口若悬河、仙中带妖的商洛老人，他是花街历史的见证者，是一个节制的讲述者和对话者，古意，细致，沉稳。他叙说的苦恼——花街大兴土木之际父子两人为是否参与新修的御码头旅游项目意见分歧，引出了"守成和更新"这一对既具体又宏泛的概念。守成不是简单的守旧，更新也不是粗暴的新造，但在淮海的政治环境里，包括整个中国的大环境里，从18世纪末以来，守成和更新始终是一对响亮的矛盾，宏大细微，既可能推动社会进步，又可能损害人们生活。

　　小说一开场，锣鼓点儿就敲响，镲儿一打，这个调门基本铺陈清楚。这场戏怎么开唱？生旦净末丑，一个个如何上场亮相？跨进门槛老何吸溜一下鼻子，说："这药味！"初平阳也吸溜一下鼻子，说："淡了。"药味，是初家的象征。舞台转到初家。一句"淡了"，引出了现状和变化：初家正在卖花街的房子，筹资供初平阳去耶路撒冷留学。初家不是叙事的重点，但是初家代表了花街上守正的力量。气味到了初家，到了花街，又到了易家，易家是酒味和霉湿味。色彩浓烈的易家父子出场了。

　　可以把易长安看作小说的男二号，也可以说，保持"零余"姿态的易长安是《耶路撒冷》对当代文学最有贡献的一个人物形象。易长安是计划经济向市场经济社会转型时期父权文化高压下的另类代表：在父亲易培卿嗜酒好嫖暴力的阴影下，易长安的人格中潜伏着叛逆、任侠好义和孤独感，他在对抗父亲意愿的前提下，上了一所师范大学，毕业后选择了一所边远的农村中学作为职业的起点，在工资发不出后辞职进京谋生。这样一个内心十分敏感并充满斗志的易长安，进京后完全可以从事一些被社会接受的正当职业，但他选择了造假证这个风险系数很大的行当。这是他内心的"不安全"导致的"不安澹"和冒险意识——父亲的影响再次隐性地出现。

父是子的前身，小说的第三章，易长安即以父亲的面目出现了。此处，再次开始了气味描写，并照应到小说开头初平阳对于酒味的敏感。他戴上老花镜伸着脖子往外看，抽两下鼻子，说："一准是平阳来了，我闻到牛栏山二锅头的味儿了！"后面还有一段气味描写。这个院子半荒废，只有堂屋里有点人气，易培卿住着，兼作书房。其他房间更潮，没人进，霉斑和苔藓慢慢地往墙上爬，门一打开霉湿味儿简直成了半流质，让人窒息。易培卿的霉味来自哪里？易培卿是个什么样的人？有点儿文化，本性却无常性和恒心，怀才不遇化为牢骚和下流，把生活包括职业过成一团揉皱渍黄的纸团。"狗日的真流氓！"这是少年易长安评价易培卿的话。成年后的易长安一心摆脱父亲的任何影响，不结婚，不从事"正常"职业，选择独身和自由，追逐女性并被女性追逐。表象上，这是对传统秩序的颠覆和父权的反叛，其实这种对于边缘角色或者非主流生活的主动选择，恰是父亲不安分和下滑的人生表现对易长安内心社会感的覆盖，与父亲的被动选择不同，易长安主动进行社会身份和社会角色的自我放逐，保持"零余"姿态。造假证这一显然"非法、地下、不能见光"的职业，生活方式的"漂泊、不安定"，情感状态的"不确定"，等等，这些都是对"零余"生活的主动选择，对社会现有价值标准的放弃和背叛。从花街到乡下再到北京，在地理上，易长安的这种自我放逐的行走路线，是以故乡甚至是以父亲为原点向外移动，然而，有意思的是，在易长安逃跑的路上，他不断地化装，不断地隐蔽，最终却是故乡这个原点把他拽回了返乡的火车，掉进了追捕的牢笼。可以说，是乡愁最终把易长安送进了没有自由的牢房，可见，易长安的自我放逐是有"线"放逐，这条线上结着一个小镇青年男性的生活理想和生命理想。

有文章把"70后"称为最后一代理想主义者，这个说法的公信力与否不论，但它的出发点至少是想对"70后"成长中的精神负重进行探讨。相对于后来的"80后""90后"而言，"70后"的成长恰逢整个中国社会的经济转型和文化转型时期，因此，在这一代人的集体潜意识里，对于变革的大时代和个体人的命运的休戚关系多少还存有记忆，大时代和小悲欢不曾断裂，因此，他们的身上也多多少少还保持着精神的高蹈特征，还最终会抬起头看看天。"70后"有没有住房的问题？有！有没有户口问题？有！有没有父母赡养问题？有！其他如升官发财等问题也都有。这些问题，在"80后""90后"可能是困扰的核心，但是在"70后"，这些不是核心困扰，核心困扰是精神的自在感和满足感。

小说里，作为商人的杨杰做水晶生意发财后，不朝资本"做大做强"的惯性轨道走下去，而是开始研究水晶挂件，从佛像艺术的精雕细刻中获得意趣；初平阳读完研究生，为了一个特殊的语词"耶路撒冷"离乡背井；秦福小这样一个开电梯的女工，面对公司副总这样的"绩优股"的追求，拒绝的理由是不能勉强自己和孩子，这种不太现实的择偶观，也是抬头看天的习惯所致。逆世俗价值标准而行，便是一种所谓的理想主义在作祟。造假证的易长安原本是一个疾恶如仇、责任感强的乡村中学教师，因为工资发不出，辞职进京，选择造假证作为职业，一是谋生；二是享受冒险的快乐——当然这个快乐使易长安付出了自由和安稳的代价。看似玩世不恭的他，内心怀着故乡，怀着故人。

这个故乡有着不一样的"味道"。

气味的描写，自第三章后从文字的层面断了，直到第九章"易长安"中易长安作为主角再度出现并在家乡淮海的火车站被公安抓捕，再一次在书中出现。而整部作品从第九章之后，故事的主要情节已经大致讲完，剩下的最后两部分"舒袖"和"初平阳"，不过是从叙事结构呼应一下开头，对于人物命运的完整性有个交代而已。

好吧，来看看第九章是怎么交代"气味"，又为什么要交代这个"气味"。易长安从逃跑的路上踏上了回乡的火车。与初平阳一样，也是在临时停车后的"喧嚣起来的抱怨声和桶装方便面的香味里突然醒来"，易长安发现被跟踪，从卫生间窗户爬下火车，他打开窗户，一股混合着泥土、青草与河流清香的清冽的风吹进来，熟悉的、故乡的味道。气味，这根线头，在此合拢了。写舒袖的出场，也写了味道，不过这里写的是"前调"——如同舒袖是初平阳的前女友这一关系。以"舒袖"为人物本纪的第二章，一上来就写网吧和网吧的气味。黏稠的汗味、脚臭味、荷尔蒙味、烟味、酒味、口臭味、酸腐的打嗝味、劣质化妆品味、屁味，以及众多初平阳找不到来路的气味，这就是"地球村"。地球村，这个宏大的词汇，被毫不羞涩地用在一个小集镇的网吧身上，极具反讽意味，是对转型时期整个社会好大喜功的文化心态的反讽，同时，也是这个城乡接合带不甘一隅的一种表达。故乡最让他怀念的人和事里，好空气是其一……

　　夜晚十一点刚过的故乡空气潮湿，他点上一根烟，天上没有星星，烟雾带出了他肺里的浊气。他开始往回走……往回走的路上，初平阳在镜子里看到了自己的耳朵，想起了最喜欢自己耳朵的舒袖。锣鼓点敲得这么密，重要人物舒袖要出场了。在这部还乡的作品中，如果没有爱情和感情，男主人公会不够传奇，是缺乏感性魅力的。舒袖对初平阳而言，是言情剧里真正的女一号。舒袖是一个富有性格色彩的女主，她活在现实和内心感受中，能为爱抛弃既有，能为爱吃苦，能投身并享受两性关系，也能从两性关系中抽身。在舒袖和初平阳的关系中，舒袖是主动者，初平阳则是被动者。初平阳作为一个知识分子的精神漂移和不羁，舒袖无法始终同步并追随始终。也是在初家的老屋，初平阳见到嫁作他人妇的昔日恋人舒袖和她的一岁多的儿子。两个人毫无悬念地做爱，又最终渐行渐远。渐行渐远，是这一场感情的必然结局。

　　写一段忧伤的爱情，显然也不是徐则臣的本来目的，虽然在《耶路撒冷》里，也曾写到未名湖畔的爱情，写到电梯里的爱情，写到运河边的爱情，但是，"爱情都是传奇的，生活都是现实的"。舒袖跟着初平阳从家乡到了北京，又从北京独自回了家乡，嫁了人，生了孩子，这里面当然有忧伤，是那种难忘初心的忧伤，但有没有大悲伤？没有。《耶路撒冷》里老老少少，凡是用墨详细地拎出来的过去和今天的感情、婚姻，总数不下十几对，几乎没有一对获得"并行"的快乐，除了几处不太明确的描写，比如初平阳的父母。这是什么原因？是作家爱情悲观论的潜意识表达吗？和谐不等于并行，A 和 B 可以和谐，A 和 A 才会并行。正如同秦福小和吕冬的关系。秦福小和吕冬相约出走，吕冬最终错过约定，秦福小独自远行，两条线无法相交，也是必然结局。吕冬和秦福小由于成长环境不同，性格反差深入骨髓，如果说反差在情感的初期是一种魅力，那么在深入期则会成为裹足不前的阻力。两人最终成为两股道上的人，即便吕冬依旧在怀念秦福小，但他怀念的只是初恋，而不是真实的个体，因此他一直在躲避与秦福小的见面。这就意味着，秦福小即便回到淮海，吕冬即便离了婚，他们还是不会走到一起。显然，在作家笔下，孤独是常在的，不仅仅是感情生活。

对于初平阳这样的小知识分子，对于易长安，甚至杨杰、吕冬、秦福小，无不如是，出走是常态，或思想，或行为，所以要去耶路撒冷。

以气味为线索或者符号的这几场，针脚细密有致，去冗笔赘言，见机心，甚为难得。

出场和不出场的安排

在三个寻找秦福小的男性中，她的初恋吕冬缺席。

着墨不少的吕冬在小说中没有人物本纪，表层原因，吕冬是作为出走的男人的反衬存在。他的性格表征是成长顺利、家世较好的乖孩子，在强势母亲的照拂下，既没有离开家的动力——连秦福小相约私奔也被他放弃了，更没有出走的勇气——想到母亲的恼怒他就不安。如果我们简单套用"缺钙""未断奶"来判断吕冬的人格，这个形象似乎没有什么特殊价值，但吕冬这个小知识分子的形象，在小说中显然比中产阶级的杨杰有质感。想，而没有行动力，因此痛苦，恰恰是众多知识分子的特征，作家对于这类人物的把握更真实从容。

吕冬进精神病院，与其说是作家对平庸人生的惩罚，不如说是对痛苦人生的关切。关于吕冬的文章，小说其实做得很充分。吕冬的出场也是唱足前戏。他的老婆齐苏红和青梅竹马的秦福小都已经提前登场，甩下了很多线头。齐苏红临出院门之前说："忘了跟你说，吕冬他，进三院了。听说你们家的房子要卖？"吕冬进精神病院和初家卖房子，齐苏红把这两个信息放在一起，看似无意，其实有潜在的关联。交代完这句话，文章没有顺势引出吕冬，而是欲说还休。因为火候不够。

说吕冬，绕开吕冬，写他的"心结"：秦福小。秦福小在第四章"秦福小夜归"出场。当然，如果从篇幅和用墨多少来讲，这本书的女主人公似乎应是秦福小，"找寻秦福小、帮秦福小还乡"被认为是这本书的线索。从小说的结构看，也是这样。但在作家的本意里，也许淮海镇的秦福小和舒袖在角色的审美定位上是"互补"，是一人两面，最后结局也相似。秦福小的出走、游历、还乡，与舒袖的出走、还乡，虽然表现为一个带着养子回来，而一个是回来后结婚生子，但是，她们其实都选择了"回归"——地理的回归和母性角色的回归。

还是来看看秦福小。秦福小的出走是纯粹意义上的出逃。傻弟弟景天赐在自己的眼前用刀子割断动脉死了，父亲的济宁老家断了这支香火；深刻的内疚和父母的忧郁压迫她逃出了家门。逃出家门的秦福小在无数个地方比如南京、杭州、九江、长沙、昆明、潮州、深圳、郑州、西安、石家庄、银川、成都、北京"跳来跳去"。她在数独的小格子里看见了一个个城市，她正在从一个城市奔赴另一个城市的路上。助跑，起跳，腾空，落地；助跑，起跳，腾空，落地；每一个动作都很艰难，每一次都仿佛连根拔起，每一次也都成功地助跑，起跳，腾空，落地；吃了多少苦，忘了，时光流逝就到了今天。秦福小具体的打工经历，作家是大写意。这就好比传统说书里经常用"话说间不知不觉已经过去十余年"或者"弹指一挥间，十年过去了"这种句式来虚写。

在这弹指十余年里，除了秦福小以外，初平阳从淮海到南京到北京，易长安从淮海乡下中学教师到北京办假证，杨杰当兵到了北京并在北京当了老板。

十六年后，到了人生的中期，初平阳回淮海卖房，秦福小回淮海定居，杨杰回淮海谈生意并载送秦福小母子回淮海，易长安在隐姓埋名逃窜之际回到淮海并被抓，尽管出于不同的理由，但结果是他们又陆续回到淮海。

出走和回归，在这里形成了所谓的轨迹，而对于人生来说，某种角度上，轨迹即意义。

小说还写了两个特殊的人物：铜钱和景天赐。这两个人们眼中的傻子，在审美定位上也是互补的。不同的是，一个正面出场了——比初平阳大六岁的铜钱是正面出场，一个没有出场或者没有正面出场——童年小伙伴天赐是在大家的转述和记忆中出场，但天赐有人物本纪，为什么这么安排，后面的话题会谈到。脑子被猪踢坏了的铜钱表现得像一个意味深长的巫师。初平阳刚回到家，东大街的傻子铜钱就出场了。他能迅速地认出并招呼初平阳："平阳，你从北京回来啦？""这些年，我从小学校回来，从初中回来，从高中回来，从大学回来，从教书的大学回来，从北京回来，他见着我都会说：平阳，回来啦？他从来不问我是从哪里回来的，但他显然知道，他什么都知道……重要的是，他知道我去了外面的世界。""去外面的世界"，在一个傻子的身上，赋予如此哲学意味，未免过于传奇。抑或是作家的"陌生化表达"？哪怕是一个傻子，也想"去外面的世界"，他想表达的是这层寓意吧？我是不太相信传奇的存在。许多作家喜欢虚构生活的时候，赋予人物一些过于传奇的色彩，如果不是性格逻辑发展的必然结果，这种传奇会妖魔化，会损伤可信度。当然，传奇有时候能改变故事的走向或者审美的情调，但须合乎"或然率"，否则缺乏说服力，降低写作的格调。淮海城里，有两个傻子的存在也许是合理的。这种合理，却产生了一种忧伤，一种在逼仄的环境里扭曲成长的忧伤。至于景天赐，在"景天赐"这一章只在末尾出场，开头说的却全是初平阳的"耶路撒冷"，跟塞缪尔教授的交往，对耶路撒冷向往的由来，"自从你知道《圣经》和耶路撒冷都是从这种神奇的语言中来，十几年里你就对这种语言满怀好奇。你想知道《圣经》和耶路撒冷用希伯来语精确地念出来时是何等奇妙的声音"。那么，为什么在景天赐这一章用五分之四的篇幅写初平阳怎么生发去耶路撒冷求学的念头？仅仅是因为语词的神秘吗？

从初平阳的导师顾念章嘴里说出的那句"语言让我们得以自我确证",让我想起了大江健三郎。大江健三郎在《小说的方法》一书里,第一句话就是"我经常以语言为中心来思考人的问题,基于这样的思考方式,我意识到自己对于人持有一个基本值得信赖的观点。那就是暗夜语言相隔不同的历史时期,或者在世界不同的地方对于语言有着深刻思考的人终将达成一个共识,我为此而受到鼓舞"。是语言直接勾起了意义的向往吗?不完全是这样,大江健三郎的意思是语言建构的陌生化意象,产生了关联和意义。景天赐和敬奉耶稣的秦奶奶出现了。耶路撒冷由秦奶奶嘴里吐出来,传到少年初平阳的耳朵并驻扎下来。忏悔没有及时挽救景天赐的生命,长久背负的十字架让初平阳对耶路撒冷产生渴望。耶路撒冷不是理想主义者眼里求而不得的圣地,而是伤感主义者的救赎和安心之所。

写长篇要懂得节制和裁剪。许多长篇小说原料很好,但料理不得法,结果虎头蛇尾,最后出来的作品缺盐少糖,关键原因是取舍不对,该用老抽着色红烧,结果只勾了芡,形象不入味;该大火煸炒,结果文火炖,整个整柴了。写长篇也不能完全是外科医生,只有剪裁,没有生长。生长这个关节,充分体现小说家的想象力和创造力,高明的作家善于把素材生长成汁水丰饶的细节,生长成密密麻麻的线索,最终生长成枝繁叶茂的形象。

写作是冒犯和偏执,主张解放创造力,进行多声部写作、多样式写作。多声部是一团线索,一团线索很难驾驭,条条线索要有落脚,功力弱者往往有始无终。徐则臣年纪尚轻,但老成、厚道又机智,懂得取舍。写中短篇时不觉得,写长篇,作家这种取舍的禀才就显得格外重要。

说四十五万四千字的《耶路撒冷》结构严谨细致，一个突出的证据是，整部小说可以从各个角度拎出一条完整线索，比如从人物的角度，围绕初平阳展开各个有关系的人物及命运；从事件的角度，围绕初平阳为去耶路撒冷留学回乡卖房；从故事的角度，有人把它提炼为三个男人寻找一个女人还乡的故事。这三条线索，条条贯穿始终，股股相连，触类旁通，枝繁叶茂。对于中心线索的交代，作家布置、埋伏了很多意象，这些意象的建构和讲述，就是作品线索延伸的节奏和节点。《耶路撒冷》的这种叙事机智和讲究，是对近年来长篇写作越写越杂乱的一个极有力的反驳——篇幅不是问题，长不代表芜杂、无序、无度，一条线索也不代表浅薄、单一。

专栏和专栏的寓意

在"易长安"这章后面的专栏文章，题为《时间简史》，其中这段关于一个叫黄青州的人的描写，我理解为是理想主义的"活化"："跑一项不喜欢的业务，腿都跑细了，总挨人白眼，那感觉就是热脸贴到了冷屁股上。参加了反对美国轰炸中国驻南斯拉夫大使馆的游行；不过就走了不到两个街区，遇到一个老乡，他刚到北京，饿得头晕眼花，我想还是救人要紧，就请他吃了驴肉火烧。不能让人饿死在队伍里，是不是。回了一趟老家，家里遭洪水了，波浪滔天，百年不遇的大水，修大堤时差点被淹死。"明白了，所谓理想主义者，最明显的一个特征是责任感，是能意识到责任并能积极承担这个责任，这个责任与个体有关但通常大于个体的利益，为了这项责任可能牺牲掉自己。这么说来，理想主义者，是一个活在精神和远方的人，耶路撒冷就是远方，因此，有评论认为《耶路撒冷》是为"70后"一代理想主义书写心灵史。没错。但不仅仅如此。

也是在初家的老屋，初平阳写了一篇专栏《到世界去》。铜钱，一个六岁被猪踢坏脑子的傻子，追着火车跑，"也想到世界去"。这个形象的描写具有特别的寓意。透过他的眼睛，给出了有别于恒常普通的世界。有没有想到《尘埃落定》里的土司的傻儿子？在淮海，从前是一条运河的长度决定人们的世界有多大，"四条街上的年轻人如今散布各处。中国的年轻人如今像中子一样，在全世界无规则地快速运动"。写味道，是写记忆。写记忆，是为了写乡愁。写乡愁，是为了写回归。写回归，是为了写出走，写耶路撒冷。是这个逻辑吧。怎么写出走，是这本书的强项。如果仅仅是为了一般意义上的"乡愁"写出走和回归，即便有了文化反思，也落了陈词滥调。

也有人说这本书的核心是三个男孩寻找并带回一个女孩。媒介宣传可以这么简单地去介绍，但作家的本意复杂得多。这个女孩可以是一个具体的对象，比如秦福小。但秦福小只是他们一个少时朋友的姐姐，因为弟弟横死，离家出走。对于这个朋友也即女孩弟弟的死，大家各自有愧，但情感的厚度和伤感程度、内疚程度，并不足以让他们长时间地花费时间寻找死者的姐姐，秦福小甚至也不承担异性审美对象的责任。三个男性寻找和出走，其实是形而上的追寻，是审美化的追寻。

翻开目录，一共十一个章节，每个章节都以一个人物命名，同时这个章节也是以这个人物为核心展开叙事。先看前五个章节的标题，"初平阳到世界去""舒袖一半是海水，一半是火焰""易长安这么早就开始回忆了""秦福　小夜归""杨杰第三十九个平安夜"，每个章节的前半部分是一个人物本纪，后半部分是"我"写的发表在京城某报的一篇专栏文章，这篇文章看似与前面这个人物无关，是一篇文化随笔，但我们现在看完整部小说就明白了，专栏文章的题目是对这个人物的一个注释、补白，如：初平阳的理想是"到世界去"；舒袖的性格是"一半是海水，一半是火焰"，人生经历也如此；易长安这一章是从他父亲易伯卿写回忆文章写起，正如易长安自己所悟，自己的一生在竭力逃脱父亲的影响，却在遗传学上无意识地暗合、互文，故曰"为什么这么早就开始回忆了"；秦福小的"夜归"，是这个表层寻找主题的结局；"第三十九个平安夜"关于生和死的彻悟，杨杰人生事业的转型情同此理。再看后五个章节的标题，除了最后一章，每个章节的结构依然如故——前半部分是一个人物，后半部分是专栏文章，只是人物本纪出场的顺序与前五章正好相反，依次是"杨杰　凤凰男""秦福小　恐惧""易长安　时间简史""舒袖　你不是你""初平阳"。"凤凰男"最终涅槃成凤凰，是杨杰的人生；秦福小的恐惧是她离家十六年的直接原因；易长安的时间简史到此为止，他在故乡被抓捕；你不是你，是舒袖和初平阳再次见面后的结果，所以，最后，初平阳还是要去耶路撒冷，至于杨杰所说"再别说故乡跟你没关系了"，"我看你就是到了毛里塔尼亚、厄瓜多尔和长城空间站，半夜里醒过来，脑子里转的可能还是这地方"，"只要她在，甚至她不在，同样成立；忘不掉的爱情是你的第二故乡"，那只是精神的怀恋。

这部小说总共十一章，在前后五章正中间，还有第六章

"景天赐我看见的脸"，这一章很特殊，这么安排也很特殊，似乎是一个交通枢纽。前后十章涉及的五个人物，都是正在进行时的活人。景天赐或是这五个人的朋友，或是兄弟，他傻了，并在十二岁的时候用刀片割破血脉死了。因为他的死，每个人都有了负罪感：他割破自己的手术刀是杨杰送的礼物，他在秦福小眼前挥舞着刀子并倒地，他让初平阳和易长安对于死别产生切肤之痛，他的死让秦福小拉着吕冬想逃离故乡。从精神书写的层面讲，景天赐是每个人潜在的一个情感的心结，是大家逃离故乡的内驱力——除吕冬没走成外，其他人都走了。从结构层面，这一章是个中点。前五章里，除了易长安由他的父亲易培卿代替出场外，其他人相继出场，叙事的重点落在铺陈时间和事件的逻辑上：外出的游子，开始明里暗里向故乡进行地理和空间的回归。第六章，景天赐在转述中出场后，所有外出的人开始站在故乡的土地上。第七章，杨杰和秦福小开车回到了淮海，杨杰的老婆崔晓萱带着孩子已悄悄地提前"潜回"婆婆家。关于杨杰的父母，有一段寓意深刻的描写，是精彩桥段。杨杰的母亲李老师是北京知青落户当地，充满着神秘感：一则，来到这个叫棉花庄的乡村后，她常年往北京寄信，却没见一封北京回信，后来人们发现她写给北京的信也只有四张白纸；二则，她所谓的休假探亲只是到别的地方转一转，根本没往北京去；三则，她的北京口音，被从北京回来的儿子、儿媳怀疑。因为这么一个有"北京情结"的母亲，所以杨杰成为北京的凤凰男，最终娶了一个正宗的北京媳妇，因此，第七章后面的专栏题目就叫《凤凰男》。第八章，吕冬的老婆齐苏红再次提到吕冬和大和堂，她请求初平阳"看在吕冬的分儿上，若有可能，考虑一下"。这里开始说到吕冬、初平阳和吕冬的初恋女友秦福小。住进精神病院的吕冬出场了。秦福小抱着养子天送也出现在大和堂。这章的精彩人物是秦福小的奶奶秦环，她依然深有寓意。在整个作品里，或者整个花街，与宗教关系最密切的应该是秦奶奶。也是秦奶奶，让耶路撒冷这个词在初平阳的内心产生响动。妓女出身的秦奶奶背负着沉重的道德十字架，最终在宗教里获得精神自救，因此得以抗拒生活的各种不幸，最终也因为抢救和背负一个一百六十磅重的槐木十字架淹死在暴雨中。为什么把秦奶奶处理成这样的殉道者的结局？这是作家本人对于生命和理想的悲观。

这个理想，是个宽泛的概念，代表对生活的要求和追求。在强大的现实机器面前，理想主义者除了殉道，还有别的出路吗？作为理想主义形象的书写也好，作为作家的理想主义的表达也好，我们看到的是理想主义的现实悲剧。话说回来，信仰本身意味着献祭，向死而生，明知不可为而为之，乡村的堂吉诃德如此，淮海的秦环如此，初平阳、易长安、杨杰、秦福小、吕冬，都是如此。这正是作家高明的地方。没有一种生活是天衣无缝的圆圈，总会合不拢，这就是生活的魅力，生活的滋味，通常只有经历过坎坷、对生活有深刻体察者才能有这样通透的思想。徐则臣令人惊讶地超越了年龄段的具体经验，从哲学的层面达到了这个认知，使他在处理现实生活的经验时，使具体的死板的素材拥有了思想的价值。至此，这是不是一篇充满象征符码的现代小说？

有人说，徐则臣让"70后"的作家紧张起来。我觉得远非如此。在写作不再讲究终极意义和叙事策略之际，一个有能力又有坚持的作家，一定会站在高处。

原载《东吴学术》2015 年第 6 期

徐则臣的前文本、潜文本以及"进城"文学

理论上，每个作家的写作都有前文本。或典型或不典型，每个作家在写作时都或隐或显或自觉或不自觉地展现自己的DNA，这是写作不能摆脱的宿命。即便他或她某几次想创新或打破藩篱，也大体只是衣着、修养和气质的变化，生理性特征永久潜伏在他或她的文本里，只要有机会，就会暴露。这种无法摆脱的文化DNA，使一个作家的不同的文本具有了神奇的关联，使具体的写作产生了丰富的个性。在这些鲜明的个性基础上，文本如果有叙事和美学的突出建设，就可能形成创作风格。

但是，与一些作家近似迷狂状态的"非自觉"写作不同，徐则臣对于前文本的继承属于高度自觉，他是新一代作家中自我宿命的缔造者，他在用理性设计自己的"进城"文学。

徐则臣是新世纪冒出头的"70后"作家，不到二十年的时间，已经创作了一些有影响的作品，比如长篇小说《耶路撒冷》、中篇小说《跑步穿过中关村》《午夜之门》《如果大雪封门》，其中，《耶路撒冷》拿奖拿到手软，《如果大雪封门》也获得了鲁迅文学奖。这些作品，包括最近这部刊发在《收获》杂志上的十万字的小长篇《王城如海》，连起来展看，仿佛是一部松散、通调的连续剧：背景墙基本不变，主要人物在不同的剧

集换上不同的姓名和职业出场，出身、情趣和命运有相关性，甚至有高度相似性。

这些人物的相似性在哪儿？

首先，他们的共同身份是进城中小知识分子。

这里有两个实词："进城"和"中小知识分子"。"进城"说明他们的原身份是乡村或集镇，而在徐则臣的笔下更加具体，是苏中地区的乡村或集镇。至于"中小知识分子"，我们应该可以找到很多学院派解释，这里就不赘述了。"中"和"小"的主要区别是，主体受教育程度高低以及蜕变程度多少，也就是知识对于个体命运的改变程度。中国现代文学自鲁迅以来，一向有把中小知识分子作为表现对象的热情。一方面，中小知识分子身上新旧交替掺杂，改造最不彻底，心灵最纠结，自然成为人性最有表现力之部落。另一方面，中小知识分子是作家这个职业的基本构成，对于自我的剖析和无情揭露是文学写作的优良传统，这种隐伏的自我表达构成了小说文本的潜在话语体系，即潜文本。鲁迅是写中小知识分子的高手，他的《一件小事》《孔乙己》是这方面的经典作品。

现代文学史上写中小知识分子最用力的作家要数郁达夫，在郁氏的各种文本里，"我"的基本身份都是"畸零""多余""彷徨"的中小知识分子。另一个值得说的是大知识分子钱锺书，他在《围城》里极尽嘲讽和同情之能事的也是这些可怜、可恨的中小知识分子，拍成电影的《围城》由于传播影响大甚至让这个群体的面目符号化了。中小知识分子这个群体，在中华人民共和国成立后由于特殊政治原因有很长一段时间被称为"臭老九"，表现在文学书写中，他们的主角位置也让位给工农兵群体。以至于许多人产生了一种写作和阅读的错觉，似乎认为只有表现工农兵生活，才贴近生活，才是现实主义创作。这个影响如此深远，包括今天，有人一说创作要"三贴近"，似乎认为只有下到村头、进入工厂才对。中国是农业大国，国民结构以农民为主体，随着产业结构调整，工业化程度加大，"工人"这个群体崛起。以农村和工厂为生活现场，以农民和工人为表现对象，镜头分配是合理的，对焦是准确的。问题是，创作面向的生活无处不在，对于职业空间的体验是一种生活体验，对于日常化的生命体验也是一种生活体验，对于普泛意义上的"劳动"群体中的知识分子的表现，也是文学书写的题中之义。

在徐则臣的系列作品里，中小知识分子主要是小知识分子是故事的主角，他们的共同特点是受过一定程度的文化教育，他们的"小"在于成长过程中蜕变程度小，他们虽然进城了，但精神和情感面向乡土，因而过着一种"痛并快乐"的生活。"快乐"不言而喻，因为拥有异乡的体验和新生活的福利，这是一个社会人的成长快乐。"痛"来自思虑和矛盾也即不彻底，是"知识"的痛，是念念不忘的痛。在徐则臣的笔下，小知识分子的不彻底，使他们与整个外部环境包括他人世界，容易形成一种疏离、对抗、角力，这是一种精神深层的观察和认知。如果只"向内转"，容易成为心理小说或者哲学小说；如果只"向外转"，通常会引发政治学和社会学的显微镜效应。徐则臣没有或内或外的趣味倾向，或者说这两者他都在使用。比如《王城如海》，虽然整个文本从"形式"上看——包括标题、每个章节前面节录的剧本对白以及次生人物的"底层性"，似乎主要写社会性矛盾，有环境恶化、阶层成见和生存压力，这是当下文本。在我看来，徐则臣这部小说最有价值的贡献，是写出一个知识分子精神内在的反省和批判，表现为道德的重负和自律。始终压迫着余松坡的道德重负是少年时期的一桩"帮凶"行为，它如影随形，束缚着余松坡此后的精神，形成了梦魇。这桩罪恶大不大？大！它可能是余佳山一生悲惨命运的落井石；小！它可能在事件中只是一个可有可无的环节。在剥丝抽茧般的解密中，我们看到了余松坡一点一点在收紧、痉挛、挣扎的灵魂。这种建立在道德反省基础上的挣扎痛苦的灵魂，以及外部环境自觉不自觉的压迫，让我想到了《悲惨世界》中的冉·阿让。毫无疑问，《悲惨世界》一定对徐则臣写这部《王城如海》产生了潜在影响。冉·阿让一生在为偷窃了一把银勺子赎罪，被警察局长驱赶，被罪恶感驱赶，最后成为一个道德圣人。"站在上帝的面前，谁能说自己无罪？我的罪既不比别人小，也不比别人大"，我记得这是当年卢梭写《忏悔录》的初衷。一生被一桩罪恶追赶的余松坡，他的罪并不比在生活现场的我们中的任何一个人更大，这是不是徐则臣这部小说的潜台词。

　　回到这部小说。对于新世纪以来小知识分子经验世界的零距离的深度观察和残酷挖掘，形成了徐则臣小说创作的重要内容。

　　小知识分子本身可能遭遇的生存压力，在现代城市残酷的外部竞争中显得更沉重。零距离，表现为创作主体的角色代入感强，这是一种写作技巧，但首先是一种经验的体现。在此，不免要对徐则臣"知人论文"。出生在江苏东海的徐则臣，翻看他的简历，不复杂——因为年纪尚轻，但也不简单——因为有一个弯道，这个弯道里的风景基本上构成了他如今的创作背景。弯道使徐则臣获得了加速度。这是什么样的弯道？徐则臣在获得最高学历北京大学中文系硕士研究生之前，在淮阴师范学院就读，后来又去南京师范学院进修。在中小城市"逗留"，是徐则臣独一无二的生活体验和创作资源，导致他对"进城"有无比痛彻的认知和热爱。徐则臣的这种曲折，使他必然最熟悉这个群体，对这个群体有设身处地、感同身受的同理心和理解，这是他的经验世界的先天优势，所以说作家要从生活中历练而来。熟悉小知识分子的身心，并且认同和热爱这种身心，这是徐则臣写作的腔调。徐则臣对笔下形形色色的小知识分子，不是进行对或错的道德判断，而是借助他们的选择、焦虑和命运，记录这个变化的外部世界和丰富具体的内部精神。只有具体的，才是深刻的、有价值的，徐则臣深知此理。于是，这些人物拥有了一个具体的故乡——苏中淮阴地区。这一片是徐则臣熟悉的乡土，这里产生了淮阴侯韩信，它的地域性特征是独特和具体的。以一种体系完整的地域文化为审美对象，是作家的情感需要，也是一种叙事策略。这一点，同时代的作家中，徐则臣属于比较自觉的沿用者。

徐则臣的江苏同乡苏童也是典范的文本自觉建构者。香椿街系列，是作为作家的苏童这么多年始终在不断添砖加瓦构建的空间和传奇，它早已独立存身于中国当代文学。苏童的这种自觉建构，不光表现为对"香椿街"这个地理空间的书写——空间当然也有一定的暗示作用，但主要是人物精神具有相似性和传承性，简言之，在物质化的讲述里，苏童建构了一个独一无二的叙事场域，在背景板上创造了一批鲜活的人物。

　　与苏童同时期的浙江作家余华也属于风格突出的作家，但余华的创作相对来说，文本的文化封闭性特征不明显。余华笔下的人物似乎可以生活在江浙沪，也可以放在陕甘宁，人物和空间的必然关联不紧密。余华这个特点，跟既写《一地鸡毛》又写《我不是潘金莲》的刘震云很像。即便这样，余华依然被认为风格突出，源于他的写作的"先锋性"指向。同样是江苏作家，毕飞宇的系列作品有明显的新"里下河气质"。这种"新"，区别于老派的汪曾祺。毕飞宇的苏北特征与苏童的苏州特征各有擅长，如果一定要说出区别，大概一个要峭硬点，一个要绵柔些。

　　还是回到徐则臣。在《王城如海》里，徐则臣给他的进城知识分子余松坡贴上了高级的标签——美国哥伦比亚大学毕业的"海归"艺术家。这次，这个主人公，终于可以被称作"中知识分子"。看到第二章，我们发现余松坡这个进了城留过洋的"中知识分子"，其实还是徐则臣的苏中乡下走出来的子弟的升级版，在他的身上，文化DNA非常醒目。

　　扎根于这个角色的故事，在第一章里就一边打埋伏一边做交代。表面看来，这是一个喜欢思考、不拘成法的艺术家，交代的是他的不安：对窗户玻璃被砸的不安，对话剧作品前途的不安，对立交桥上抱着塑料袋的流浪汉的不安。这三个"不安"互有关联。窗户玻璃被砸，让余松坡联想到他的作品引起的不满、被年轻的"进城"者抵制。对于话剧作品的关注，最终为余松坡招惹来各种社会关系，产生了一种类阶层性对抗。在这一章里，余松坡这个角色的目标意图交代得比较清楚，写了他的不安，还写了他半夜梦游的怪癖。要写出精彩的第一章不难，设计问题也不难，难的是接下来答案怎么给出。通常的做法是，在第三章揭示答案，第二章交代揭示答案的路径——这个章节显然不能太稳定、需要不断探究。

这个故事的张力在于作家对余松坡这个人物的处理有一股异乎寻常的狠劲。作家因为花了很多时间去写人物，所以对人物充满感情，但一个故事真正的张力是这些人物的生活过得一团糟。比如余松坡，遇到了很多坏事：第一次高考落第，当兵难，精神出问题，作品不被认同，"仇家"来到身边，等等。当一切都不顺遂时，人物作出的选择才是真实的、有分量的。这时候，从叙事角度有两种写法，一种是人物角色能够一个接一个地解决各种小问题，最终安全着陆。致命的问题是，如果这样写，人是一节一节地从树上走下来，而不是跳下来，没有了紧张感，会削弱高潮到来的落差。于是，徐则臣选择了另一种写法，让余松坡慢慢地被钝刀子割肉，疼痛，紧张，失去主张，因为身上背负着道德的重负，余松坡的所有努力和进取虽然换来境遇的变化——读大学、出国、做导演，但似乎这个圆永远画不完整。他拼命地读书，第一次高考失败。他拼命地想当兵，想曲线救国，结果暗伤了远房堂兄余佳山，最终出于巨大的精神压力，主动放弃了当兵指标。第二次高考他终于成功了，毕业后为了逃避道德压力选择出国留学，却依然无法摆脱精神重负。他回国进行戏剧创作，因为《城市启示录》这部作品获得社会关注，却遇到了被他暗伤的余佳山，各种机缘下发生意外事故，自己和妻子不仅身体受到伤害，精心蒙在脸上的各种身份面纱也将被剥下来，难堪甚至丑陋地裸露在世人面前。

对于余松坡，徐则臣的基本感情是同情，甚至还有欣赏的成分。区别于道德滑坡，有道德底线和道德感使余松坡始终背负着重担，这种自我惩罚是一种自我清洁，这种反思能力也是知识分子区别于其他群体的一个典型特征。在《王城如海》里，他通过余松坡这个角色要解决一个哲学问题，《耶路撒冷》要解决的同样也是这个哲学问题：诗意的远方和现实的远方，这种选择到底有多大意义？为了这个选择，余松坡付出了"道德"乃至一生安宁，余佳山付出了"健康"。进城，在这里其实就是不自觉地陷入了一个桎梏，即便这样，我们还在不断地"进城"，因为不满、不和解，小说从而具有了冲突和张力。这是徐则臣"进城"文学的魅力。

写知识分子的精神成长，为进城中小知识分子立传，是徐则臣的自觉。在《王城如海》第21页，徐则臣以余松坡的身份出场，他写道："然后，他们就戏剧中现实问题的超现实处理作了问答与交流。既是现实问题，也是艺术问题。余松坡也在中外戏剧史的谱系上谈到《城市启示录》的创作心得，一点不避讳它的潜文本和前文本。艺术薪火相传，谁也没法像齐天大圣那样，凭空从石头缝里蹦出来。"余松坡这个人物不是从石头缝里蹦出来的孙猴子。他的前传在《耶路撒冷》里。

这时候，我们需要看看徐则臣的"前文本"和"潜文本"。

够得上前文本需要两个条件，一是人物精神气质的延续性，一是腔调和立场的延续性。在这部小长篇《王城如海》之前，是那部著名的大长篇《耶路撒冷》。《耶路撒冷》写了一群从小一块儿成长的小知识分子的命途，他们有的进了城还想去更远的远方，有的进了城又开始还乡，有的进了城也犯了事，个别留在故乡的人精神出了问题。在这个前文本里，作家是在写当代小知识分子心中的一个梦想——进城，去耶路撒冷也是梦想的一个表达。进城和去耶路撒冷是哲学象征。截至目前，徐则臣也只写了两个地方：淮阴和北京。当然，这是作家熟悉的经验世界，但真正的原因，如前所述，作家在刻意地建构有限空间的文化坐标。所以在徐则臣离乡和进城的书写中，城是具体的，又是符号化的。这个"城"可以具体到王城的"城"、北京城的"城"，也可以泛指精神的围城。

潜文本是什么？为什么要潜伏？王城如海人茫茫，只是一种表面的表达，深层的深意是上下求索路漫漫。

"路漫漫其修远兮"，以至于精神出了问题，这是典型的中小知识分子阶层病。精神疾病和肺结核是中国现代文学常见的两种病，而精神疾病则是徐则臣的文本中偏爱的一种病。《耶路撒冷》里的铜钱、景天赐和留守家乡的吕冬，《王城如海》里的余佳山、余松坡，比例之高令人无法忘记。这种强调，有什么特殊原因吗？这个得问徐则臣。由文本可见，在精神疾病这个"意象"层面，作家有实写的成分，但更多的是象征和隐喻。这是徐则臣文本写作的设计意识所在。

文本另一个有强烈设计感的元素是"弟弟"这个意象。《耶路撒冷》里小伙伴们集体出走家乡的一个重要由头，是秦福小的弟弟景天赐的意外死亡。《王城如海》里保姆罗冬雨的弟弟罗龙河发现余松坡的秘密后，把余佳山带到余松坡家。在这两部作品里，弟弟这个角色都是故事的转折点，与弟弟相对的是一个人见人爱的姐姐。由于姐姐对弟弟都是无条件的溺爱，弟弟或愚傻或顽劣，统统不按牌理出牌，导致事态激变，成为作家解决问题的帮手。

在《王城如海》里，与余松坡中知识分子身份相对的、同样有角色分量的是小知识分子罗冬雨。罗冬雨这个诗意的名字，作家没有给余松坡的妻子——祁好，而是给了他们家的保姆，或者说有点文化修养的保姆。知识分子的行为逻辑徐则臣是熟谙的，但是，这个小知识分子罗冬雨的行为逻辑，虽然由徐则臣亲手设计，但并不十分令人信服。我们从罗冬雨的身上能看到《耶路撒冷》里秦福小的影子：同样都受过一点教育，同样道德教养良好，同样被周围男性尤其是优秀男性无条件的喜欢，同样爱弟如命，等等。通过罗列的这几条，可以看到罗冬雨和秦福小的一脉相传。在罗冬雨、秦福小的身上，寄托了徐则臣对于一个女性的美好期许——温婉、懂事、干净、自律、善良，一句话，符合传统审美标准。这个审美标准的形成，也让我开始揣测地域文化对于徐则臣的影响。最后一章，罗冬雨在突然回家的祁好被误伤后与弟弟罗龙河仓皇出逃的行为，我私以为不太符合小说前面的章节对于这个人物书写的逻辑。罗冬雨思前想后，从逃跑路上又折回幼儿园接孩子的举动，也不具备合理性和说服力。同时，也要说到祁好。祁好真好，专情，聪明，豁达，知识女性的优点占全。徐则臣把祁好和罗冬雨分成两个层次，前者似乎比较现代，后者似乎比较传统，但是，都写到了她们的亲情观、家庭观。以祁好为代表的要强能干的现代职业女性，家庭依然是她的重要面向。对于祁好的认可，是徐则臣对职业女性的一种价值体认。站在祁好和罗冬雨对立面的是罗龙河的女朋友鹿茜，这个姑娘轻浮、现实、虚荣、庸俗，许多关于女性的负面词语都可以用在她身上。鹿茜的存在是现实生活的一种客观再现，也是小说情节发展的需要。不过，徐则臣这种对于女性截然两分的做法，让我怀疑他对于中小女知识分子的熟悉程度不及男性。日常生活中的徐则臣说话慢条斯理，似乎顺滑，好消化，但锐气暗藏，猝不及防。他的理性气质如此突出，是不是也导致他更擅长于写男性知识分子？

一个主文本加一个楷体字的副文本形成每个章节，这是《王城如海》与《耶路撒冷》结构上的相似之处。另外，《王城如海》的副文本是对余松坡的剧本《城市启示录》的摘选，《耶路撒冷》的副文本是对初平阳专栏文章的摘选。这两段楷体字可以看作主要人物的内心独白，与正在发展的情节形成了一种平行互补。两部作品如出一辙地沿用这种蒙太奇形式，见出了徐则臣毫不掩饰的匠心，他在宣布自己对于前文本的传承。

原载《东吴学术》2016 年第 5 期

陌上芳村

——关于付秀莹和《陌上》

百感交集地看完《陌上》，面对的文字，看似恬静、轻巧、随和，但步步是陷阱，比宫斗还让我惊心。它诱惑着我，迟迟不能下笔，我怕这颗洋葱剥不干净，可惜了材料。

岁末年初，"付秀莹"和《陌上》出现在各类榜单，在出版数量繁多的背景下，一部似乎没有什么"重大"和"非常"背景的乡土题材长篇小说获得关注，无论如何，都值得好好研究。

"日常""非常"之辨

从最外层起剥：从中看到了什么？最当下中国北方乡村分集记录。这么表述，分明冒险。最当下，意味着对于我们肉身寄存的外部世界的无缝直观。当下则已，何以就"最"？怎么判断它的无时差、无间距？

过去的两年，许多人都重提"现实主义"，我的理解是，透过大量的隔岸观火和隔靴搔痒、大量敷衍的抒情和穿越，大家希望从文学书写中获取关于当代社会的可靠信息，看到生活细节的质感重现——它或能最终填补历史叙述的罅隙。《陌上》里，人物活动的舞台芳村只有百十来户人家，比普通自然村大，比标准行政村小，这个尺寸，是作家付秀莹的匠心：再小，人物和故事缺乏丰富和层次；再大，阡陌交通鸡犬之声可闻的精确没有了。从"楔子"开始，特别是"楔子"，是一幅徐徐展开的北方乡村四时风俗画卷，因此有评论认为《陌上》"风俗画"般的文风承继了《红楼梦》以来中国文学书写的古典传统。也正因如此，《陌上》才脱颖而出，拥有"陌生"的气质和格调。但是，使《陌上》与"最当下"相连的，不是"日常"的风俗，而是风俗的"非常"和"变迁"。

生活在现实的穹顶下，许多风俗是长期养成，在不知不觉中变化。只有在剧变或激变的社会环境中，风俗才会被放弃或彻变。《陌上》用淡定从容到慢条斯理的语气，讲述剧变或激变的大小社会环境对于风俗的改变，写人面对改变的无奈、犹疑或欣喜，忧伤和无力渗透芳村的草木。

"楔子"写道，"芳村这地方，最讲究节气。过年就不用说了。在乡下，过年是最隆重的节气"。节气与土地、种植休戚相关，但随着皮革业发展、耕种退出芳村人的生产日程，人们和土地致密的关系慢慢解体，这个风俗"贯"不下去了。从第一章"翠台打了个寒噤"开始，旧风俗遭遇新"挑战"，薄霜覆盖的芳村，内部燃烧着"烈火"。第一章只写了一顿早饭一个时辰，要言不嫌繁，繁而不琐屑，从翠台起早扫地写起，写与丈夫、与儿子媳妇、与妹妹、与昔日朋友的铿锵"交往"，一直写到翠台委屈流泪，用冷水擦脸，打了个寒噤。窥一斑而见全豹，从农妇翠台家到芳村，精神气象一览无余。

这是什么样的精神气象？

"我们今天生活的方式中有某种根本性的谬误。三十年来，我们把追求物质上的自我利益变成了一种美德：确实，恰恰是这种追求，如今构成了我们所唯一幸存的集体目的意识。"这是当代著名欧洲问题研究专家托尼·朱特在《沉疴遍地》一书中对于欧洲社会弊病的洞悉，他呼吁重新激活政治对话，想象和建立一种新的生活方式。他不曾叙述的是，虽然起因不同，但在"把追求物质上的自我利益变成了一种美德""构成了我们所唯一幸存的集体的目的意识"这一社会表现上，中国当下社会毫不逊色。小到芳村，不曾例外。

《陌上》文字的调性虽然不是高亢的C大调，但对于现实的直陈和揭露却很凶狠，这恰是我喜欢付秀莹的地方：不剑拔弩张，但很坚持，柔而不弱。

翠台这个贤惠、敏感、保守的农妇视角是经过精挑细选的。虽然整部作品是舒缓的蓝调，一叹三咏，但"昨日难再"的忧伤背后却是撕裂，是矛盾和对抗。这个全书第一个出场的翠台，独占第一章"翠台打了个寒噤"和第三章"翠台的饺子撒了一地"，不可小觑，她是芳村风俗不变的背景，是稳定的遵循者和旧式做派。第一章，上来第一句就是"腊月二十三这天，是小年。在芳村，家家户户都要祭灶"，起来准备祭灶的只有翠台，男人、新婚儿子和儿媳妇都还在赖床。这个"贪睡"，与日出而作的庄户人习惯极不相符。作为妻子的翠台对于丈夫是"气得发怔""径直走进屋子，一把把根来的被子掀了"；作为母亲的翠台对于贪睡的新婚小夫妇却欲喊还休，怕落得媳妇和儿子的埋怨。在夫为尊、父母为大的中国传统家庭关系中，这两种行为显然都不符合伦理规范。不循风俗，从不合伦理开始，这是翠台面对的现实芳村。由面对新婚儿媳妇的矛盾心态延伸到儿媳妇进门前买汽车的要求——这是物质生活水平有所提高后的乡村婚嫁新现象，由翠台厚着脸皮向妹妹素台借钱，牵扯出经营皮革业先富起来的一小部分芳村人生活。随着经济地位改变，姐妹关系开始变形——这倒是农耕社会和工业社会的共性。由新婚儿子大坡年后务工去向，牵出主动代为说情的香罗——香罗是第二章"香罗是小蜜果的闺女"的主角，也是这部作品的一个重要人物。再由翠台和香罗这对曾经要好的小姐妹"后人生"经历的迥异，写到芳村的"变"和"不变"的现实分别。一顿早饭的叙事曲折有致，似乎不动声色，却压抑着极大的火气。什么火气？"如今的人们，看粮食不是那么亲了——只要有钱，有什么买不到的？"这么严重的牢骚，在"自然"这一轻声、体贴的语调下，清晰地说了出来。"钱不会说话，可是人们生生被钱叫着，谁还听得见叹气？"挣钱和物质追求成为美德，曾经特别保守的农民脱离了土地后，不惮从事五花八门的职业：经营了二三十年的皮革生意，使村子里"到处都臭烘烘的，流着花花绿绿的污水"；香罗在县城里开的名声不好但挣钱很多的发廊，让乡人"心服口服"，等等。市场化和对金钱的追求，使一切都可以放在交换的天平上，包括乡村固守的伦理和道德底线。

芳村是付秀莹在《陌上》的虚构空间。这个空间有多大？在"楔子"里，把过去时光里的芳村的空间和人文风景交代清楚了。"算起来，芳村也只有百十户人家。倒有三大姓。刘家，是第一大姓，其次是翟家，然后是符家。其他的小姓也有。"对几个姓氏的历史因缘的描写，既写出芳村的人物谱系，又是对以血缘为纽带的乡村聚居的一种文化交代。接着是物理空间的功能布局：政治性的大队部，经济性的供销社、磨房，社会性的药铺，等等，空间的功能布局画出一幅速写。然后是各个节气和农事活动，这是乡村最大的政治，乡村的风貌也与此密切相关。

在城市化或城镇化当代进程中，中国社会经历了一次用工和组织结构的巨大调整。从人类学角度，这是人的生存形态的一次大迁徙、大变革。从历史的角度，人永远在路上。对于具体的中国人，这一生就是一世，他们没有法子从彼岸获得力量，只有紧紧地抓住现世。因此，现世的恩怨得失左右了他们的情感和价值，成为一切痛苦的根源。现世经验决定写作面貌，从写作面貌也能看出现世的面貌。文学写作中的认知度，表现为文学处理现实经验的能力。时至今日，在先锋写作将乡土叙事寓言化之后，我们再一次意识到，对复杂现实的忠实表现更加考验写作的能力。从乡土书写获得突破这个角度，我要对几位"70后"作家近年来的表现致敬，无论是"认知"还是"技术"，她们都很出色，比如梁鸿、付秀莹、李凤群，等等。这几位都属于风格突出的女性作家。具体到付秀莹，我最看重的是她温暖表象后面的狠劲儿——我说的是对生活出路和人物命运的处理。生活里，哪有多少诗意？饶是这样，我们还热爱生活。这就是当下。

"饮食""男女"之变

在一个繁衍发展的社会，人类活动的基本指向都是"饮食"和"男女"，"饮食男女，人之大欲存焉"。芳村也不例外，或更加直接、更无遮拦。芳村社会伦理的变化，是经济结构变化后重塑社会关系的表现。

除了"楔子"是四时风俗和风情的概览，其他二十五章都按照不同人物分章节描写，整个结构是向日葵形，圆心是"饮食男女"，一个个人物是一粒粒种子，一行行镶嵌在圆形的芳村地图上。每一颗单独镶嵌的种子都发育成熟，当然，有几颗格外硕大饱满。作家的笔像一台清晰的摄像机，记录着升斗小民的日常乾坤。全书共二十五章，除翠台独占两章，其余按人名一人一章——乱耕和大全媳妇那两章没用人名而用"尴尬人遇见尴尬事"和"大全有个胖媳妇"，此外，就是"全村的狗"占了一章。一人一章，每个人都活色生香。《陌上》是群芳谱，芳村是付秀莹的大观园和西门宅院。

大全和大全媳妇占两章，需单独拎出来。到了第七章"大全大全"的时候，大全已经在其他几集里跑了好几次龙套。说大全，先说香罗。第二章"香罗是小蜜果的闺女"的第二段，"香罗把车停在村口，掏出手机打电话。香罗说，我到村口了。大全说噢，马上。香罗扑哧一声笑了，说看你，急个啥"。大全的声音先出场，进而成为全书的男主角之一。付秀莹的狠在于大全一出场，就将两人的关系不动声色地定了调："大全一只手拎着一箱酒，另一只手拎着一个大大的塑料袋子。香罗赶紧打开后备厢。放好东西，大全开门坐在副驾驶座上，呼哧呼哧地喘粗气。"摇近的镜头里，"饮食"格外突出——一箱酒和大大的塑料袋子，"饮食"调整着"男女"。利益和交换，这就是芳村被物质和资本篡改后的"现代性"和"当下性"。它们让芳村人的情感面目不清。

说大全前，还是要再说说香罗。对于香罗这个人物，作家的感情是复杂的。小说中甚至为香罗的行径找到一个宿命的出口——母亲小蜜果的基因遗传。香罗自带风情，成为破坏芳村家庭稳定的危险因素——比如翠台对香罗起初源自嫉妒的鄙夷。女人之间的矛盾只分两类：鄙夷和嫉妒。翠台对于香罗，是先有嫉妒，后生鄙夷。香罗这个人物甚至让我想起了潘金莲。但香罗的性格包括情感结构、价值取向比潘金莲复杂，而这正是付秀莹对于生活观察后的独创。香罗这么一个相貌出挑的人儿，也是婚嫁不如意，嫁给一个类似于武大郎般无能的丈夫："根生的性子，实在是太软了一些。胆子又小，脑子呢，又钝。"这样一个丈夫，在人类社会的"丛林法则"中通常被吃掉或抛弃，霸气、霸道特别是拥有经济能力的大全自然占了上风。香罗的复杂在于，她的所有作为表现为以物质和金钱为"标的"，实质都源于虚荣和所谓的"心气"，"香罗是个好面子的，宁可叫人骂十句，也不肯叫人家笑一声"。在金钱成为"标的"的路上，香罗不择手段，投入到"芳村新富"行列，但这个人物本性中还有善良、侠义的一面，比如她对丈夫怜惜、内疚的心理。小说其实是把香罗当作悲剧人物写。她越奔命，在挣钱的路上走得越远，也就在伦理和道德场中越孤独。香罗情感所托的大全是西门庆式人物，可悲的是，在大全的身上，连西门庆的风流倜傥也没有，有的只是潦草的欲望。

　　说到香罗，应该说说望日莲。这也是作家刻意栽培的芳村人物。她是香罗这个类型的一种补充。她们原本都是"好人家"的女儿，在熟悉的农耕经济被陌生的工业经济替代后，父母无能力，丈夫不争气，女儿家成了女汉子，要养家糊口。改善"饮食"环境的方式有种种，她们偏偏选择了最原始有效的

"男女"方式。小说中写出了她们对于生存的抗争，也写出了人的强大的自然性，当然更写出了文明的无力感。

金钱不仅改变了社会关系，也改变了家庭关系，有挣钱能力的男性在家庭里具有绝对优势，比如大全，没有挣钱能力的男性在家庭和社会都没有地位，比如根生。第七章"大全大全"和第九章"大全有个胖媳妇"，写得最生动的不是大全，反倒是他的胖媳妇。在粗鲁强势的丈夫眼里，心事重重、赔着小心的媳妇是百般不顺眼。大全媳妇做家务的麻利和自信，与伺候丈夫时的小心翼翼简直判若两人。妻子对丈夫的殷勤，与丈夫对妻子的粗枝大叶也形成对比。"怎么说呢？芳村人谁不知道，大全的心头肉有两个，一个是钱，一个是娘儿们。"有钱人大全，对于芳村的改变不仅是"道德层面"，还有"政治层面"。他成为芳村的实质老大，插手村委会主任改选等政治活动。政治和经济的联姻，是当下中国基层农村的一个真实侧影。

除了大全，芳村的头面人物还有增志和建信。增志在第一章就作为翠台的妹夫隐形出场："妹夫吧，人倒还厚道，本事又大，人样儿又好，就是有一样儿，怕媳妇。"第二十章"增志手机响个不停"是增志本传。增志是小富，与写大全和媳妇绝对主从关系不同，增志对媳妇素台是又骗又怕，素台对增志是又闹又哄。与大全的肆意妄为相比，增志的小业主处境比较典型，既想放狂，又没有安全感，因此行为虽有不经但还有遮掩。大全、增志、村支书建信、耿秘书这些不同类型和层次的男性，构成了芳村的一个利益链条。这才有了第二十二章"建信站在了楼顶上"村委会主任改选中的风波和动荡。"在台上这么几年了，他还从来没有到过小白楼的顶上。在这楼顶上看芳村，竟然这么不堪。"这句话是明显的隐喻。单纯从村民物质生活水平看，芳村属于温饱不愁、略有富裕。但人们并没有感到满足，或者说幸福感不强。一方面，在老派人心里，芳村的诗意已经被五颜六色的污水玷污。另一方面，在新派人心里，孤独感是越来越强；在既得利益者这里，利益还不够稳定……这真是发展的矛盾，人们享受速度和发展的同时，也在为稳定和理性付出代价。

《陌上》语言典雅，大量铺陈的白描手法，将陌上中国风俗风情工整细致地勾画出来，又因为写活了一个层次各异的女性形象群体，颇有"《红楼梦》气质"，甚至连一些具体的心理活动，作家的遣词造句也深受曹雪芹的影响。但是，《陌上》虽然语言风格接近《红楼梦》，但它对于社会现实的表现和理解，更接近兰陵笑笑生写《金瓶梅》式的犀利和悲观。悲观和乐观的区别在于是否有正面价值寄托。宝玉虽然生活在姐姐妹妹堆里，但不招读者嫌，因为有真性情。宝姐姐纵是千娇百媚，宝哥哥也只惦着多愁多病的林妹妹。若无这一爱情表达，贾宝玉这个人物势必就没有那么光彩迷人了。由芳村里没有产生一个有价值魅力的男性，可知作家不是在写青春的大观园，而是在写物欲横流的西门宅院。男性如此，女性也如此。芳村的女性虽然水灵、可爱、有血有肉，但已被五颜六色的污水污染了。对美好的伤害本身就是悲剧，自甘堕落则是绝望。小说里，作家并没有让理想女性的形象出现在芳村，她对于她们也是又爱又恨。当然最后一章从外地回来的小梨似乎是个例外，她大概会成为改变芳村现状的一个力量。从这个角度，《陌上》似乎还要有续篇。

陌上花开，少年不在，这是付秀莹的深刻或狠心。

写到这里，似乎不需要为这部作品作什么画蛇添足的结论。现实主义也好，批判现实主义也好，抑或表现主义也好，都不重要，重要的是，2016年小说创作研究，谁能够绕过《陌上》？一个作家要为他生活的时代负责。或许今后很长一段时间，我们都不会忘记付秀莹和《陌上》。

原载《文学报》2017 年 3 月 2 日

一代知识女性的精神自传

　　长篇小说《他乡》是付秀莹继《陌上》之后新近出版的一部重要作品。在我看来，某种意义上，它比《陌上》更重要，它证明作家具有连绵持续的创造力。许多作家特别是女性作家往往缺乏这种持久的力量，但也有例外，例外者便是这"槛中人"。我高兴地发现付秀莹属于例外者阵营。这个少数派阵营能轻松驾驭各种文体包括长篇，并且每一次写作都相当于终点，如绝笔书般纯粹、诚实、完成度高。这种写作态度，对于写作者，对于文学，是幸事。

　　回到文本，如果说《陌上》是关于中国北方乡村现时段风俗人情画的分节片，那么，两年后走出《陌上》的《他乡》，借由一个青年知识女性对于城市的主动闯入，爽利地揭开了被黏稠、复杂甚至有点神秘的网络覆盖着的当下城市生活场域。这种城市生活是一把变化莫测的双刃剑，将两代知识分子的世俗生活和精神内在清晰地切划出若干个剖面，显示着滑行、成长、蜕变的异同轨迹。这些轨迹以及影响其变化趋势的内在动力和外在压力，勾连、沟通、勾勒出 20 世纪末以来整个中国社会城乡巨变的重要图景。付秀莹的纤纤细笔看似风轻云淡，甚至有点抒情告白的意味，但这是文学的障眼法，切实暴露和剖析二十年来时代生活的巨变，才是小说的价值落点。

　　巨变，是这个时代的整体特征，在这一整体性下，相对于乡村生活的稳定和单一，城市则意味着重塑——对于身份和生活方式的重塑，意味着流动——生产和生活空间的流动，意味着陌生——对于各种人才的不断需求必然导致人口流动、生产关系变化更新，意味着复杂——变换本身就是挑战和难以捉摸。也正是因为这种种原因，尽管当下许多作家从乡村进入城市，人生的大部分时光都生活在城市，但他们的笔墨还是较多关注乡村和童年，为什么？除了美学趣味的主动选择之外，还有一个客观原因，即城市生活是"光怪陆离"的，是另一种咫尺天涯，要令人信服地写出城市真相相当不易，许多作家包括一些青年作家因此知难而退。一个优秀的作家一定有强大的共情能力，一部优秀的作品一定能迅速激发广大的同理心，让人感同身受。

　　以城市移民的心态来写，焦虑、不安、批判、欣喜、瞻望……所有的情绪一应俱全，包括进退失据，所以命名"他乡"。"他乡"的含义，一是地理学上的漂泊，离开了家乡，漂泊在异地，是空间和地理学上的他乡；二是心灵的漂泊，是文化差异、人性差别导致的孤独感。这两层含义都是这本书的关切点。

　　《他乡》是一部具有强烈文化反思精神的现实书写。"你在他乡还好吗？"这是一句歌词，清清楚楚地记得，MTV 视频里，光头李进边唱边走，前面是晨曦，后面是一条条渐行渐远的铁轨。看完付秀莹的《他乡》，漂泊、行走、寻找，这几个意象不断地闪现，突然就想到了这首二十多年前的流行歌曲。《他乡》的时间起点，大致也是这个时候，正是中国社会乡村向城市迁徙普遍化日常化时期。城乡迁徙有多种形式，考学是其中一种重要方式。小说从一个从农村考进城市，嫁入城市家庭，最后考到京城并成为作家的青年女性的视角，通过书写个体经验，真切、沉痛地展示了这个时代的城乡物质生活的差异和精神文化的隔膜，通过揭示婚姻、家庭、恋人关系的本质，书写丰富幽微的人性。除却经济因素，中国的城市和乡村的隔膜为何如此深重？大城市和中小城市为何也有明显的差别？《他乡》的这一主题，让我想起当年读巴尔扎克的《人间喜剧》时对"外省人"这一概念的反复咀嚼。《他乡》在一个变化的大时代背景下，写出了在多元文化和价值取向的交织互撕阵痛中成长的灵魂精神，写出了一批被时代巨浪裹挟的命运转折。

《他乡》用亲切、新颖、别致的语言塑造了翟小梨、章幼通、章幼宜、章大谋等具有突出时代特性和文化属性的人物形象。比如章幼通，作者将这个人物摆在以变革为特征的时代生活中，他的人生包括他的人生观是被嫌弃的，是落伍的和无价值的。而他的妻子翟小梨则正相反，似乎是这个时代价值坐标下的弄潮儿。自尊自爱、自立自强的翟小梨，从农村来到省城、京城，在这个变化发展的时代，通过自己的努力和才华，不仅实现了个体价值、改变了个体命运，而且改变了小家庭的前途。翟小梨的成功，一是手段正当，她勤奋学习、努力工作；二是认识清楚，成功不是唯一追求，对于家庭、情感的热爱和经营占比甚多。她的成长，内驱力是要强的性格，外驱力是婚姻家庭外部环境的压力。这使翟小梨有别于高加林，也有别于于连，她的奋斗是自发的，也是被迫的，是一个传统教育背景下中国年轻女性的正当性成长。一个靠才华闯下前程的姑娘，最终又回到了老实、无能却忠诚的丈夫身旁。这种"妥协",正是《他乡》作为文学作品的高明之处,它不仅能提供高度精准的生活记录,而且能提出高于生活的思考。

在距离故乡越来越远的人生旅程中,在成功学遮蔽了更多价值判断时,已经成长为女作家的翟小梨,在家庭、爱情和事业的天平上及时调整,及时止损。这不是落后的"大团圆"模式,这恰是实事求是、以人为本,回到心灵的出发点,回归人性的基本需求。有现实生活描写,还能塑造时代生活中的典型形象,才是现实主义写作的深入。

《他乡》除了翟小梨,最令人难忘的形象是"百无一用"的章幼通。章幼通是当代文学的新人形象。从人性的角度,章幼通这个有点像贾宝玉的男人,是这个时代的弱者,缺乏竞争意识,也缺乏竞争力,但他忠诚、体贴、包容、善良,这些人性中的美好,在功利主义的尺度下曾被他自己的父亲和妻子嫌弃。翟小梨和章幼通的和好,是翟小梨价值天平的调整,象征着漂泊之旅的结束。作家帮章幼通找回生命的尊严和生活的价值,给出了新的生活样式,也提供了生活另一面的真相:退让,有时候也是真理。翟小梨的情人、风度翩翩的管淑人是这个时代的一类知识分子形象,有点像《倾城之恋》里的上海男人范柳原,精明、冷静、圆滑、实际。他和翟小梨始终处于不同的燃点,也造了了这段恋情的悲剧色彩。翟小梨与管淑人、郑大官人之间的情感试错,凿深了小说的现实背景。

从《陌上》到《他乡》,随着地理空间的变化,主要人物翟小梨的身份和生活方式被重塑,空间不断流徙,职业不断变化,对于新的环境的适应,对于自身人生的设计等,真切、细致、动人心魄，在书写城市生活的本质和真相的同时，揭示了一代青年知识女性的成长路径。由此，也可以说，《他乡》是一代知识女性的精神自传，《他乡》的完成，充分证明了作家驾驭城市题材和知识分子题材的强大能力。《他乡》的完成，也证明了作家对于复杂结构文本的经营和把握能力。小说虽然用的是第一人称，但由于插进四章楷体字的以他者为主体的叙事，形成多声部、多视角、多层表达，这种叙事创新有利于全面刻画人物，反转情节。同一事件同一现象，不同主体的感受却大相径庭，由此写出"以邻为壑""文化隔膜"是这个时代病，写出孤独是永恒的这个哲学命题。哪怕是两情相悦，哪怕是母子连心，人的精神无处安放，始终是在漂泊、寻找。《他乡》通过大量丰富可信的生活细节，不仅写出了物理的现实，而且写出了心理现实。翟小梨，一个出身农村的姑娘，在我们生活的这个时代，通过自己的努力进入城市，她的心灵悸动、情绪动荡、感情迁移是如此真实、微妙、痛楚、动人，被蔑视和被压抑的心生长出强大的自救力量。翟小梨真正的成长在于精神的成长，她从盲目的寻找和寄托中停下了脚步，开始眼含热切，回望来路。因此，《他乡》是新时期以来一代中国女性知识分子的精神成长和文化反思。

深沉甚至有悲剧色彩的话题却写得轻轻松松，这才能看出作家的本事——举重若轻。《他乡》的整个叙事风格亲切、温婉、清新，像聊天、倾诉、忆旧甚至对话，其别致之处在于，第一人称叙事不变，叙事主体有变。翟小梨是主要叙事主体，从翟小梨角度看到的另外四个家庭成员章幼通、章幼宜、章大谋以及管淑人、郑大官人，分别都有一章楷体字自述，既是对重要信息的补充和丰富，也是对判断和角度的颠覆，通过多声部合奏，完成对生活真相的探讨。

女性角度、女性命运，《他乡》的女性书写气质确实浓郁，作家似乎也不避讳，反而有意张扬女性写作优势，用极为感性的叙事，对比、衬托，写出对女性命运的思考：摆脱附属，摆脱轻视，负责任地自主选择自己的生活。小说对女性生命的价值体认，让我看到了付秀莹笔下和身上的深刻性。

《陌上》是付秀莹的第一部长篇小说，作为新时期乡村写作，收获了许多赞誉。《他乡》则超出了我的预期，它不仅是创新的——这是从技艺和艺术的角度，而且是深刻和深邃的——这是从人性和文化的角度。《他乡》也可看作是《陌上》的后传。《陌上》里有个回乡省亲的姑娘叫小梨，小梨读书、考学，走出芳村，成为城里人。这个叫小梨的姑娘，在《他乡》，名字叫翟小梨。付秀莹这样的安排，既形成了作家个人写作的体系性，也让故事和人物形象逻辑性、可信度、延展性大大提升。从《陌上》到《他乡》，付秀莹建立了一个宽阔的文学空间——从芳村到 S 市，到京城；同时，也是生命时间的转移流逝。空间的指向是文化，时间的指向是命运。

是《他乡》，让我对付秀莹起了由衷地感佩。这个作家的身上显然蕴藏着火山式的巨大能量，爆发已在眼前。

原载《文艺报》2019 年 9 月 4 日

李敬泽，让思想走得更远

龙冬在《读李敬泽著〈青鸟故事集〉》一文中写道："十六年前，李敬泽的写作就已经关注选择了上述这样的内容，登高望远……"登什么高？望什么远？登历史之高，望世界之远。龙冬果真是老友，在岁末年初关于李敬泽的新书《青鸟故事集》的各种议论中，作为一度的同行者，并作为《青鸟故事集》原始母本《看来看去或秘密交流》当年的责编，他一出手就溯到了源头，或者说抓住了李敬泽这些年写作的本来。

"上述这样的内容"，是怎样的内容？"敬泽借助那只传递西王母信息的青鸟含义，用上古青铜一般富有力度与光泽的语言娓娓道来，细密精致地讲述着古代西方与东方距离间的故事。问题是这距离，今日犹在！这你来我往看来看去，为什么总是与理解和亲近相背离？为什么不能从玫瑰、龙涎……从你的我的信仰与文化最本质的善良上，找寻人类的相亲相爱？"这也是李敬泽的善意或大局，他承认异数、误解，但相信不同文化之间、人心之间始终存在交通往来，期待交流、理解甚至大同。

摘抄也是立场。我极赞成龙冬的判断。

我还要补叙几句。

《青鸟故事集》的主体部分十六年前曾以《看来看去或秘密交流》为名出版。十多年前，有法国出版社注意到这本书，购买了法文版权，几经周折，这本书的法文本近期也将面世。
"那时，这是一本小众的书，只在一些有特殊知识兴趣和文学
趣味的人中间流传，后来也从未再版。"李敬泽说。

怎样特殊的知识兴趣和文学趣味？仅仅"格物致知"一
词，恐难解释。想起《考古》一文。这是近作，发表在《十
月》杂志李敬泽专栏"会饮记"里，虽不曾收进《青鸟故事
集》，但文风出其一辙。文章从庄子《逍遥游》而来，以"膝盖
剧痛"为文眼，然后是南海有鱼、北地策马，信手拈来，信笔
所至，皆灼灼其华。我舅舅是老派的文人，他在大洋彼岸隔着
时差看完这篇文章，批注了六个字：有周作人之风。他是表扬，
但我倒不这么认为。周作人是食万千具体知识而不化，写文章
书袋吊得太多，因此虽有小趣味但不觉酣畅，读多了也有矫情
之感，总而言之格局小。李敬泽的好处是博观约取，"大"而
"化"之，主体鲜明。大，一是因为他博览群书，写作时旁撷
博拾、气象万千；二是登高望远，草蛇灰线，传经播道；三是
逻辑功夫。读《青鸟故事集》，我最佩服他对于汉唐以来有关中
西交通典籍文献的精心翻译。文中史实叙述大多缘于典籍文献，
作家对古人言行的风趣而精准的批注，形成绝妙好词，是体也
是用，是道也是器，读来元气淋漓，似见先秦遗韵。李敬泽的
这种文风，更像写《中国小说史略》和《故事新编》时的鲁迅。
抄碑文、背《幼学琼林》出身的鲁迅，文章一时之妙绝，恰恰
在于其中西贯通，纵横肆意中超越时代。

李敬泽的文本，我们无法用今天的文学陈规旧法来归类、
解释。古人哪有什么界？虚构也好，非虚构也好，不过都是文
章的做法。后来人画地为牢，越画，格局越小，文章越抽抽。

他不是无法无天，只是他比同时代的写作者要走得更久，也更远，他法的是先秦两汉，挟上古之风呼啸而至。上古什么风？无定法，无陈弊，想象奇瑰，思想超拔，万象始新。因此，才有春秋战国诸子百家的纵横捭阖，才有《左传》《史记》《战国策》的传世，才有经史子集的格局。几千年来，中国有出息有追求的文人或知识分子会不断地从这种前无古人的文章传统中获得营养。没有丰厚的旧学底子，文章很难写得好看，但旧学提供的仅仅是对于历史和遗产的"知"，"识"还要靠悟性，靠哲学修为。记得胡适有一句话流传甚广，他说，"哲学是我的职业，历史是我的训练，文学是我的娱乐"。这句话后来成为许多有志于人文学科研究的人的"金玉良言"。只是这一良好传统或经验，近些年来在我们的自我教育中渐渐被遗忘。李敬泽是难得的例外。

李敬泽的例外，与其说得益于考古专家的父母，不如说得益于一路走过来自觉的自我教育。通常，人们会认为李敬泽是一个文学批评大家，但我想，这恐怕不是他所看重。人生一世，倏忽一瞬，他最看重的应该是"文章千古事"。如果可以，他是不是想做上古之人，可以自由地进行知识的构造、人心的提炼、历史的酝酿？文字和文本暴露了他。他也应该不会想到要做一个单纯的文学创作者，正如就他现有的笔力而言，他完全可以写出规范意义上的好小说，但他不去写，那在他大概还是小局。仅仅写出一手锦绣文章，对于李敬泽，当然不是终极追求。很长时间以来，他都在思考，在行走，在过程中，甚至述而不作。但是这两年，他开始把许多"述"用文字这种看得见的物质形式确立下来。他大概想借此让思想走得更远。所以，这本书取名"青鸟"。包括他去年以来在《当代》和《十月》两本文学期刊上开设的专栏，似乎都走微言大义一路。

蓬山此去无多路，青鸟殷勤为探看。青鸟无论是解释为风媒、信使或西王母的御差，都只是隐喻，产生隐喻的灵感或是书桌上那枚玲珑有致、闪烁着青铜光泽的镇纸或其他。巧妙化用典故，托古喻今，是李敬泽的良苦用心。青鸟若不存，中国文明或中国文化就不会走得这么远，走得这么稳。李敬泽依据文献、物事、想象，对历史时空里的被误解和被忽视的细节进行考辨时，看起来像在翻故纸堆，其真义是在进行另一类思想的启蒙。

物，本来就会走得更远一点。紫禁城里那个钟表馆，大约是中外游客除珍宝馆以外停留时间最多的空间。具体的物质最容易激起想象的兴趣，这是物的具体性所致。在长针、短针、分针、秒针以及钟摆的悠悠晃动中，宇宙在一刻不停地运行。三千年也好，一百年也好，从西洋到东洋，从丝绸之路到利玛窦之钟，从唐朝开始，中国就打开了自己，即便在公认的清朝"封建"时期，物质和人之间也以各种你来我往的形式沟通。交流，误解，有意，无意，翻译，技术，等等，当这些个词语借助钩沉从历史的尘埃里走出，其实是春秋笔法，我们想到了今天的中国现实。地球已经被拉平，全球化、一体化、多元化，这些个概念，在互联网时代，有没有误解？青鸟到了吗？

年初因为有订货会，许多书都来了。但林林总总的出版物里，信息、知识，包括经验都在不断地重复他人或自己。这本《青鸟故事集》甫一问世，受到了格外关注，当然是因为李敬泽自身的影响力，人们在想这个眼光苛刻的家伙写出来的东西应该值得看吧？它的确是我近年来读到的关于"历史"和"交流"这两个词讲得深刻的一本书。如果只带一本书去旅行，我或会选择它。

　　某年，为供职的报纸向李敬泽约稿。文章出来后第一次见到作者，他倒不觉生分，上来第一句话就是："那张照片，你们怎么选的？那只手的比例不对！"我心下狠狠地划过一句结论："完美强迫症。"这个细节，他当然忘了。

原载《人民日报》（海外版）2017 年 2 月 15 日

《瞻对》：非虚构的尴尬和力量

　　《瞻对：一个两百年的康巴传奇》（以下简称《瞻对》）在第六届鲁迅文学奖终评环节"零票"落选，激怒作家阿来，产生轩然大波。文章是自己的好，写作者大概都有这类心结。阿来发表抗议，多半不是意气，他在对《瞻对》作价值捍卫。

　　如果有时间，我们沉下心来，认真阅读《瞻对》，会发现这真不是一本可有可无的历史随笔。它以瞻对为麻雀，辐射有清以来至20世纪40年代两百多年间川藏交界地区安保问题，微言大义，是微观历史学的文学样本。阿来对于历史的研究、讲述和判断能力，不仅当今大多数作家望尘莫及，就连一些历史学专门研究者恐怕也会惭愧。认真且有价值的创造被轻视，作家奋起捍卫，我欣赏这种不妥协精神，它也是正常的文艺批评必备的平衡力量，如果批评都折服在一种话语维度或标准之下，无论这种话语或标准如何之权威科学，也只会形成思想的平面、创造的犬儒。当然，这是另一个话题，此处略去不说。我们还是回到《瞻对》。

文体的纠纷不应一带而过

　　对于《瞻对》"历史随笔"的头衔，阿来会不会认领？

　　阿来是诗人打底，短篇出道，长篇成名。五十六岁的阿来迄今只有四部长篇——《尘埃落定》《空山》《格萨尔王》《瞻对》，量少，响动大。与前三部相比，《瞻对》的变化首先是"文体"，同样是叙事性结构，《瞻对》由"虚构"走向了"非虚构"。"中国小说的起源应是多方面的：远古时代的神话传说、先秦两汉的寓言故事、史传散文及其他叙事性较强的诗文作品，共同孕生了中国小说，它们是中国小说的源头和母体"，按照袁行霈先生在《中国小说起源新论》一书中这一判断，就"起源"而言，广义的叙事文体都具有"小说"品质，但文体流变至今，按照我们对小说内涵的"约定俗成"，几乎剔除了"史传散文及其他叙事性较强的诗文作品"这一大类项。用"几乎"这个词，是因为曾经有一段时间，当代文学就小说的"虚构"和"非虚构"打过一阵架，摇晃了好一阵儿，"纪实小说"就是这阵摇晃中的产物。纳博科夫说："小说的本质是虚构。"虚构还是非虚构，将小说和其他文体隔开。虚构性、故事性、形象性，是今天的"小说"作为一种文体相对确定的质素。而叙事性强的"诗"归到诗歌领域的"史诗和叙事诗"门下，叙事性强的"史传散文"则归到"散文随笔"或者"非虚构文学"门下。当叙事不是小说的必要条件，诗性小说、哲理小说才拥有合法身份，而现代小说一度甚至以放弃故事的完整性和"去叙事化"为写作风尚。虚构一旦成为小说的显性质素，纪实小说就失去了存在的正当性，"非虚构文学"作为一种叙事文体，开始被当代中国文学"强调"和"放大"。

在文学领域较早提出"非虚构"，当然是20世纪60年代的美国，"非虚构小说"自此在美国兴起并成长为文学的重要文体。中国学界早在20世纪80年代就引进"非虚构"一词。

南平和王晖在 1987 年第 1 期《文学评论》上发表的《1977—
1986 中国非虚构文学描述》一文，被评价为极有创见的论文。
这篇文章中提到的非虚构，大家更倾向认为它是一种符码和被
动的叙事策略。在中国，非虚构写作真正意义上的广而传之，
是经由新闻界人士的强力主张，广泛进入新闻写作教程和实践，
比如《南方周末》的调查新闻。而作为文学文体的存在，大概
要以 2010 年人民文学杂志社新增设的"非虚构作品奖"并启动
非虚构写作计划，推出一些作家和作品为标志，如梁鸿和"梁
庄系列"、李娟和《羊道》《冬牧场》等。

　　作为文学文体存在的非虚构文学和报告文学是什么关系？
报告文学首先是拥有"新闻身份"的文体，边界明确，既为
"报告"，被报告事件发生的"时间"起码应是当代，才与其新
闻出生背景匹配，如果"报告"的是民国或更久远的前朝往事，
则名实不符，名不正言不顺就会被诟病。非虚构文学仅就字面，
应是"虚构"之外的文体总称，外延和边界比报告文学宽泛，
有伸缩性。假如我们现在把叙事类作品分为虚构文学和非虚构
文学两大类，虚构文学等同于小说的话，非虚构文学这个大筐
则应包括报告文学、散文随笔等。非虚构文学和报告文学这两
个概念差别明显，图省事，依据惯性"以大服小"，硬把非虚构
文学塞进报告文学门类里，对双方都是粗暴和不负责任的。一
些明显的概念错误议而不决，对于创作实践也是一种延宕和损
伤。回到文章开头，《瞻对》在鲁奖评选中遭遇的尴尬，主要来
自文体规范。《瞻对》在报告文学评奖序列里，与典范的报告文
学作品相比，落败结局在意料之中。

非虚构的尴尬和力量

但是，非虚构文学存在与生俱来的问题，比如：非虚构文学的"非虚构"是否存在绝对性？非虚构的文学性来自哪里？场景和人物的文学想象和描写势必难免，否则就不是文学，但文学想象的边界怎么规约？前些年，有文章质疑长篇报告文学《最可爱的人》主要人物的真实性，作家魏巍当时还在世，他承认写作中使用了"杂取种种人"的典型化技巧。是写作技巧，还是对文体的冒犯？一时哗然。我为任职的报纸向因非虚构写作受关注的作家梁鸿约稿，她把题目从《非虚构的力量》改为《非虚构的真实》，说不想与南帆刚刚发表的《虚构的力量》对抗。这是玩笑。梁鸿其实是想谈非虚构里的"虚构"，她认为"不局限于物理真实本身，而试图去呈现真实里面更细微、更深远的东西，并寻找一种叙事模式，最终结构出关于事物本身的不同意义和空间"，才是"非虚构文学的核心"。超越真实的"原生态"的局限，找到不同的真实个体之间微妙的逻辑，用文字结构出这种关联的神秘性，扩展可能的意义空间，应该就是写作的目的和价值。近年转向非虚构写作的作家孙惠芬，曾经诚实地表示她的非虚构代表作《生死十日谈》的确存在着虚构成分。非虚构文学通过虚构，让生活的本真和个体的特殊经验具有了关联和必然性，让散乱的一地碎片汇聚成生动的广场。

近年来，非虚构文学作为一种文体备受关注。社会历史巨大转型时期，也是生活的变动和生命的迁徙最激烈的时期，一方面，现实人生的丰富性和复杂性远远超出人类既有经验和对未来的想象力。另一方面，信息量、信息渠道、信息传播速度集束式增长，外部信息海啸式堆砌导致人类原发的想象力和创造力钝化，写作的内心冲动锐减。心中有，才会笔下有，文学虚构和想象生活的能力削弱，于是，还原、再现、记录历史和当下的非虚构文学，成为文学写作的一种出路，并因个体的视角、主体的参与性和生活的质感获得共鸣、产生力量。

长篇写作的可能性

精神的层次性和海绵特征使叙事和抒情拥有广博的空间，各种误会和曲笔都通向精妙和幽深，因此文学在精神的内向抒写层面，从逻辑上讲，具有无限的可能性。寻找精妙幽深的意义空间，是对自我有要求的作家写作的内驱力。阿来是一个追求发出"大声音"的写作者，他要让大众听见自己的声音，文章千古事，阿来写文章绝不至于自我表现和单纯的审美，"除了有效地借鉴，更重要的始终是，自己通过人生体验获得的历史感与命运感，让滚烫的血液与真实的情感，潜行在字里，在行里"。

一个作品的存在不是单独的存在，写作的题材取决于作家写作的内在冲动。作家的内在冲动来自他的历史和现在处境。在已发表的四部长篇中，阿来尝试了四种不同的表达方式。

《尘埃落定》是典范的长篇小说写法：一个或一群核心人物及其命运是叙事的主干，然后枝丫藤蔓，繁衍成丰富的生活图景。小说的主人公"我"设计为西藏民主改革前夕出生的土司的呆傻儿子，用一个非正常人的视角再现政治动荡时期变形的世态抑或世态的真相，这种新颖的视角以及作家本人的藏族基因，使文本被接受者一厢情愿地假定为一种信史。《瞻对》

勾勒出的田园牧歌，成为其后很长一段时间藏族题材书写的主调。这部纯文学作品成长为当年大家都在谈论的畅销书籍有两个原因：一是它的确提供了关于藏民族从农奴制到共和制"历史突变时期"的世态变化，这种变化因为是被一个藏族作家用汉语写出来的，似乎更可征信；二是当其时正值少数民族文化热，这本书满足了许多人对于山高地偏的藏区和神秘的藏文化的向往。由于山高地偏、语言不通，除了 20 世纪 80 年代中后期集中地出现了一批生活在藏区的汉族作家和作品外，关于藏文化的汉语文学总量少，有限的一些也或隔靴搔痒，或主观先行，与现实和真实存在距离。《尘埃落定》出版后，人们仿佛发现了一个藏族作家空降兵，同时也"重新发现"了藏文化。今天，脱离作品发表的特殊背景，再看这部小说，许多当年给予溢美之词的评论家发现，小说文本在提供真实的经验和体验的独特性方面确有贡献，但并不像最初那么"惊艳"。不再惊艳的重要原因，是这种写法可模仿性强，正如美人之美，如果类似长相看得多了，也就不稀罕了。《尘埃落定》是"传奇＋牧歌"写法，后来涉藏的许多作品都是这个路数，虽然可能一个是写土司的儿子，一个是写香格里拉的情路或什么，但调调皆如是。这种"传奇＋牧歌"模式化写作，几乎遮蔽了藏区和藏文化的丰富性、复杂性，成为少数民族文学写作的新的藩篱。

　　《尘埃落定》之后六年诞生的《空山》，花瓣式结构仿若不同的早晨苏醒后的片片夜梦，没有居中不变的人物和事件，命运感和历史感来自群体和整体的走向，即一个藏族村庄的历史变迁。《空山》出版后，虽然没有大轰动，但有评论认为，就文本表现的经验，《空山》超过《尘埃落定》。如果不是故作惊人之语，如此判断，一定是看重《空山》写作的难度。的确，阿来是个不老实的作家，《尘埃落定》虽然获得巨大成功，但是《空山》想摆脱它的阴影。《空山》充满了回不去的文化乡愁。作为一个受过教育、阅读和思考能力很强的藏族知识分子，阿来的创作经历了一个从身份认同的文化焦虑到文化失守的惆怅。"人是出发点，也是目的地"，《空山》获得《芳草》文学女评委奖时，阿来的这句感言充分地表达了他写作始终坚持的人类学的立场和维度。从这个立场和维度出发，作品用六个中篇小说加十二个短篇小说结构《空山》，通过不断变化的主角和命运，从制度、语言和宗教关注 20 世纪 50 年代以来藏地乡村的五十年——"乡村好比一个舞台，但是没有一个演员能够始终在聚光灯下，不断有人上来，不断有人被踢出去，乱哄哄，你方唱罢我登场"，这种审看乡村历史的立场或者维度，带着历史悲观色彩，"表明了一种边缘的乃至另类的观点"（南帆《美学意象与历史的幻象》）。《空山》对村庄的现实和未来的惆怅，替代了美化现实的田园牧歌，作家从虚幻抒情的云端坠回清醒的现实。从《瞻对》到《空山》，形式上散文化、哲理化，本质上是作家的理性反思和表达的欲望占了上风。长篇写作是个无尽藏，阿来试图用汉语来挖掘它不同的出路和可能性。这当然是写作的自觉。从阅读角度，《空山》更接近一首超长散文诗，读者伸手可触的是经过作家眼睛改造的客观世界。《空山》是从《尘埃落定》到《瞻对》的桥梁。

一个作家无法抵挡来自民族史诗写作的诱惑，《空山》之后应邀改写的《格萨尔王》，部分地满足了阿来的这种虚荣或野心。《格萨尔王》的创作中，阿来借鉴了格萨尔王的一些研究成果，试图对格萨尔王进行一种新的诠释。问题是，就文本而言，《格萨尔王》戴着民族的集体崇敬跳舞，能转出多大的圈圈？跳出多高的浪花呢？答案不言而喻。

《瞻对》是阿来发出的大声音，可惜对这个大声音，很多人不习惯，他们捂起耳朵，说"听不懂"。如果认真地读《瞻对》，从自己的角度读明白了的话，我们对于作品的判断就不会如此简单。

关于阅读障碍

阅读是一种习惯，互联网兴起后，当年明月的《明朝那些事儿》是网文打响了的"开山炮"之一，转为纸质出版后也是畅销书。《明朝那些事儿》甚至被一些读者当作明史启蒙教材。可惜，由于当时的知识界缺乏认真研究和及时倡导，大批量的网文写作很快坠入浅层化，人们更倾向于写不必事事有据的穿越、玄幻和志怪，以通俗之名逃避学习和用功，导致浅阅读、快餐阅读和碎片阅读，人们对于理性的史哲思维开始陌生。

古人说，捻断三根须，"无一字无来历"，是有道理的。小说语言极有韵致的汪曾祺先生生前曾说："语言是一种文化积淀。语言的文化积淀越是深厚，语言的含蕴就越丰富。"语言的含蕴即思想。思想的深刻源于积累。在历史教育这个大体系中，写作中的历史传统断代，思想缺乏来历，见识只能随行就市。现代以来中国内地人文学科的学术影响式微，甚至不及日本和中国台湾，有人认为是学术研究的主观性过强所致，缺乏扎实的史料功夫，不能"格物"，便不能"致知"。

"如果说做一个作家应该有点野心，那么我的野心就是，不只是在时势驱使下使用了一种非母语的语言，同时还希望对这种语言的丰富与表达空间的扩展有一点自己的小小贡献。"阿来说。

阿来抱着以史逆今的意图去写，以大量的史实和田野考察作为内容和血肉。在这样的阅读背景下，《瞻对》的确对读者的阅读能力和阅读趣味进行了考验。阅读是自我教育，教育是爬坡，阅读快感的产生也是向上爬坡的过程。鲁迅的文章好不好？当然好。他的现代白话小说、散文随笔、杂文评论，当其世者世不二出。他的文章大多为报刊写，给大众看，有人痛恨其"不留情面"和"刻薄"，但很少会说"看不懂"。今天那些借口"读不懂"而吵吵教材"去鲁"者，我觉得不应该理直气壮，阅读能力下降毕竟是丢人和倒退之事。

但是，话说回来，针对《瞻对》的批评也不是毫无道理。刘勰在《文心雕龙》里说"质胜文则野，文胜质则史"。当然，这个"史"非为历史之"史"，而是文饰之"饰"。"文质兼美"才是写作的最高追求。对于阿来这样的作家，人们的要求自然也不一样。《瞻对》的缺点是作家的主体介入性过于强烈，以史逆今的意图太明显，这种"历史＋现实""1+1"的写法未必等于一个有张力的整体，亦步亦趋，手脚反而拘束，写得不够从容。如果能洒脱一点，应该更好。想来，是"非虚构"这个头衔封堵了阿来更多的性灵表达。

原载《文学报》2015 年 4 月 15 日

重建写作的高度

——致敬李修文和《山河袈裟》

有人也许会问是不是在"写作"前面加个定语"散文"，不，应该就是"为写作重建高度"。

它是散文吗？是！上架建议：散文。但许多人说它像小说。没错，它对人物细节的抓取描绘，它的曲折跌宕的故事讲述，都是小说的基本特征。简单地说，它是跨界。不简单地说，它建构了一个超级文本，产生了强烈的异质性、陌生感，让我们陷入了文学鉴赏的纯粹状态。什么是纯粹的文学鉴赏状态？被鞭挞，被同情，被刺激，感同身受，口舌生津，以至神游万仞、身心舒泰。纯粹的文学鉴赏状态，首先是文字层面的感官愉悦，其次才是意义层面的认知共鸣。

它，就是小说家李修文在文坛沉默十年后新近出版的这本《山河袈裟》。

清晰的面目和鲜明的蝉蜕

李修文十年磨剑，用三十三个篇章二十万字记录的这些阅历、经验和体悟，其用力之猛、用情之深、用语之新，极如望帝啼血产生的鲜明极致的美学效果。作为阅读者的我们，仿若久陷雾霾之后突然看到湛蓝透彻的晴天，内心除了惊喜、恍惚、感动，还有不解、不信：这一个晴天从何而来？这个超级文本的面目实际上十分清晰，我们的不解和不信基本来自惯性和偏见。

《山河袈裟》面目清晰，主要表现为审美取向的明确。审美取向的模糊和暧昧是现代艺术的特征，《山河袈裟》是逆反。对于文学作品，审美取向包括社会学维度、伦理维度以及纯粹意义上的美学维度的取向，审美取向的具象表现是对人物形象的选择性塑造、对事件是非的价值臧否。

> 是的，人民，我一边写作，一边在寻找和赞美这个久违的词。就是这个词，让我重新做人，长出了新的筋骨和关节……此刻的车窗外，稻田绵延，稻浪起伏，但是，自有劳作者埋首其中，风吹草动绝不能令他们抬头。刹那之间，我便感慨莫名，只得再一次感激写作，感激写作必将贯穿我的一生，只因为，眼前的麦浪，还有稻浪里的劳苦，正是我想要在余生里继续膜拜的两座神祇：人民与美。

开宗明义，李修文在《自序》里如此坦陈。我认识另外两类写作者：一类是即便内心深刻认同"人民与美"，也会写"人民与美"，但他们通常不会承认，会自我调侃，降低调子，以示没有超拔于现实生活中平庸的大多数，这是对审美取向的不坚定和不自信；另一类就更多见了，出于各种各样的现实利益考量，他们把自己装扮成"人民与美"的代言人、书写者，一边说着大话、写着大词、把人民和家国挂在嘴边，一边整天行着蝇营狗苟的营生，"人民与美"在他们的内心毫无价值，不过是他们奔走名利场的捎带脚的工具，这种人把写作的生态严重破坏了。

崇拜"人民与美"并能够坦率写出来者有没有？有，李修文就是一个。但李修文的这种坦陈因为罕见和直率，以至于许多人选择忽略，不肯正视，不去谈论。是呀，一个写爱情小说，以技巧见长的作家，他为什么要去赞美"人民与美"，是投机吗？还是随便说说？

李修文这十年到底经历了些什么，以至于实现如此鲜明的蝉蜕？

"写下既是本能，也是近在眼前的自我拯救。"具体的生活经历包括精神经历无从得知，但我可以肯定的是，这沉默的十年不是平静的十年，写作的取向以及写作的去向，对于写作的理想主义者李修文来说，恐怕是最主要的困扰之一。其他的困扰，比如生与死、存在与虚无，也会让他苦恼，甚至绝望，但这些困扰的起点应该都是"写作"。对于一个作家来说，"为什么写"意味着写作的终极意义。一个人的生命，要靠自己去完成。一个作家的写作方式，也要靠他自己去悟解。《山河袈裟》的完成，意味着李修文的文学观的修正和清晰化。

文学观包括写什么、怎么写和为什么写。写什么和为什么写，李修文在《自序》里说得很清楚。我们的另一重关注是，《山河袈裟》能把"人民与美"写得很清楚吗？李修文眼里和笔下的"人民与美"是什么样的？

有人说《山河袈裟》写的"人民"，不是我们的"人民"。也有人说《山河袈裟》主要不是写人，而是写一种神秘主义和浪漫主义情绪。这些话都对，也都不对。

为什么说"都对"？《山河袈裟》写的是清晰的人民，而不是泛泛而指的人民，这个人民不是模糊的被道德化的代词，而是一个可以亲近的芸芸众生的集合体，他们实实在在地生活在我们的周边，我们每个人都是这个集合体里的一分子。《山河袈裟》写这些常常被忽视的具象的个体的情感，写他们行走天涯的命途，写他们畸零岁月的常情，甚至写他们被甩出生活常轨后的坚持，写他们在生活的各种弯道里的行走。辩证唯物主义认为，生命是注定丰富和不完整的，是饱含各种意外的。《山河袈裟》就写不完整的现实生命里的真情，把人从具体的职业和身份外套里还原出来，还原成一个个赤子，锦缎也好，袈裟也好，跳动着的心是同样赤诚的真和善，真和善让我们的感官受到触动，这就是李修文对于"人民与美"的认定。他的表达方式，看起来是诗性的、浪漫的甚至是传奇的、戏剧的，但我们又怎能随随便便就否定它的真实性和可靠性？我们对我们周边的人民又有多少认真的观察？躺在医院天台上的水塔边苦熬了一个通宵后的李修文，决定从此不仅要继续写作，还要用尽笔墨"去写下我的同伴和他们的亲人"，经验是他的炼狱，也是天堂。

三个关键词：山河岁月、人民和美

读李修文的《山河袈裟》，有三个关键词：山河岁月、人民和美。

先说美。

　　大概在十几年前，一个大雪天，我坐火车，从东京去北海道，黄昏里，越是接近札幌，雪就下得越大，就好像，我们的火车在驶向一个独立的国家，这国家不在大地上，不在我们容身的星球上，它仅仅只存在于雪中；稍后，月亮升起来了，照在雪地里，发出幽蓝之光，给这无边无际的白又增添了无边无际的蓝，当此之时，如果我们不是在驶向一个传说中的太虚国度，那么，连我自己都不相信。

　　有一对年老的夫妇，就坐在我的对面，跟我一样，也深深被窗外所见震惊了，老妇人的脸紧紧贴着窗玻璃朝外看，看着看着，眼睛里便涌出了泪来，良久之后，她便对自己的丈夫，甚至也在对我说："这景色真是让人害羞，觉得自己是多余的，多余得连话都不好意思说出来了。"

　　这是《山河袈裟》第一篇《羞于说话之时》的开头。这种"羞于说话"的情境，此后随时跃然纸上。

　　半年前，看完《山河袈裟》，我也写下一句话："有的人多年只出一本书，却让我看完，什么都不敢写了。"这是一种难以名状的绝望，所有自以为是的置喙可能都成废话。我也羞于说话，我若是聪明，便会"不要在沉默中爆发，要在沉默中继续沉默"。天地有大美而不言，原因或有二，一是不能言，一是不愿言。于我，是不能言，害怕转述将原义减分、打折。

　　《山河袈裟》是李修文在写完《滴泪痣》《捆绑上天堂》后，积攒了十年的文字，散发出浓烈醉人、情真意切的大美。

这是怎样的一种浓烈的美？仅仅因为写到天地，写到生死，写到人心吗？

司马迁在《太史公自序》里说"究天人之际，通古今之变，成一家之言"，不错，写到天地，容易有浩荡之气。但是，在《山河袈裟》里单独写天地的篇目，只有一篇《青见甘见》。

> 自兰州租车，沿河西走廊前行，过了乌鞘岭和胭脂山，再越漫无边际的沙漠与戈壁，直抵敦煌；之后，经大柴旦和小柴旦，进了德令哈，再翻橡皮山和日月山，遥望着青海湖继续往前；最终，过了西宁城和塔尔寺，历时一月之后，我重新回到了兰州……这是应当从我注定庸常的生涯里抽离的时光，见了甘肃，再见青海，见了戈壁，再见羔羊，这青见甘见不是别的，就是刻在我魂魄里的迷乱"花见"。

风暴肆虐，荒漠广大，生灵畏惧，闪电、流沙、庇护，这种抽离出日常的"天地"之美，是李修文的"神迹"，是珍藏，是稀罕，是不能常见也不能常言的敬畏。因为发自肺腑的敬畏，天地在《山河袈裟》里，是"羞于直接言说"的内容和对象。天地也即山河，在李修文的文字里，被隐藏起来，成为混沌和无处不在的底色、背景和屏风。李修文不是站立在那儿，平视着山河，审美式地指手画脚——这是平常书写的姿势。李修文是拜万物为神，山河即一神，是情感主体，是复活的生命。

李修文不仅拜山河为神，还拜人民为"神"。山河混沌，面目清晰的是人，是人民。人在天地间生活、行走、爱恨，山河的岁月是人的岁月。发现人的传奇，发自内心地去体谅他们、热爱他们，眼前不只是苟且，还有诗意。写到生死，是通达之情；写到人心，是"深情""厚义"。

李修文为什么会这样写人和自然？庄子在《齐物论》里提出"天地与我并生，万物与我为一"的主观精神境界，安时处顺，提出万物平等观，提出与万物的差别相比，万物的一致性更明显，包括人。人民与"我"本来就同高，而不是"我"蹲下来，与人民取同高。

> 他们是谁？他们是门卫和小贩，是修伞的和补锅的，是快递员和清洁工，是房产经济人和销售代表。在许多时候，他们也是失败，是穷愁病苦，我曾经以为我不是他们，但实际上，我从来就是他们。

在《每次醒来，你都不在》里，电信局临时工老路对于父子亲情的表达方式犹如爱情一样煽情。在《阿哥们是孽障的人》里，穷途末路的庄稼汉和穷途末路的文人一样，瞬间可以过命，结下千里万里的情义。李修文的"齐物论"、众生平等论是这样的纯粹、强烈，以至于他能从这些已经从日常生活轨道脱轨的人身上发现生命的力量和倔强，发现深刻动人的美好，比如，《长安陌上无穷树》里病房里的岳老师那压抑的激情，《郎对花，姐对花》里沦落风尘的烈女子，《鞑靼荒漠》里在荒岛上种植乌托邦的莲生，等等。众生平等，使李修文看清楚了周遭。能发现这些人，才是李修文能写出这些传奇和惊喜的关键。

但显然，李修文不仅受庄子的影响，也深受儒家文化积极入世、侠义恩仇的影响。这成就了他的深情和厚义。

> 真实的谋生成为近在眼前的遭遇，感谢它们，正是因为它们，我没有成为一个更糟糕的人，它们提醒着我：人生绝不应该向此时此地举手投降。

我们可以先看《苦水菩萨》《看苹果的下午》，再看《夜路十五里》《扫墓春秋》《在人间赶路》，看到这个童年被寄养的男孩，怎么对生死有了过早的超然，怎么与佛结下缘，怎么学会抑制悲伤、学会忍耐、学会认命、学会反抗。李修文写山河岁月，吸引我的不是关于山河的抒情、对于山河的敬畏，而是与日常人生须臾不分、不假苟且的浩荡岁月。

怎么解读《山河袈裟》这四个字，其实只要看《未亡人》这一篇就可以了。

> 我实在是喜欢这个人，苏曼殊……但那笑容是慈悲吗？那难道不是绝望吗？多少人都看见过：笑着笑着，他便哭了。

李修文为什么喜欢苏曼殊，他是"同病相怜"和"才子自况"。"破禅好，不破禅也好"，"如果说他心里的确存在一种宗教，我宁愿相信，他信的是虚无，以及在虚无里跳动的一颗心"，"我愿见一场盛宴，别人奔走举杯，他兀自坐着，兀自对着酒杯发呆。南宋的杨万里早就写下了他的定数：未着袈裟愁多事，着了袈裟事更多。酒杯里盛着他的一颗心，那是上下浮沉的一颗心，好像红炉上一点雪：生也生它不得，死也死它不得"。

这里的每一句话，都是李修文的自诉。所以，《山河袈裟》这本文集写了许多人、许多事，最重要的是，它写出了这个时代的李修文。文字的力量最终来自真诚。

关键是跳跃的高度

说实话，虽然主观情感上李修文更倾向于苏曼殊，"曼殊要的并不是糖果，他要的，是和人的相亲，是不让别人将自己当成旁人"。但语词结构上，李修文可真的像纳兰性德，古典文化包括古典诗词、传统戏曲等对他的影响十分明显。这些影响，让李修文的思想有了景深，也让他的文字生发出香气。对于写作，文字本身就是内容。有的文字天生有色彩和香气。有的文字无论怎样加茴香大料，都不吸引人。李修文的文字意象繁复密度大，句式跳宕，善于远取譬，风格风流婉转又率性直陈，但文字不是吸引我的主要原因。

"姿势不重要，重要的是跳出高度、打破纪录"，散文家穆涛说，"跳高时谁管你是背越式还是跨越式，关键高度是升到了2米18还是2米36？"

李修文跳出了怎样的高度？

（一）认知高度

以"散文"为文体的写作，每年有大量的文字产生，洋洋洒洒者有，喊喊嚓嚓者也大量存在，主观抒情者有，描摹山水者也有，但是在大量的文字中，能够把人性和人情写得好的作家不多。有人说，这是个时代悲剧，我们的文字缺乏把握现实生活的能力。其实，这可能是任何一个时代的悲剧，文字是后知后觉，永远无法完整地记录它的时代。今天，留存在经典里的作品，理论家从理论范式研究的角度，努力找出文本形式的价值，但是，当我们退还到纯粹的阅读角度，谁会在乎它的"范式"？我们只会在意它发现了什么，在意这种发现有没有打动我们。谁都知道，打动我们的一定不是泛泛的认知，一定是细微、细致、细密的发现，是能够沟通个体心灵的异常中的日常和恒常。这有点拗口，其实说的就是各种常情常态。常情常态，一是人的本性的内生和自带，一是后天的文化传统使然。它们的存在，被发现，会让我们震惊、释然，改变对生活和生命的认识。

人性和人情当然有常态，但我们认知的人性常常被各种外在的因素篡改，我们称之为"异化"。如果在各种复杂的篡改下，还能拥有这种人性和人情的本来，发现这个本来的人是多么幸运！他必须首先有心力、有识见，能够拨庸见奇，发现并能写出来分享，让不同的个体获得人性和人情的本来的慰藉和支持。这就是文学产生和存在的本来。写出人性和人情的作家，一定代入了自己的性和情，以性逆性，以情逆情，文字才能生发说服力、感染力。

在《山河袈裟》里，李修文表达了怎样的情与义，他的倚仗或者是文化依据是什么？从《山河袈裟》里，我读到的字字句句，都是"共情同命"。《羞于说话之时》是对自然界美的共情，《枪挑紫金冠》是对"爱、戒律和怕"的共情，《每次醒来，你都不在》是对热烈的亲情的共情，《阿哥们是孽障的人》是对沦落之人的侠义的共情，《郎对花，姐对花》是对沦落之人的烈性和深情的共情，《鞑靼荒漠》是对沦落之人的坚韧的共情，许多人都喜欢的《长安陌上无穷树》是对反抗和尊严的共情，《认命的夜晚》是对悲伤的命运感的共情，《惊恐与哀恸之歌》显然是对惊恐与哀恸的共情。《夜路十五里》其实是典型的自传，是自己的故事、自己的体验、自己的悲伤、自己的反思，这种彻底的解剖式文字也贯穿了全书，只有把自己的真性情打开，把皮袍下真的"小"放出来，才能实现与生活中关注对象的共情，才能让读者信任文字，实现与读者的共振。

从《夜路十五里》开始，作家的"本我"越来越多。《苦水菩萨》一定要认真读一读，它写一个被寄养的孩子怎么与自然、与人、与佛的相处，是李修文的成长笔记。经历的痛苦和迷惘，对于成长中的孩子是疾风苦雨，但最终是滋养，当这些经历自然而然地融入一个人的生命底色，由此获得的命运感知，会让这颗成长了的心智具有理解和同情的能力，这就是"同命"之后的"共情"。《看苹果的下午》就很典型，一个弱小的孩子对于一个成年人的同情和宽宥，是令人耳热心跳的。《扫墓春秋》写到墓园里的疯子和迷狂，说，"我们每个人活在尘世里，剥去地位、名声和财产的迷障，到了最后，所求的，无非是一丁点安慰，即使疯了，也还在下意识地寻找同类，唯有看见同类，他才觉得自己是安全的，不必为自己的存在而焦虑，而羞愧"。这段话有实指，也有泛指，李修文在此是对人活一世的孤独和不易的普遍同情。或许正是看到了普遍存在的"焦虑"和"羞愧"，十年之后的李修文已经可以放下自己的"焦虑"和"羞愧"，认真地拿起了笔，进入到纯粹写作状态中。

还有这段话，"只要时间还在继续，时间的折磨还在继续，寻找同类的本能就会继续，黑暗里，仍然希望有相逢，唯有与同类相逢，他们才能在对方的存在之中确认自己的存在；找不到同类就去找异类，找不到人间就去找墓地，找不到活人就去找坟墓里的人，因为你们和我一样，都是被人间抛弃在了居住之外，聚散之外，乃至时间之外"。这种飘零和寻找，这种离散感，简直就是莎士比亚戏剧里的李尔王和哈姆雷特。

《把信写给艾米莉》是对精神偶像的一次表达，这类直接抒情在《山河袈裟》里不多见。《她爱天安门》讲述具有传奇性的人物和故事。《火烧海棠树》写一个女人命运多舛：孩子截肢，丈夫被撞死，她把恨撒在了一棵海棠树上，自己又被烧伤。这是一个弱者的反抗，怒气冲冲，却让人把眼泪流干。《失败之诗》更是写了各种各样失败的人、失败的情境、失败的因由。

（二）写作高度

同样是写失败甚至苦难，为什么我们不会把《山河袈裟》说成底层叙事或苦难叙事？这依然是价值取向和美学取向的问题。

《山河袈裟》为什么不觉得写得苦，而觉得写得美？这个美不是由文字的虚饰煽情而至，而与文字提供的经验和惊奇有关。它让我们惊奇于现实中存在这些真人。这是李修文的写实和记录，是他的取景框和编辑机。所谓真人，即经历各种煎熬之后还拥有珍贵的情义。这是一方面。另一方面，《山河袈裟》对于终极感的表达，说服了我们。"谁的一场尘世，不都是自己误了自己？"

我们通过这些文字看到了什么？李修文曾说，他写作是发现、重温和回忆这三句话：一是"无为在歧路，儿女共沾巾"，一是"同是天涯沦落人"，一是"白茫茫一片真干净"。或许有人说这三句话都在表达一种虚无感，见仁见智，我看到的则是天涯羁旅。这与李修文成长的文化背景有关，如前所说，他的确受庄子的"齐物论"影响，但也受儒家的"民本论"影响，儒家积极入世的观点对于李修文的影响非常明显，这才有他对人世的眷恋、不舍、不弃、不甘，这才有各种歧路彷徨以及仗剑天涯。我们也可以把这种取向看作古典主义的情怀的表达——对于生命本来意义的坚持和执念。

为什么会这样？很显然，与他接受的中国传统戏曲的教育有深刻关联。李修文生在戏曲之家，对于戏文的熟悉以及对于舞台的迷恋，影响了他的成长，包括写作。他在文字里将戏曲的舞台艺术运用得出神入化，把山河岁月讲得亦幻亦真，把散章讲成故事，使我看得如痴如醉。当下作家能写出这样的高度者，还会有几个呢？

原载《当代作家评论》2017 年第 4 期

真和纯的陌生美

——论《青衿》的艺术风格

看到二十多年后才出版的诗集《青衿》，我想，也许何向阳的诗歌才华被其评论家的身份遮蔽了，但这有什么关系呢？一个人的才华迟早会泄露和显现。不论是评论，还是散文、诗歌，何向阳都自成一体、风格突出。这种风格，表现为文风和诗风的清奇，也表现为文本内在精神的深沉和纯粹。尤其是她的诗歌，这种风格一目了然。

作为诗人的何向阳在《自序》里写道："诗歌犹如我的编年，我是把诗作为日记写的。""今天，我不想掩盖。不想掩盖的还有平静水面下沸腾的火。那些不可想见的灵魂的厮杀，至今让我心悸……心，却在烈焰里，越来越具有或接近了钢的品质。"诗歌是生命的自白，比其他任何文体更接近一个人的本能和本真，因此也更需要天赋。只有拥有特殊感受力和表达力的人才拥有这种天赋。不过，在感受力和表达力之间还有一层特别重要的关系，叫真。这个真，许多人已经失去直面的勇气，也就失去了写出好诗的可能性。

何向阳诗歌的好，来自真和纯。透过诗句，我无法揣测一颗晶莹剔透的水滴磨炼成钢的细节，但我已经开始信任她的文字。《青衿》收录的一百零八首诗基本写于 20 世纪 80 年代，在审美趣味几乎翻了几个筋斗的今天，这些诗歌浓郁的古典气息，呼唤的不仅仅是陌生化的美感，还有诗歌写作的"返本"问题。返什么本？生命的本原、本真，以及诗歌的本原、本真。诗歌，吟咏性情也。性情乃生命存在的重要内容和表现。吟咏生命的本真活动，应是诗歌发生的本义。

何向阳这些古典气质的诗歌，真和纯的情感特质极其一致。我们可以看到具体的真人在诗里面，当然对于具体的真人，我们也不要过多地去解读，否则，我们就上了诗的当。何向阳的诗，虽然是这么鲜明的真，但诗人写作的方式不是实写，她在虚和实之间写，这是她作为一个诗人的高明。

另外一个是她的纯。纯是情感的质地，跟真关联在一起。纯也往往与单和弱关联在一起，但是，诗人何向阳的纯，不弱也不单，她是纯粹。比如对爱情、对世界、对生命，包括对很多具体东西的体验，她诗歌表达的情感的质地都是纯洁的，浓度很厚，甚至浓厚到难以排遣，因而产生极致化审美，可以把它叫作浓情和深情。

乍一看，《青衿》里绝大多数是爱情诗，或者疑似爱情诗。写爱情诗可以写出复杂、曲折的心路，因此，爱情诗是书写生命本真的常用形式。比如，《诗经》里的大多数诗句，我们可以看作一次具体的爱情书写，也可以看作生命活动的泛表达。同样，《青衿》写的是爱情诗，但我不认为诗人一定都是在写爱情，她有时在借爱情说志向。精神气质上何向阳是一个比较典型的知识女性，她在《青衿》里面写纯度很厚的情感时，我们依然可以看到她的价值取向，比如，写到坚守和坚贞的问题，"我甘愿等待／即使等到你身躯佝偻，两鬓斑白／等到你历尽沧桑，容颜已改 / 我还是从前的我 / 我甘愿等待"。在诗歌里，对于情感的表达，诗人何向阳很坚定，这就是建立在厚度之上的纯粹。

另外，这些诗歌文本的内在结构，也是吸引我的原因。比较而言，我更喜欢这本诗集里的短诗。她在有意地建构自己的诗歌语言。有人说何向阳的诗有李清照之风，大概言其起笔随意自然，落笔往往不羁出奇。这些看似自由的句式，内部是有音乐性的、有节奏感的，节奏的形成有赖于韵脚之间相互呼应，并形成内在情绪的变化和起伏。诗人擅用丰富的意象和精准的动词，同时弃用形容词和副词，因此，她的诗的语言既不华丽也不艰涩，而是像流水一样流畅、清灵和细腻，读起来并不觉其简单，因为放置了许多出人意料的意象，情思会停顿、沉积和放泄。这种诗歌结构，得益于诗人收放自如的语言驾驭能力，也得益于其感受力的敏锐和丰富。

特别有意思的是，这些诗歌，如果遮蔽掉写作时间，我们不一定能看出它们是 20 世纪 80 年代的诗。它们写出了人类的经典情感，弹拨了我们的心弦，发出了回响。

原载《光明日报》2016 年 2 月 29 日

《塘约道路》与报告文学写作

每年都有大量的出版物面世，读者依据什么标准选择阅读？写作者凭什么要写这些东西而不是那些东西？对一部作品或者对一个作者来讲，写作价值的最高体现应该是对社会的政治、经济、文化各方面产生影响。王宏甲的报告文学《塘约道路》只有七万字，封面素净，不见腰封，也没有各种提要，掂在手里，却让人联想起报告文学的"盛世年华"，比如《哥德巴赫猜想》时期，一字一句重千钧。关注这部作品者，自然有文学界人士，但更多是农村问题研究专家、经济学学者，是各级政府管理层，是直接有利害关系的农民。因为它对指导实践有帮助。这些都是这部报告文学产生的社会效益。

诚然，让《塘约道路》引起社会关注，是"道路"本身。书中写到的贵州省安顺市塘约村是"榜上有名"的贫困村，近年来穷则思变，由党支部出面，把农民手里承包的零散土地集中在一起实现产业结构调整和规模发展，已经离开乡村的青壮年农民开始陆续返乡，被撂荒的土地重新种上了粮食，留守儿童与父母团聚，重新凝聚人气的乡村拥有了活力和吸引力。在塘约村的土地确权流转和使用改革中，重新提出了巩固农村集体所有制和加强党支部领导作用这两大原则。显然，与大多数乡村社会发展现状相比，塘约道路是依据塘约村现实状况进行的大胆改革，虽地处西南一隅，这种机制性的探索却是农村社会发展的大政治。

这部作品记录的实践、提出的问题、做出的思考，涉及农村社会自主建设的合理性和可能性，属于农村发展道路性探索。虽然，这条道路与农村现有的联产承包责任制之间的关系需要理顺，这条道路本身的可持续性、可复制性尚待完善，但是，这条道路及其实践对探索中国农村社会发展具有一定的启示性意义。

话说回来，塘约道路即便是"典型"，但如果不是王宏甲独具慧眼，用文字生动简约地写出来，使这条"道路"迅速获得较大范围的传播和研究，中国农村发展实践中这一"新生事物"未必就能及时地获得关注和体认。从这个层面上说，作为一个作家和一部文学作品，已经"超额"实现其文本价值，它使文学写作重新获得神圣感。

在文学写作的诸多类型中，报告文学也好，非虚构写作也好，由于写作的对象是客观存在，对于真实和真相的发掘至关紧要。这个发现和发掘，需要胆识。胆是勇气，识是视野。有胆才能发人不敢发之言，有识才能发人不能发之言，胆识相连，写出的文章才能传道解惑，具有前瞻性和深刻性。

"我如果没有看到也就罢了，看到了，不敢不写。"作家不仅用眼睛看到了他们自救的能力和基层组织的力量，而且多次深入田野调查，通过有理有据的写作，把塘约村这一典型在精准扶贫中的有效性勇敢地写了出来，向整个社会作传播，提请大家研究。"文以载道"，王宏甲的这种写作重拾了中国文学或者文史的优良传统："解惑"——能够发现问题，"传道"——传播方法、解决问题。

"看到了"和"写出来",都需要胆识。在时间和空间上,报告文学与当下现实的关系都是靠前站位,对于现实的书写是正面强攻。社会反馈和社会效益是对报告文学写作最客观的鉴定。现实生活纷繁复杂,作家选择什么样的题材,作什么样的判断,决定了作品的品质。近年来,社会各界对文学包括报告文学写作都有很多议论。当下,中国社会正面临着巨大的变革和转型,社会各个层面无时无刻不在涌动和翻腾,身处生活现场的报告文学应该有更突出的作用才是。报告文学如何才能更准确地反映社会生活,赢得更多读者?

社会效益是报告文学写作价值的重要构成,进入历史现场,深入生活深处,及时敏锐地把握社会重大问题、热点问题以及敏感问题,摸准关节点,下情上达,这是优秀报告文学的创作经验,这些经验一直是有效的。从这点来看,就能理解为什么《塘约道路》这样一本中篇规模的报告文学作品能够迅速产生比较明显的社会反响。首先,它敢于并善于抓住社会敏感问题,问题抓得准、抓得实,具有突出的前瞻性和建设性。

这些年,报告文学写作中一个大的毛病是,许多写作者调研功夫不肯下,事实掌握不清楚,思考不到位,甚至文字也不过关,就急于下手。面对现实发言,写作者自身认识不清,是致命伤。《塘约道路》凸现了写作者的家国情怀和历史格局。家国情怀和历史格局看起来是大词,对于一个写作者,它们就是价值维度和哲学维度。由此,才能从现实的枝枝节节中理出历史发展的脉络、本质和趋势。

在《塘约道路》中,王宏甲最后写道:"农民需要一个精神焕发的村庄，我们大家都需要一个精神焕发的国家，我们个人也需要一个精神焕发的人生。"这种思考，决定了作家写作的情思和境界。这种境界，已经超越了庸俗实用主义价值表达，上升到思想的高度。其对人性的"本来"所进行的探寻和追问，这是哲学层面的思索。王宏甲在写作中表现出的智慧和学术严谨风范十分突出。采访、探究、写作犹如反应堆，无论是虚构，还是非虚构，各种元素在创作主体的内心积累酝酿，最后达到一定的浓度和温度，突变，爆炸，产生巨大核能。

无论是写事，还是写人，历史的高度、现实的深度、哲学的维度三者统一，一篇优秀的报告文学才有可能产生，才能在思考的基础上进行价值判断。这是报告文学写作的高门槛。这道门槛如果不树起来，报告文学的文体发展就不会有大的突围。

《塘约道路》的经济学、社会学价值先不忙下结论，留待时间评估，倒是这本书对于报告文学写作的贡献应该及时得到研究。作为一部报告文学，《塘约道路》首先是一部文学性强的作品，它的文学性建立在形象丰满和细节讲述充分有力的基础上。这是一部有针对性的有价值的反映时代问题的报告文学作品。

原载《文艺报》2016年12月23日

思想者的书

柔弱的陆梅是个思想者。有人说读《像蝴蝶一样自由》需要哲学准备，因为它探讨死亡、灵魂、自由、信任、恩情等形而上问题，有点像哲学小书《苏菲的世界》。作为一名中学生母亲和一名儿童文学创作者，陆梅当然深知终极问题的思考和及早教育，对于一个生命的健康养成是有益的和必要的。弥补终极问题思考和教育不足，这恐怕也是作家陆梅写这本书的原生动力。

《像蝴蝶一样自由》是关于生命哲学的文学讲述。我们通常会低估孩子的接受能力，而高估哲学的难度。这种经验用于儿童文学创作，不仅会窄化和矮化创作，而且导致青少年在成长的重要时期缺失了一些必修课。哲学真的是遥不可及吗？不是的。生老病死，恩怨情仇，日常生活和非日常生活充溢的种种，其深义可能就是哲学和哲学维度。哲学是理性的、逻辑的，但讲述可以是感性的、诗意的、亲切的。

关于生死终极问题的探索，是这本书的中心问题，也是陆梅想跟孩子们交流的重点。"越过铁栅栏，新砌的水泥门吱嘎一声洞开"，生活在当下和"此岸"的上海小女孩老圣恩与二战时期被纳粹杀害的十三岁的犹太姑娘安妮在神秘的白日梦中相遇。这也是这本书"穿越色彩"的由来。怎么解释这一"生"

和"死"的不期而遇？显然是阅读的作用，"日有所思，夜有所梦"。安妮是《安妮日记》的作者，也是这本既美好又令人悲伤的作品的当事者。在密室里躲避疯狂的纳粹分子时，安妮在日记里写道："我希望我死后，仍能继续活着。"陆梅在这本书的最后一章"致安妮（代跋）"里坚定地回应："你的确活着，活在一代代人的记忆中。"文章末尾再次写道："可是，聪明的安妮，以你智慧的头脑，你早该知道，我的点滴文字，同样是为了对抗遗忘。"这说的是生和死的相对性——对于生命和自由的热爱以及对于死亡的坦然，也说的是阅读和文字的价值。遗忘是生理使然，文字是用来对抗遗忘的武器。对抗怎样的遗忘？苦难，命运，恩情，等等。安妮用写作，让许许多多的"老圣恩"和她们的妈妈们记住了自己，记住了历史，获得了永生。

老圣恩、安妮、母亲、偶尔出场的父亲、只出过一两次场的门卫，简简单单的几个人物、几个白日梦、几个场景，谈的是沉重的生死问题、历史问题，调性却温婉、典雅、明净，文字如陆梅其人真诚、谦和、细腻，洗去了火气，立场和观点却很坚定，像包了浆的老玉，充满了古典主义的和谐。但实际上，这本书的整体结构非常现代，广泛地使用多种文体：跳进跳出的梦境描述、对话体、诗歌引言、信函，等等。这种形式，形象，生动，结构出戏剧化的场面，比较符合少儿阅读的特点。

每本书都有自己的预期读者。这些年，儿童文学市场增大，出版码洋快速增长，许多写作者为了码洋的厚度写得越来越快、越来越糙。陆梅作为一个具有专业素养的家长，同时又是文学工作者，一定遭遇很多问题，迫切想跟大家分享经验。这是这本书的写作预期。我也不怀疑在写作中，陆梅毫无保留地把自己的经历和情感摆了进去，她就是女孩"老圣恩"的那位作家妈妈。在老圣恩眼中，妈妈"写得很慢""总是读得多写得少"。这是陆梅对自己的不满足。但我不认为慢是错。慢工，是匠心，出细活。儿童文学作家跟教师一样，都是灵魂的塑造者。面对这样的责任，写得细点、写得慢点，肯定是好事。

原载《光明日报》2017 年 1 月 23 日

以父之名，或向父亲致敬

——从《黄冈秘卷》透视刘醒龙

一直有人说刘醒龙是现实主义创作阵营的干将，这是一个极大的误会。刘醒龙的全部创作显然不是"现实主义"这一个词所能准确概括的。纵观刘醒龙的创作，从文学观的角度，当然属于五四新文学以来倡导的"为人生"的文学阵营。"为人生"的文学主张认为文学可以干预生活，作家要有能力对现实发言。我对作家刘醒龙所有的敬意，确实都来自他那准确的现实感和炽热的现实关怀。作为一个以现实历史为维度确立创作取景框的作家，刘醒龙同时又是一个标准的理想主义者，总想为现实和历史呐喊。所以，他的文本几乎都带有刘醒龙式体温，从中篇小说《凤凰琴》写乡村民办教师，到长篇小说《黄冈秘卷》取材应试教育和革命老区发展，皆如此。

从《凤凰琴》到《黄冈秘卷》，刘醒龙完成了个人创作地理学层面的出发和回归——从故乡出发并回到故乡，从技术表达层面，也坚持了现实题材创作的一贯性。《凤凰琴》在此不论，只说《黄冈秘卷》。看完这部长篇小说，我特别想跟刘醒龙开个玩笑，他可以学习我们一些年轻时髦的作家，在封面或扉页上，标上一句"以父之名"。这大概也不算玩笑。这部长篇小说从发生到文本构造，"我们的父亲"，以及现实生活中的刘醒龙的父亲，都是绝对的由头、动力和素材。没有事实上和情感上的"父亲"，这部小说是不存在的。所以，我也把这篇文章的题目叫作"以父之名"，或"向父亲致敬"。在黄冈这块名士辈出的热土上，贤良方正的君子和君子之风绵延不绝，如"我们的父亲"和他的亲密战友，在革命战争年代可以牺牲生命，到了和平建设时期又把全部的精力和才智都不计代价地奉献出来。"位卑未敢忘忧国"，我们的父亲和他们的战友象征奉献、良知和公心。在市场经济活跃时代，一些传统精神被泛商品化评价体系逐渐消解，奉献、良知和公心才是需要打捞和发掘的黄冈秘密。这是我读《黄冈秘卷》读到的言外之意。因此，这篇文章的题目也可以叫作"向父亲致敬"。

取材现实的书写，不一定就是现实主义，这里有复杂的文学重构问题需要解决。取材现实的刘醒龙，从一开始就不像爬山虎一样趴在现实的表层亦步亦趋，而是像凌霄花一样，借助现实的筋骨向上向外，伺机开出艳丽的花朵。他把现实当作一块丰满的肌肉，向现实的肌肉里注射了大剂量的主体意识，塑造了他理想中的形象和人格，比如君子形象和君子人格。刘醒龙的这种写法，勉强可以叫作主观现实主义。"主观现实主义"这个词，不知为什么会让我想起胡风和七月派的创作，我猛然意识到，胡风也是黄冈人。但刘醒龙的创作要大于主观现实主义，还有新历史主义写作特征，以及经常出现的黑色幽默成分。这部在严肃的话题里展开的《黄冈秘卷》，其实就是用幽默以至喜剧化的表达收了尾。这是刘醒龙的文本的复杂性。复杂性让我对刘醒龙的写作更有兴趣。

君子形象塑造不是我的杜撰，刘醒龙在《黄冈秘卷》后记里承认了对于君子的爱好："贤良方正的黄州一代，确与众不同，从古至今，贤心贵体的君子，出了许多，却不曾有过十恶不赦的大坏蛋。从杜牧到王禹偁再到苏轼，浩然硕贤总是要以某种简单明了的方式流传。"从《凤凰琴》到《圣天门口》《蟠虺》《黄冈秘卷》，从乡村民办教师卑微却庄严的选择——这是君子在困境中的坚持，到梅外婆的宽恕博爱——这是旧式君子的仁心，到清醒和自省的曾本之——这是君子固本，到以公事为己任的父亲刘声志——这是君子的矢志不移，刘醒龙塑造了一系列不同层面的君子形象。尽管分属不同层面，但汇聚了儒家文化理想人格的君子形象，主要表现就是"达则兼济天下，穷则独善其身"。

《黄冈秘卷》后记中，刘醒龙对于故乡和父亲的情感溢于言表，但在小说中他其实很清醒。"再伟大的男人回到家乡也是孙子。"刘醒龙在茅盾文学奖颁奖礼上说。出生在水边的黄州、长在大别山区、幼时随着父母工作变动不断搬家的刘醒龙，说自己特别羡慕那些有明确故乡的人，他认为有故乡的书写者是幸福的，他自己的故乡是模糊的。模糊的故乡也是故乡，模糊的故乡更加多义。当刘醒龙通过《黄冈秘卷》再次开始故乡书写，我想，他应该厘清了和理清了与父亲的关系。因此，段首这句话，还可以改造为"再伟大的男人在父亲面前也是儿子"。尽管，"只要回到那片原野，害羞的滋味便油然而生"，刘醒龙还是把笔墨和情感和盘托出，这一次终于写到了他的生物学和社会学层面的源起——父亲。

在《黄冈秘卷》中，刘醒龙实打实写了父亲，并写活了父亲。父亲是怎样的人？一个富贵贫穷不能移其志的这个时代的君子，一个爱憎简单、性格并不完美的黄冈男人。"老十哥从发出人生第一声开始，就注定了这一辈子是个没有心计、宁信忠勇、不信计谋的堂堂正正的男人命运。"这个在家族里被称为老十哥、大号叫刘声志的男人，在小说写作里有个术语叫"扁形人物"，或用今天的批评话语是"非成长型人格"。为了塑造刘声志这一人物形象，小说设置了一个与他几乎同时出生、姓名发音相同、性格和命运完全不一样的堂弟刘声智，通过两人从童年到青年再到中老年一路相伴的对比、矛盾、纠缠及至最后的和解，写出了强烈的戏剧性、跌宕的命运感和鲜明的价值主张。成长型和复杂性人格是现代小说的写作追求，刘醒龙在长篇历史小说《圣天门口》曾展示出创作复杂情境和复杂人物的杰出才华。在《黄冈秘卷》里，刘醒龙一方面是以刘声智的世俗性和复杂性反衬刘声志的执着和诚义，另一方面通过层叠交叉的小说结构构建旋涡中心，勾勒出既简单又复杂的人物关系。

"龙生龙，凤生凤，老鼠的儿子会打洞。"这是民间对遗传的顽固性的朴素认知。从知人论文的角度，读完《黄冈秘卷》，我似乎从故乡和父亲的身上看到刘醒龙为文为人的一些由来和长成。

我一直认为，在作家当中，刘醒龙既是天真的赤子——他会自动屏蔽干扰历百折不变初心，又是复杂的思想家——对于历史和政治他总显得兴致勃勃。一句话，他有入世愿望，会受世俗的干扰，但他的格局和气魄又是超拔的，能拿得起放得下，也就是他是清醒的、理智的。清醒，同时也是刘醒龙文学创作状态的典型表现。从这个状态出发，他的文本具有明显的问题意识和忧患意识，是主动干预现实的文字。《凤凰琴》是刘醒龙进入文坛后第一个引起广泛关注的作品，乡村教育和民办教师待遇问题尖锐、沉重、急迫，一下子切中"时弊"，引起共鸣和重视。后来获茅盾文学奖的长篇小说《天行者》是在《凤凰琴》的基础上繁衍发展起来的，文字和文学书写在各个层面显示出强大的力量。到了《蟠虺》，刘醒龙对当代知识分子思想和人格进行了严格剖析。及至《黄冈秘卷》，小说深刻探讨了应试教育教辅问题。这种时刻在位的问题意识，真切而不浮夸，真情而不煽情，高尚，可信，令人感佩。

故乡是人的味觉和记忆，故乡最突出的功能，使人可以深入持久地参与到社会关系和情感联系之中。故乡容易使人悲伤，怀旧是共情力，批判也是一种怀旧。早年的鲁迅、沈从文和汪曾祺都是从故乡写作起步，或怀旧，或批判。当下生活的游动性更大，一些作家如刘震云，上大学就离开河南来到北京，但他几乎所有的佳作都以故乡为背景或题材，甚至以故乡为标题，比如《故乡天下黄花》《故乡面和花朵》。羡慕刘醒龙有他的黄冈。一个作家，如果没有故乡，他的书写要艰难很多、逊色很多。这么说，不是说每个作家都应成为乡土作家——故乡写作不等于乡土写作，而是说，有着故乡的作家，生活有参照，情感有动机，思考有对象，一句话，容易产生表达冲动，也有想象层次。刘醒龙在《黄冈秘卷》里开始怀旧了，与其说这使我惊讶，不如说这种类似衰年变法的创造力令人高兴，这或将打开刘醒龙写作的另一座宝山。到了故乡，刘醒龙的笔卜会呈现出怎样的风貌情致？我担心的过度怀旧和过分抒情与刘醒龙无关，他保持了一贯的清醒和准确，包括对父亲和故乡的书写。这大概也是他经常被误解为现实主义作家的一个重要原因：一个清醒的作家往往被误认为他是现实的，而不是浪漫的，或现代的。

有必要说说黄冈了。黄冈是小说的地理名称，在刘醒龙的笔下，也是人文坐标：一个不平凡的地名，历史文化源远流长，地理位置重要，自古乃兵家必争之地，宋代文豪苏东坡当年在此赤壁怀古，作为著名的大别山革命老区，在应试教育势力强大的当下，最出名的却是黄冈中学和黄冈试卷。教育问题，是最容易引起共情和共鸣的问题。刘醒龙敏感地抓住了应试教育环境里繁衍而出的教材教辅产业腐败问题。这个问题是现实问题，虽然有矛盾，有戏剧性，但这个故事和它的发展，只是这部长篇小说涂在表面的那层艳丽花哨的奶油裱花。

小说从一个电话开始，引出少川这个美丽的北京少妇和她那正上高一的对传说中的"黄冈秘卷"恨之入骨的名叫北童的女儿。"黄冈秘卷"似乎成了一个叙事圈套，探访，解密，似乎将是接下来的要件，事实则不然。这个叙事圈套确实在一步一步地向前推移，但不要上了刘醒龙的当，这不是他的讲述核心。真正的核心，是闪烁在这层奶油后面的那层厚厚的味道浓郁的黑色巧克力——历史的爱恨情仇。这个历史的时间方位是新民主主义革命时期，也是父亲的青春时代：他由一个乡村织布师的儿子，如何感受到爱情的刺激，如何接受革命思想的影响，如何放弃爱情进入革命队伍，等等，这里面有误会，有阴谋，也有命运。这个历史的爱恨情仇故事，决定了人物关系的当下走向。从历史走到现代的这些人物和他们的焦灼、胶着，才是黑色巧克力覆盖住的那层松软甜香的蛋糕。三层结构既平行又交叉，似乎互不相干，最后又都有关联，没有闲人，关联和旋涡的中心，是我们的父亲。小说叙事密不透风。

所以，从阅读的角度，要感谢这种结构，虽然整部小说体量庞大，但读起来流畅平易，欲罢不能，为什么？有解套的快感。以第一层为例，少川的身份渐渐解密，作为父亲年轻时的恋人海棠的女儿，她钩沉了父亲的历史、父亲和海棠的历史，还通过女儿对"黄冈秘卷"的追问，勾出堂弟刘声智即老十一这个复杂的矛盾对立面，整个情节富有丰沛的张力，像穿梭的丝线，灵动，跳跃，不呆板。长篇小说能写出这种阅读感受真是不易。

当然，如果在整个结构和人设上，再藏一点巧，小说的逻辑就会更加有力了。

原载《长篇小说选刊》2018年第4期

先锋的一种转型及我的挑剔

——对《安慰书》的挑剔

　　"这样的场面已经很陌生，这十年我基本当逃兵。"在"先锋的旧爱新欢"研讨会上，代表"新欢"的先锋派作家北村如是说。另一被研讨的先锋派作家吕新代表"旧爱"，表示《下弦月》写的是其一直非常喜欢的题材。

　　先锋作家们，无论是做了"逃兵"还是"留守者"，最终还是要聚拢在文学这块草场地，比如余华与《第七日》、苏童与《黄雀记》、格非与《望春风》、东西与《篡改的命》、吕新与《下弦月》、北村与《安慰书》。为他们保持不竭之创造力祝贺，同时，一定会发现，曾经在一面招军大旗下的先锋骑士们道路或写法已泾渭分明，先锋的转型或分道既成事实。作为一种形态的先锋文学显然是瓦解了，作为一种精神的先锋文学还存在吗？研讨会现场也是口味自助、各说各话，如果被如实地记录下来，其实在多声部里表现出许多判断维度或标准，表现了文学观念的分道，而不仅仅是美学口味的差异化。比如，是"旧爱"好还是"新欢"好？或换个提法，是"旧爱"受欢迎还是"新欢"更受欢迎？在这个问题上，现场诸位出自文学观念和美学口味，已经分成几垒：一垒是激赏《安慰书》，理由是北村"从语言技术到现实回落"这一转型本身极有意义；一垒是激赏《下弦月》，理由是吕新保持写作的内在性和纯粹性，依然坚持先锋的美学追求。"旧爱"和"新欢"之间，较少有口味兼容调和者。

过多巧合导致的平滑

搁下"旧爱"——其实我个人更喜欢这类文本，"旧爱"不容易令人失望，因为大家对他们的期待也局限在这种习惯了的书写口味，比如苏童、格非、吕新。而"新欢"，因为失望和不能满足——失望和不能满足不是因为先锋作家对于"现实的回落"，而是在他们的"现实的回落"中，我看到了笨拙、生疏和不自然，看到了匠气和过度理性。当然，也有个别回落姿态漂亮者，比如东西和《篡改的命》，这一点容后再叙。

失望通常始自希望。对于北村十年后的新作，许多人充满期待，包括我。书异常好读，书名也好，充满着诱惑。可惜，这种没有停留、通俗小说般的平滑让我隐隐失望——这也是面对北村这样优秀的作家而言。如果它只是一本普通的网络小说，那么小说的完成度很高，人物形象和细节可圈可点。如果这部小说的作者是一位处在上升期的年轻作家，我愿意说，写得相当不错，有情怀、有关怀。而作为《施洗的河》《周渔的喊叫》的作者，北村的这部《安慰书》表现出的平滑和匠气让我吃惊。

所谓平滑，不是说这部小说缺乏跌宕起伏，恰恰相反，"非常"跌宕起伏，以致设计的痕迹过于明显，而个是事件发生或人物命运的必然指向，无法将我这个阅读者代入，也就无法感同身受。这样的平滑不是优秀作品应该具备的品质。忘了是谁说的，大意是，对于一切平滑的东西，文学都应保持警惕。

平滑与语言和节奏的流畅是两码事，恰恰相反，文学写作鼓励用流畅平易的语言讲述丰富的人生和不平凡的人心、人性。这个平滑，对应的是"庸常""无意外"，也即匠气，这是一种可以预料和拷贝的熟悉，缺乏让人停留的"陌生感"。譬如吃了一碗口味适中的蛋炒饭，也能吃饱，但吃完后仍有速食快餐之感。这是审美的不满足，与饥饿无关。匠心要提倡，匠气恐怕要警惕。

《安慰书》为什么会让我产生这种感觉

首先，人物关系的设计巧合过多。《安慰书》里，北村精心设计了一个圆形人物关系链条："我"，一个当过记者后因报道强拆新闻被迫转岗的律师，接手为一名街头激情杀人嫌疑犯辩护，犯罪嫌疑人陈瞳是副市长陈先汉的独生子。陈先汉许多年前下令强拆导致一起重大事故，事故现场直接受害人刘青山、刘种田兄弟、执行强拆命令的李义，包括"我"这个当时的记者，命运从此发生不可逆转的剧变。这其中，以失去父亲刘青山、母亲成了植物人的刘智慧为最，家庭生活从此颠沛流离的李义的儿子李江次之。李江是这起案件的公诉人，刘智慧是陈瞳的同学、"我"儿子的幼儿园老师。刘智慧蓄意接近陈瞳，又在公共场合公开拒绝并羞辱陈瞳，导致后者精神崩溃以致杀死碰瓷的孕妇。陈瞳母亲重酬之下的"我"，虽然接下案件，但本能不愿意解救"仇人"和他的孩子。陈瞳最终被判处死刑，各种打击下的陈先汉跳楼自杀。这起杀人案的背后又隐藏着一个复仇的阴谋，从伦理的层面，陈瞳是被刘智慧和李江共同谋害，包袱不断、悬念迭起，小说很好看。《安慰书》更接近一部通俗小说，极像《福尔摩斯探案集》里的一个章节，"我"就是那个带有情绪的福尔摩斯，人们会惊叹它的结局，也会被精心编织的节奏吸引。结局表明，作家的道德审判指向清晰：没有一个赢家，没有一个真正的罪人。但是，刘智慧也好，李江也好，"我"也好，陈先汉也好，性格的复杂性是强加的，不能说服人、打动人，这样的形象无法"审美"地存在并沉淀为文学意义上的典型形象。

文学如何写新闻

选择何种题材，对于文学创作，某种角度上是没有禁忌的，关键是怎么写。就《安慰书》涉及的"强拆"这一热点题材怎么写，涉及两个问题：一个是新闻事件和小说的关系；一个是小说文本和影视文本的区别。

小说怎么完成对新闻素材的美学重构？新闻事件因为突兀、新鲜和传奇，特别容易进入小说家的视野。事件的传奇性是"已然"，小说除了记录"已然"，通常要做的是探究"已然"到来之前的路途以及"已然"的"未知然"，揭示这条路途上被忽视和遮蔽的幽微、复杂、温暖、丑陋和无奈，也就是要写出"使然"，然后才有"必然"和"信然"，也即神秘的命运感。在小说家的笔下，这些"幽微、复杂、温暖、丑陋和无奈"应该通过"逻辑性"来托举——哪怕这个逻辑本身也沾染上了"神秘意味"，才有"真实感"和"说服力"。《安慰书》的问题出在，从"已然"到"信然"这条应该仔细蹚的路，如今蹚得浮皮潦草，人物情感和行为动机都是外在的设计和偶然性的加持，而不是逻辑必然和性格使然，人物的命运因此不能打动人，人物形象也就不具有真正内化的色彩。新闻报道叙述完事件过程和结果就算完成任务，至于事件发生的人心走向、真实关联，记者不需证明。但小说不行，小说家是全息讲述，是先知，他要通过合理地讲述，填补新闻没有和无法叙述的罅隙，给世道人心一个合乎逻辑的阐释。

余华也好，北村也好，都在写他们认为的现实，都在努力接近现实，这一点特别值得赞扬。但《安慰书》写的人物和生活，显然不是北村的擅长。作家对新闻事件敏感，但对具体而微的人性没有探究、体察。比如，杀人案发生后，刘智慧主动并强烈要求为陈瞳出庭做证，这符合人物一贯性格逻辑：温柔、贤淑、善良。但后来又坚决残忍地拒绝做证，眼睁睁看着陈瞳被推上刑场，这有悖之前行为逻辑不说，也有悖之后行为逻辑——散尽家财做慈善。这种结局可以写，但要把转型的动机写得严严实实才具有合理性，而不只是付诸忧郁症、情绪化这样的表达。这个浮皮潦草，在《安慰书》是大错误。

小说是一块完整的晶体

文学艺术是对庸常人生的一种反抗。在直接经验不足的前提下，善于使用间接经验和体验，对于小说家来说，是华山秘诀。因此，聪明的小说家善于收集间接经验比如新闻素材，补充生活经验。被称为"民国闺秀"的张爱玲，日常生活之简单和其小说中的"世故""老到"完全是两码事。小说创作的经验来自哪里？天赋或有，但一个事实也不应忽视：张爱玲特别喜欢看街头小报和上面的凶杀艳情，经常要订阅几十份"小报"。我们读张爱玲的小说，能看出市井小报的蛛丝马迹吗？这些痕迹已经被作家彻底重构了。现实生活如此丰富、复杂、充满戏剧性，新闻事件或新闻素材进入小说文本的合法性完全没问题，有问题的是，新闻事件不能不加变形，原生态地跃上纸面。这样做，无论事件曾经多么传奇，用词多么粗暴，场面多么血腥，作为文学作品的阅读效果，恐怕不会非常理想。你想，如果这样就可以的话，还要小说这种文本干吗？新闻通讯就可以了，再深入一点，非虚构或报告文学也不错，后者不但有现场感，还有真实性做后盾。小说拼的是种种素材消化后熔炼成另一块整体性的晶体，拼的是创作主体的主观介入和经验重塑。

最后再说说《安慰书》。我一直在想，除了生活经验有隔膜之外，北村的文风为什么会朝这个方向转型？应该还有另外的原因。北村不写小说的这十年，一直在做跟影视有关的事。影视文本和小说文本最大的区别是"讲述重点"。影视文本的讲述重点是情节的完整性和节奏感，比如起承转合、戏剧高潮的设置，等等，所以影视文本注重强情节性和人物的动作性。而文学文本强调心理描述、精神书写，等等，这样才能写出"形象"。如今，我们觉得《安慰书》好读，就因为其强情节性和重口味。一体两面，过强的情节性削弱了小说的文学性。因此，大概可以说，《安慰书》更接近影视文本的写法，比比皆是的场景描写，不用拆解，就是若干个分镜头。这种冲着影视改编而去的写法，可能是北村刻意为之。

原载《文艺报》2017 年 4 月 18 日

下半场的母亲

——评邵丽小说《黄河故事》

题目原先想叫《后半场的邵丽》，后来一想，不对，后半场有美人迟暮之嫌，而对邵丽而言，这时间轴上的后半场恰恰得分率最高，是重要的半场。邵丽创作的前半场当然也精彩，但近十年的作品，包括小说的各种类型，几乎篇篇落地有声。创作主体的艺术追求更加鲜明主动，题材和角度变化迅捷，经验和思考以一种令人意外的姿态呈现。后半场的邵丽，不再只是一个中原作家——虽然她依然在故乡的天花板下写作，不再只是一个女作家——虽然才貌双全。抛弃了很多标签，邵丽的写作进入了"无限型"序列。这相当不容易。当代作家的写作，有限写作甚至故步自封者，不在少数——包括许多已经功成名就的作家。邵丽这十年不断地大幅度进步。

河南确实是神奇的土地，这块土地上的人和故事如此微妙、多义甚至神秘，让在乡和离乡者都沉溺其间，获得极为丰富的写作资源。从这块土地走出去的作家，几乎都不愿，也不会抛弃故乡视角。不愿，是情感使然。不会，是文学创作的需要。离乡者以写《故乡面和花朵》的刘震云为代表，在乡者以写《羊的门》的李佩甫为代表。邵丽属于今天河南在乡写作的主力。同样是中原文化哺育，邵丽却用文字凿出了自己独特标志的风格和模样。

以中篇小说《黄河故事》为例。《黄河故事》是中篇的体量，在故乡的天花板下，居然积聚了极大的力量，砸出了长篇的动静。动静有多大，不说了。我感兴趣的是，这部中篇到底好在哪里？有哪些不一样或特殊表现？

关于这部作品，有很多话可以说。一层一层来剥。先说小说的题目"黄河故事"。这个题目属于开宗明义，指出小说讲述的地理空间，同时也指出文化空间。古老的黄河是中华民族的母亲河，形成了民族共同记忆。但黄河两岸水土流失，生态恶化格外严重，河水泥沙含量大，在中下游形成悬河。历史上黄河数次决堤，也留下了苦难深重的民族记忆。著名作家李凖的《黄河东流去》，以抗战时期花园口决堤给黄泛区人民带来的深重苦难为素材的书写，给读者留下了深刻印象。黄河与两岸人民的关系非常特殊，既紧密相连，又充满苦难，是爱恨交织。以"黄河故事"为题，小说"先天"预设了这种复杂的情感和美学底色。事实上，小说中人物的关系也是爱恨交织，复杂、微妙、暧昧。

黄河作为一条地理意义的河，是导致父亲溺死或自杀的那条可恶的河。"子在川上曰，逝者如斯夫。"奔流不息的黄河在过去的岁月留下了饥饿、屈辱、死亡的悲伤记忆。"我的父亲叫曹增光，他生于黄河，死于黄河，最后也将葬于黄河岸边。他再也不是我们家的耻辱，我要完成的正是我父亲未竟的梦想"，这是小说的最后一段。青春时愤而出走的女儿回到家乡，重操父亲做餐饮的旧业。

黄河作为一条情感牵挂的河，是母亲客居深圳十年后挂在嘴边的家门口的那条河。正是由于这种牵挂，小说开头就写到母亲提议为父亲寻找墓地，"我"因此回郑州办理此事。此间是不断闪回的记忆、补叙。小说结尾，死去多年未曾入土的父亲获得安葬，在岁月的照拂下，牵肠挂肚、寝食难安的黄河故事获得了似乎圆满的结局。

再说这篇文章的题目，"下半场的母亲"。黄河故事获得和解的关键是母亲。小说中的父亲是讲述和记忆的对象，真正的主角是母亲。母亲决定了夫妻情感的方向，甚至也决定了整个家庭命运的方向。"下半场的母亲"，是字面上的"晚年的母亲"——这是时间维度上的母亲，也是实指，象征寓意更加宽阔深邃。小说里实指的母亲，一个受过旧式家教的中原女性，通过包办婚姻嫁给不爱也不认可的丈夫，生了四女一男五个孩子，丈夫中途意外死亡，五个儿女在母亲独力抚养下成家立业。按照想象的生活逻辑，小说里的母亲形象应该伟大、坚强、忍辱负重。但邵丽解构了这个人设构成，一反模式化逻辑，从晚年母亲的谅解开始，借由"我"的视角，回溯作出巨大牺牲和付出极大心力的母亲为什么会让父亲紧张、两个女儿痛苦，"我"甚至离家出走，其他三个孩子在母亲的影响下也各有各的不如意。

中原是孔孟文化的大本营，中原作家对于"家文化"具有特殊的书写敏感和探索热情。比如作家梁鸿的《梁光正的光》。邵丽这部中篇，重点也是探讨婚姻和人性。在母亲和父亲的婚姻里，母亲占据主导地位，是强势一方。父亲世俗生活的无能、拘谨懦弱的性格，包括贪嘴爱吃，与母亲对一个养家糊口、成家立业男人的要求相差甚远。母亲背负着沉重的家庭负担。随着对丈夫从鼓励到失望到绝望到嫌弃，母亲也从一个受过中学教育的类闺秀人物蜕变成霸道、横蛮、偏执、势利、冷漠、强势的母亲。这是母亲的上半场。

终其一生，母亲对父亲其实不认可，更没有爱情。虽然小说最后也出现了母亲珍藏的一只纳好的鞋底子，但我宁愿把这个细节看成作家的一厢情愿。因为贪嘴和无能被妻子严重嫌弃的父亲离家出走后，掉进黄河，意外死亡，成为横亘在两个女儿与母亲关系间的毒瘤。这个毒瘤，被下半场的母亲亲手剪除。

作家在讲述母亲和父亲的关系时，垫了一个特殊的时代背景——物质供给困难年代，故事的表层是贫贱夫妻百事哀，但小说已经触及更深的认知。母亲和父亲关系的形成，虽然有因物资匮乏产生苦难的因素，但本质上是"三观不合"。在母亲眼里一钱不值的父亲，在儿女的记忆里，是温文尔雅、具有特殊技能的父亲。生于中医世家的父亲，拥有特殊的秘方，具有特殊的烹调技能。五个儿女，最终都是通过从事餐饮获得了经济上的翻身。特别是"我"，在南方获得事业成功的同时，也收获了爱情。这当然是传奇式的写法了——唯有这点让我出戏。黄河边一个普通家庭几十年的生活变迁，在这部中篇里得到了令人难忘的呈现。

其实我最难忘的是这部中篇的副产品。小说写五个儿女的婚姻颇费了一番心思，但除了离家出走到深圳的"我"的婚姻是童话式的幸福，其他四人基本上被安排了悲剧或失败结局。大女儿的婚姻，是父母婚姻模式的翻版，内里疮疤可想而知。大女婿的头，被大女儿压得几乎要"低到尘埃"里。二女儿的婚姻虽然和谐，但在作家的安排下，她不仅失去公职，没有孩子，本人还得了绝症，二女婿则早年因公致残。深得母亲欢心的四女儿因为母亲近距离的干预而离婚。老五是唯一的儿子，却入赘做了强势无理女人的小男人，似乎也是父母婚姻的另一种翻版。"我"的童话式婚姻是唯一的亮色，善良勤劳的灰姑娘被开朗年少的王子苦苦追求并终成眷属。如前所言，在整个现实主义风格语境下，我其实是存疑的。我更多地把它看成作家的叙事平衡。

总之，上半场的苦难和悲剧气氛越浓郁，下半场母亲的解局和释放越深刻。这是叙事的用力。前戏做足，后事才有发展动力。母亲是作家着意塑造的形象，包括几个女儿的书写，也是对母亲形象的侧面补充。

《黄河故事》是邵丽的题材转向。邵丽的笔下，有很长一段时间，"父亲"都是重要而特殊的角色，似乎始终有一个"父亲"的形象在俯视。以母亲为主角的《黄河故事》，塑造了一个既背负着生活的苦难重担，又背负着思想包袱的母亲形象，表面上是角色的性别变化，其实具有很深的文化反思意味。我甚至认为，这是邵丽对于中原文化也即传统文化反思的一个重要表达。正是从这个层面上，这部小说某种意义上具有欲言又止的象征意味，并不是典型意义上的现实主义风格——也许是我想多了。

原载"思南读书会"公众号 2020 年 9 月 11 日

战地浪漫曲《牵风记》

　　获得第十届茅盾文学奖的长篇小说《牵风记》(首发于《人民文学》杂志 2018 年 12 期，人民文学出版社出版单行本)如清风朗月，在战火纷飞中，借助一种浪漫奇崛的美学想象，建构和描绘战火硝烟中的新型战士形象，织成气韵丰沛的生命气象，翻开了当代军事文学创作新篇章。

　　这是什么样的美学想象？自由、诗意、奇幻。美学建构的方式是对比、抒情和白描。关于对比，一是人物性格及发展的对比；二是与残酷、危险和血腥的战争氛围相对照，如可爱的容颜、动听的音乐、美好的人性、浪漫的感情，等等。此外，诗一般的语言，大胆的想象，细腻的感触，传奇性的书写，神性的寓意，都足以形成小说饱满的诗意和浪漫气息。

　　从人物形象塑造角度，《牵风记》是一种修补和打捞式写作。长期以来，除了曲波的《林海雪原》等少数作品，文学对于新民主主义革命时期特别是抗日战争和解放战争时期的中国共产党领导下的指战员和战士形象用力书写的同时，也生成一种简单写法。有什么样的书写和传播，就有什么样的认知。小说《牵风记》对汪可逾形象的塑造，突破战争生活的单一性，也突破战士形象的单一性。

　　《牵风记》的战争和战场背景，是晋冀鲁豫野战军独立第九团即后来独立九旅艰难突破封锁，进行战略转移。笔墨重点不是硝烟炮火，而是一张古琴、一匹枣红战马、三个人。古琴和战马是浪漫主义的技术道具，重点是指战员、参谋和勤务兵三个人物。三个人物分量等量齐观。与汪可逾和齐竞相比，曹水儿是意外收获，是被文化参谋感召的农民战士。

抱着古琴出现在战场上的北平女学生汪可逾，单纯、执着、没有心眼，像一股清流出现在硝烟弥漫的战场，给危险残酷的战争生活带来了光亮。她的出场应是大特写加长追光。从叙事结构角度，齐竞是第三方叙述主体，是重要事件和人物关系的串联。

汪齐在战略转移中分开时，第三号人物曹水儿作为汪可逾的护送者上升为第二号人物。警卫员曹水儿是成长型形象，农民出身，没有文化，理论上应该不能欣赏汪可逾这种小知识分子。但作家调动其长期的生活经验，用叙事逻辑告诉我们，对于美的热爱、欣赏，是平等的，是人性的本能。这是这部小说的思想性和深刻性所在。

汪可逾的纯真大气，对曹水儿这个有着明显弱点的战士产生了"净化"作用。曹水儿对汪可逾的敬慕和保护，与他的日常表现存在严重的反差。汪可逾饿死在山洞里，曹水儿从山洞出来后被枪毙，他们的遭遇让作为指战员和战友的齐竞不能释怀。

小说的末尾，写晚年齐竞吞下大把药丸自杀。小说戛然而止。以一张老照片和汪可逾标志性的微笑为由头，引出战火纷飞中的一张宋代古琴，从一场诗意的古琴独奏开始，到三个人悲情的死亡，美好的人和事因为不同的原因都永久地从这个世界消失了。小说的结构大胆、简约。

这是一首战地浪漫曲，是文学版的《这里的黎明静悄悄》。一边是纷飞战火，一边是高山流水。什么是悲剧？一切美好的事物包括诗意，无可奈何、无可挽回地消失。越是浓厚的诗意，越具浓重的悲剧感。

在这三个人物和他们的故事中，古琴与汪可逾同构。古琴和汪可逾都是古典、纯粹、美好的象征，从汪可逾抱着古琴出现，到古琴被掩埋、汪可逾死亡，到齐竞将残缺的古琴带回家时时弹奏，汪可逾成为齐竞生活中无法忘却的记忆。

古琴是汪可逾的另一种存在。而老军马与曹水儿是同构，他们灵魂中神性的东西被汪可逾唤醒。老军马最后神奇般地找到并将汪可逾的遗体放进银杏树洞里，用的是超现实主义手法。马犹如此，人何以堪？

阅读《牵风记》是一种既快乐又悲伤的体验。第一次读《牵风记》，是被"牵风"一词诱惑，迅速读完，战马萧萧，有新鲜久违的畅快感。对于战争中的人性的书写，既深刻淋漓，又深情善意，有点 20 世纪八九十年代军旅文学的风范。

读第二遍时，虽然诗意上升，但欢快感开始消失，读起来也没有那么流畅了，需要慢慢地体味。第三遍读完，心脏一阵抽搐。这是看悲剧片才有的生理反应。许久没有这样的经验了。

小说在雄浑和奇幻之中建构战争，但我更看重的是它的无言胜万言的悲剧感。这个悲剧感的存在，充分地表达了作家的战争观。战争中的诗情画意，战争中的浪漫，都是短暂和无法存留的，战争的残酷和反人性也正在此。

现实主义和浪漫主义在《牵风记》中，既各有光彩，又融合统一。如果没有大量的可信的绵密的细节描写，没有具体的人和他们背后的故事，这部小说的浪漫主义色彩就是矫情，失去了生活基础。

原载《文学报》2019 年 8 月 29 日

《寻找张展》：城市书写的爆破

东北文学版图由一南一北两位女作家构成并置双峰，她们就是黑龙江的迟子建和辽宁的孙惠芬。比较而言，迟子建以"诗性"见长，孙惠芬以"知性"见长。同样是女性，同样写东北大地，创作风格差别却很大，说明主体的差异性决定创作的最终取向，比如孙惠芬的知性从何而来，值得研究。

我关注孙惠芬，是从长篇小说《歇马山庄》开始。一见则喜，文字印象中，孙惠芬应该是一介朴素、敏感、悲伤的农妇，她写得不多，但几乎都掷地有声。及至后来看到她的《上塘书》《生死十日谈》《后上塘书》，一种不曾经历的生命经验和生命体验中巨大的悲伤裹挟并严重地影响了我。也许是深受俄罗斯19世纪以来文学传统影响的缘故，我一向对真正严肃的写作和作家抱有好感。我认定的孙惠芬，是一个保有良知和道德坚持的知识分子，她的写作是使命般的自觉写作。问题意识、忧患意识、现实意识，是她的写作动机。作为一个严肃的作家，孙惠芬所有的写作都是重的，包括美学气质，也包括文本分量。作为一个严肃的作家，她出手缓慢、认真、审慎，每一部都追求突破。这本《寻找张展》同样如此，不仅爆破了孙惠芬自己，也对当下长篇写作实现了爆破，她写出了新青年，写到了城市关系的本质。

　　自我爆破，显然主要表现为创作题材和人物塑造的突破。就题材而言，《寻找张展》的生活空间是"城市"，话题和人物的人文背景是"教育"，因此也被称为"成长小说"。长期以来，孙惠芬给大家的印象是主攻乡土写作并长于乡土中国的观察和描写，写于2014年的《生死十日谈》对城乡生活和人物虽有关涉，但还是以乡村为主。《寻找张展》则完全不见"乡村写作"的痕迹，小说对于城市生活和城市平民、中产阶层的表现之熟稔、细致，迅速得到共鸣，为近年来所少见。由此可见，孙惠芬作为一个优秀的作家，具有不可限定性，对于作家，题材不等于"价值"，写作的价值在于，面对大量的芜杂的飘浮的信息，最后写出了什么，写到了什么程度。

　　在《寻找张展》里，孙惠芬写出了什么？她挖出了一口深井，从容不迫地揭示了城市生活的一种本质。小说写年轻一代，不是概念化和模式化的华衣鬓影、昼伏夜行——这是《小时代》的模式，也不是图谋积虑、叽叽喳喳——这是《杜拉拉升职记》的模式，对于我们日夜生活的城市，这两种模式即便代表一类或两类生活，但也不过占千万分之一，而余下的大多数人的生活才是普遍的生活，普遍的生活包括沉沉浮浮、不沉不浮，包括认命和不认命，包括对抗与和解、误会与沟通。如果关注这些生命轨迹，我们会从生活中获得许多发现，比如孙惠芬，就由同样大小的儿子的经历发现了张展，这是生活给予一个敏感的作家的馈赠。青年张展与父母的紧张关系是看得见的表层，他内心对爱情和友情、亲情的追求，他的孤独、彷徨和自救，是"少年维特的烦恼"，也是"麦田守望者"。读完《寻找张展》，张展这个在现行教育"摧残"下完成自己的"蝉蜕"

的青年深刻地触动了我们，我们像作家孙惠芬一样惭愧于对他的遮蔽。通过小说，我们发现张展、理解张展、信任张展、喜欢张展，同时，我们是不是更多地发现自己的狭隘、粗暴、异化和落后？我想，这或许才是孙惠芬的创作意图。

作为母亲同时也是作家的孙惠芬，从生活中发现和打捞出青年张展，不仅仅囿于一个母亲的自觉，而且表现出一个知识分子型作家的现实关怀和高度敏感。小说从中学及高等教育这个话题出发，展开对于母子关系、父子关系、夫妻关系、恋人关系、朋友关系的探讨，写出了令人忧虑的教育现实。

小说从成长小说、教育题材出发，延展出一个现实变革中的中国社会。在市场化时代，因为生产方式和生产关系的改变，整个社会关系发生了本质性的变化，权力和资本对于婚姻关系、家庭关系，对于亲情、友情和爱情进行篡改。旧有的伦理、农耕时代的规则，以及我们内生的一种对于文明生活的向往，能不能对抗这种篡改？作家能不能给出解答？这部二十万字的长篇小说在有限空间里深扎，结构清晰精致，细节生动令人感佩。这些问题，这种写法，都需要我们结合各种经验慢慢去体悟。因此，可以说，即便是对于不经常写的城市题材，孙惠芬不仅超越了大多数同代作家，而且也从对社会揭示的本质性、内在性方面超越了绝大多数年轻的城市生活写作者。

原载《文学报》2017 年 6 月 30 日

根植于生活的开阔

——关于葛水平的《养子如虎》

长得水灵、写作却是土性的葛水平一直是我喜欢的作家。土性，在我的词汇库里是赞美，相当于根性。葛水平的文字，就像她每次慢慢腾腾说出来的话，似乎不经意，实际上靶的明确，笔下有道。所以，第一时间读完《养子如虎》之后，我一直在想，已经写出《喊山》的葛水平为什么还要写这样一部中篇小说？

难道呼延展实有其人或有原型？呼延展是内蒙古伊金霍洛旗的一个矿工，年幼时被父母过继给亲舅呼得福，后为养家放弃高考下矿井，娶妻生子，成长为年工资三十多万的采煤队队长。木匠呼得福一生未婚，年老体衰患绝症，由养子呼延展陪护到北京看病，逛完故宫和长城回乡，不久病逝。养育是大恩，我养你幼，你养我老，养子不仅成了小气候，有孝心也有能力为养父养老送终，看起来是讲这么一个伦理逻辑支撑下的清晰简单的故事。故事读完并不轻松。清晰简单是小说的结构品相，就好比人长得水灵干净，没有枝枝丫丫。不轻松，是文字的内涵分量，就好比人的精神底蕴。

《养子如虎》读来不轻松，源于生活本身的艰难不易，特别是人物命运的坎坷周折。物资匮乏，穷病交加，生活艰难，这是中西部地区许多农民的生存现状。在这样一个客观国情下，呼得福、呼延展两代人生之路都被"贫穷"改了道。"呼得福35岁上还没有女人愿意跟他，寡妇也不跟他。"不孝有三，无后为大。"姐姐怀着怜爱相交的复杂心情决定把最疼爱的长子送给弟弟。"被过继的长子呼延展"成长得不是太顺，饥饿陪伴着，嘴唇因倔强而坚硬，像啄木鸟，面对虫子致命的伤害，他说不出什么温情的话，却显得格外自尊"。自尊是对外部环境的应激反应，是对抗，是动力，是整个小说人物命运的发展逻辑。从呼得福到呼延展，两代人最终脱了贫，吃上了肉，去北京看病，逛故宫长城，这种具体到个体家庭的变化，固然与经济发展水平好转有关，也与个体自身的"挣命"有关。或许这正是小说取名"养子如虎"的原因。虎性来自自尊，来自改变生活的强烈愿望。

"自尊"一词是文眼。小说对养子呼延展的心理性格和外部行动的表现，都以"自尊"为动力。"也害怕自己被别人认为不存在，说话的嗓门大，众声喧哗中高调表态，笑声也响亮。"从嗓门大这个细节入手描摹一个少年懵懂的心气和不甘的挣扎。成年后发愿并付诸行动帮养父偿还跟感情有关的债务，懵懂的心气成长为自尊。结婚时赊欠彩礼得到岳父的帮助，是对另一种恩情的体验。葛水平的笔下，养子的自尊不断成长，并最终成为与外部环境对话的积极力量，成为支撑养父的"虎"。与养子对比，写的是贫穷而嗜酒的养父形象。哪怕起初在养子眼里没有自尊的养父，最后也是自尊地死去。写养父，主要从养子的角度写，"呼延展突然感觉养父呼得福老是过着夏天似的，冬天对他从来都不觉得寒冷，因为酒，酒带着天真的微笑等着他，酒如春阳温暖着他","呼延展觉得养父是一堆提不起来的淤泥，有点太伤呼延展的自尊了。贫穷带来的羞耻，连带养父搅和一锅难以下咽的感情杂烩，于一个青春年少的人来讲，唯一的是离家出走"。在养子"大步流星走着，甚至觉得只有走才不会被生活抛到身后"时，后面突然响起了养父的脚步声。可见，养父这个形象不是养子的对立面，而是另一种补充的书写。对于养父的描写，在立足父子恩情时，写不良嗜好对于一个有自尊的壮汉的摧毁，写一个几乎被贫穷压倒的壮汉用醉酒遮掩内心犹存的自尊。他们是父老乡亲，他们是兄弟姐妹，作家心有关怀，笔端含情，在至为朴素的生活层面，用一个小中篇的篇幅，通过大量丰富的细节，特别是心理描写，婉转生动地写出人心的大义和可贵，令人心悸、难忘。

社会向前发展，人心思进，土屋坍塌，贫穷和苦难终将成为既往。作为作家的葛水平看到并写出了变化，也看到了超越表象的本质，并写出了不变的"永恒"，这是一个优秀作家的开阔。

原载《北京文学》2020 年第 2 期

上海玫瑰，潘向黎的闺秀

——读潘向黎的《天使与下午茶》有感

在"上海玫瑰"前面，应该加上"这个时代"。这是潘向黎时代的闺秀。

张爱玲时代的上海闺秀，是《倾城之恋》里失婚、恨嫁并最终俘获如意郎君的白流苏，是《红玫瑰与白玫瑰》里的白玫瑰红玫瑰。白流苏的传奇不会人人经历，白玫瑰和红玫瑰倒是关于婚姻生活的一种概括，"也许每一个男子全都有过这样的两个女人，至少两个。娶了红玫瑰，久而久之，红的变了墙上的一抹蚊子血，白的还是'床前白月光'；娶了白玫瑰，白的便是衣服上沾的一粒饭黏子，红的却是心口上的一颗朱砂痣"。朱砂痣、白月光，在今天的网文里，成为专有名词。

同样，在上海的都市天空获得滋养，又同样都是对世情人性兴致勃勃，同样都是汉语书写的妙手，在潘向黎的文字中，能够影影绰绰读到张爱玲的味道不足为奇，更准确地说，我们读到的不是张爱玲的味道，而是海派文字的味道。对此，潘向黎并不避讳。

你看，新鲜出炉的短篇新作《天使与下午茶》刚刚写到第九自然段，白玫瑰红玫瑰就相约而来。"不要一说女性好看，就想到红玫瑰和白玫瑰。杜蔻的美还到不了红玫瑰那么浓烈和深邃，她更像一朵粉玫瑰，不过这朵玫瑰不是普通的温温吞吞的粉，而是一种叫'苏醒'的玫瑰，特别浓的艳桃粉、甜美到令人振奋、忍不住嘴角上扬的那种。而卢妙妙也不像纯白玫瑰那么绝对，她更像一种叫'小白兔'的白玫瑰，白色里面带着一些绝不突兀的淡黄色，花瓣像旋涡，旋涡中心还透出若有若无的粉红色，是一种有微妙的波动的白色。一朵红玫瑰和一朵白玫瑰，插在一起注定是不和谐的，但是一朵甜美的艳桃粉玫瑰和一朵有微妙变化的白玫瑰，她们在一起，就不但和谐，而且悦目，并且让两朵玫瑰都比原来更好看了。"之所以把这一大段文字——某种程度上也是文眼——摘抄如上，意在通过历历在目的具体的词汇运用和文风，真切地体会作家的兴致、情感和笔墨意图。语言学家认为没有绝对冷静的描写，通过分析惯用词汇和句式也能部分抵达作家的内心。这也是语言分析学派存在的逻辑。单看上面这段文字，潘向黎不仅是花卉学家，还是工笔画家，白描、勾线、用色，功夫好极了。在这段出场亮相的文字里，两个姑娘都还"待字闺中"。从红玫瑰白玫瑰写到粉玫瑰白玫瑰，能看到这些描绘带着情感，欣赏，好奇，甚至有点戏谑。杜蔻和卢妙妙这两个上海姑娘是大学本科同学，也是可以分享心事的闺蜜，一个现在是公司财务总监，一个是文艺学专业在读博士，常常相约在港湾酒店喝下午茶。如果排成舞台戏，这两个姑娘在演对手戏，那个后来成为杜蔻丈夫的新加坡小伙、酒店侍者包括双方父母都可以处理成画外音或打光成远景。我们都是坐在台下的看客。

　　整个短篇，除了场景描述和情节交代部分用的是全知视角，其他基本上都是卢妙妙的角度，特别是心理活动部分，这也是最富有上海闺秀气质的部分。对话部分分量也大，贴着两个人的性格和状态写，给人留下深刻印象。读完短篇小说《天使与下午茶》，至少有数十种感受在心里奔涌。小说凸出了太多的侧面，显然，这不是潘向黎写作生涯的一次简单的文体回归，也不是传统意义上的上海书写，它写出了全球化和互联网时代的上海新世情。

没有一个小说家能够摆脱小说的魔力。《天使与下午茶》是作为小说家的潘向黎继短篇小说《白水青菜》获第四届鲁迅文学奖后憋的一新招。它不仅与旧上海决裂，与想象中的张爱玲撇清——《白水青菜》对此还有些许延续，也区别于《繁花》和金宇澄的今时代的"老克拉"，《繁花》和金宇澄的上海是市井和本土本帮的上海。而潘向黎的上海和她的闺秀们，是新时代的上海，是被开放文化改变了颜色的玫瑰。

在这篇取名《天使与下午茶》的短篇小说里，和谐雅致的港湾酒店，随着季节变化从花卉系列变成蓝色条纹的杯碟，保养得很好的银叉，以及阴湿的空气或阳光好的天空，等等，是小说主人公的活动空间。用舞台艺术的行话，这些都是舞美。潘向黎是极有耐心地甚至如数家珍似的勾描着这些精致具体的都市风物，当然，这种叙事风格沿袭了海派书写的精细优势。这也是海派书写被许多人喜欢的缘故。

好小说是常识教育。海派作家对于城市生活肌理的书写，在潘向黎的文字里得以承传并有风格性的发挥。我认识的潘向黎，包括读到的她的各种文字，于人情，于物事，于诗词歌赋，于杯盘美食，于山水河川，都有兴致勃勃的热爱、熟谙和体悟。在都市面目高度雷同之时，对于城市生活知识的掌握造就了潘向黎，在日常生活流中梳理出不日常的事件或命运典型。

好小说也是情感教育。以《天使与下午茶》为例，杜蔻似乎是演绎了现代版的灰姑娘故事，卢妙妙似乎是改版的继母和姐姐。任何一种叙事都要取到恰当的角度。《天使与下午茶》里的两个女子，从小说现有展示看，一个是典型的上海闺秀，一个属于非典型上海闺秀。角度泄露作家的立场或兴致。小说很短，从杜蔻二十七岁的春天生日写到孩子一岁半，自始至终取的是卢妙妙的视角。家境好，优越感，心思缜密，恨嫁，文艺学女博士，围绕卢妙妙的这五个关键词展开的幽微细致的心理书写是潘向黎的功夫，其中，最核心的词是"优越感"，最调皮的词是"文艺学女博士"，这是受过很好教育的曹七巧和完全可以独立自主的白流苏的合体。

既然是对手戏，临水照人，卢妙妙是水，照的就是杜蔻。在卢妙妙波澜起伏的心理活动中，杜蔻，这个新上海玫瑰跃然纸上。在潘向黎的文字里，这个对手戏的主角之一杜蔻，似乎一直处在浑然天成的"真人"状态，是史湘云式的人物，大大咧咧，天真自然。杜蔻这个形象完全超越了我们对传统上海闺秀的想象。传统上海闺秀在卢妙妙的身上是一改良，与卢妙妙不同，小说甚至没有指出杜蔻是否老上海出身，以潘向黎的细致，这显然是小说故意的留白。一个好的小说家，善于书写，首先是善于发现。在国际化信息化的历史进程中，大量的移民正在改变都市上海的主体结构。非典型上海闺秀杜蔻和她的婚姻，与其说是传奇，是小说家的想象，不如说是开放现代的上海都市生活的一种现状。文化出身不明的杜蔻，成为今天上海新人的代表。

潘向黎毕竟不是张爱玲，潘向黎就是潘向黎，潘向黎的玫瑰也基本上不是张爱玲的玫瑰。这是这个时代的上海玫瑰。甚至，也可以把"上海"两字去掉。

"饭局可以无聊，小说不能无聊"，好像是王安忆说的，深以为然。美人要有姿有态，姿是硬件，态是软件，真正的好小说也应如此，无论长短，故事要有意思，表达要有味道。文如其人，潘向黎的小说就像她常穿的那件旗袍，再怎样复古的民国样式，也禁锢不了她的天足大步。

原载《北京文学》2021 年第 9 期

《对岸》对于女性爱的能力的发现

没有无缘无故的写作，我一直坚信。所以阅读文本时，常常会不由自主地揣测作家的创作动机。比如，早已凭借中篇小说《香炉山》获得鲁迅文学奖的叶弥，新写的短篇小说《对岸》，一定是对于某种技巧或者经验的表达。问题在于，是对哪种技巧或者经验的表达？

从技巧运用的角度，《对岸》可以说"去技巧"，几乎素面出场。五个中年女性的月夜谈话，从讲述"每个人心里最后的秘密"开始，到集中分享一个女同学的遭遇，以被讲述的女同学也即茶馆老板娘突然主动现身和继续自述为高潮。全篇不到九千字，是一个长近景加一个大特写和几个追光远景。月夜交谈是近景。女同学的生动出场是特写。女同学的坎坷遭遇是追光远景，包括在丝织厂做女工时脱年轻男机修工短裤、被父亲逼嫁并离婚、做股票开茶馆之后邂逅暗恋对象，以对话式讲述为主，见缝插针的场景描述为辅。

对话这种形式，对语言本身的要求高，语言表达要切合人物身份或者能准确勾勒人物特征，好处是视角多元化，劣势是容易让人调线，话剧常用，小说写作其实是忌讳的。或许因为语言细腻生动是叶弥的擅长，艺高胆大的叶弥，不仅用了大段对话，而且采用的是简约结构。从这个叫柴云妹的女同学正式出场后，小说进入高潮。追光打上去的三个远景，都是与紫云妹的性和爱有关的人生经验。这个叫紫云妹的女性，从灰扑扑的乡下姑娘到愣乎乎的工厂女工到美滋滋的茶馆老板，实现了经济地位的翻身。结合改革开放以来长三角地区的快速发展，紫云妹的变化的人生是有代表性的，也是可信的。

但这些不是本小说的重点，也不是我看到的亮点。小说让我感兴趣的是写出了这二十年来中国式女性的爱的能力的变化。紫云妹这个角色，极好地诠释了中国式女性由未嫁靠父亲、出嫁靠丈夫的传统依附关系，进化到经济独立后的离婚和不婚。即便是我们这个相对开放的年代，一个没有经济来源的女人，她的婚姻仍然不能以爱为前提，仍然要通过婚姻解决吃饭问题。因为贫寒，刚刚读完高中不久的紫云妹，急急忙忙到工厂当女工，嬉闹中脱去男工友的裤子，这一发生在工友之间带有明显的饥饿色彩的性游戏，改变了紫云妹此后的人生。在一个传统社会，她因此失去针织女工工作，经济不能独立。要重新寻找"饭票"，不久被迫与父亲看上的到家偷衣服的小偷结婚。这个情节是极端叙事。作家无非是借此强化说明，哪怕是极不般配的婚姻，在传统社会里，也好过没有婚姻、没有"饭票"。经济依附必然导致精神依附。紫云妹由此开始的精神压抑，看似是工厂事件的后果，实际上是长期没有经济自由的后果。随着社会发展，女性经济独立的机会增多，能赚钱养活自己的紫云妹，获得了身的自由，也获得了心的自由。

要为叶弥点个大赞。我知道叶弥不是通常意义上的"女权主义"，她无意间窥破了所谓男权女权的秘密。一旦个体实现经济自由，这个"个体"主要指女性，对于性和爱的需求，也会调整。小说写到紫云妹被丈夫抛弃、离婚后，又结了两次婚，又离婚，直至不思婚姻。不断离合的经历，看起来坎坷不顺，恰恰说明中国式女性恋爱和婚姻的自由越来越多。通过对婚姻和性的试错，紫云妹拥有了正常的爱的能力，这其中，以邂逅早年暗恋的男同学后重新萌发恋爱的感受为最。所以，文章结尾写道"往常这个时候，祝风还在电脑前码字，回去也不会睡觉，所以她一时还不想走。今晚实在是让人拍案惊奇，她得想点什么，或者说，当她发现自己也是一个孩子时，她要有一点时间接受这个事实"，是"卒章显志"，也是女性的角色反思。

之前的近景，是几个中年"杜拉拉"的"自白"，聚焦职场女性的情感和婚姻，间或把笔墨刺探到原生家庭。三个自述，"我从小就咒我爸死""我从来就没爱过男人""我十年前就得了精神病，严重的焦虑症。每天都要服药"，重口味，反传统，异质性。作家用的是极致化的笔法，直接把人物送到健康、伦理、道德甚至法律的边缘，勾画现代文明背景下细致羸弱的精神世界，目的是为后面故事设置一个整体性背景。这个整体性背景很刺激，像都市情感题材分集电视剧。这些都是前奏、铺垫，是后面故事的反衬。后面的主要人物的故事，反而平和、优雅，这是指故事讲法，用的是对比法。小说的结尾，另外五个女性的怅然若失，其实还有一种解释，即经济地位的巩固未必与身心健康同步。

小说的基本要素，简言之，是"故事内核"和"怎么讲好故事"。短篇小说更是如此。一个以自述和他述为主的对话体小说，如果没有硬核故事，真的很难吸引人。短篇小说要精彩，故事要有硬核，讲法要有意思。硬核故事是前提。以《对岸》为例，小说写六个中产阶层中年女性月夜消夜时的"精神会餐"，硬核就是一个女人的性爱遭遇和性爱能力的觉醒。这是现代版的"祥林嫂"和"丑小鸭"变成白天鹅的故事，是女性的成长故事。有了这个硬核故事，怎么讲？叶弥动了心思。性和爱本身有色彩，也可以添油加醋，讲得更有色彩。但这不是叶弥的兴趣，也不符合叶弥的语言习惯。这篇小说延续了叶弥一贯的细腻、清灵的文风，哪怕写性和爱，也是干干净净，具有主观浪漫主义色彩，而不是烟火气。一个带色的话题，偏偏用至为简约的形式，也符合紫云妹这个人物拙朴的底色。我想，这就是叶弥的经验，即便是看懂了人生，也还是像孩子一样天真。技巧上，叶弥是圆熟的，但我感兴趣的恰是这些关于女性的无意间的发现。

原载"十月杂志"公众号

《多湾》，"弑父"之作

　　关于周瑄璞的长篇小说《多湾》，有许多议论，有说它是"女版《白鹿原》"，有说它表达"欲望与情感"，等等。好作品一定具有多义项阐释维度，因为它的丰富性。无论是对于女性作家写作，还是对于"70后"创作，《多湾》应该都是一部具有"异数"气质的作品，它完全超过了预期。因此，如果我们足够谨慎的话，就不会轻率地把一些标签贴在这部作品的身上，更不会轻易地放过它。

重新接续现实主义创作传统

　　现实主义创作是五四运动以来中国现当代文学创作大户，它以介入和记录历史现场著称。关于现实主义创作，虽然有各种各样的阐释和议论，对客观现实和历史的关照是基本共识。以20世纪90年代中期为节点，现实主义创作明显遭遇寒流。首先，整个创作生态变化，现实生活和历史经验不足的"80后""90后"陆续进入文坛并在市场和资本的诱导下，以书写主体内部世界为旗号迅速掀起文学创作"向内转"潮流。其次，在诸多创作方法中，现实主义创作易学难工，一些仍在现实主义创作大旗下的作家，比如"50后"，大多功成名就，距离生活现场越来越远，他们这个时段的作品往往观念在先，文学焦点不够具体，现场不够鲜活，呈现"伪现实"或"心理现实主义"趋势。现实主义创作缺席，一个重要特征是文学对于现实的干预性减弱。文学创作提倡多样化，不能唯一招鲜，不能唯现实主义，但现实主义创作严重缺席或不力，显然不是文学的繁荣。激荡复杂的社会现实，渴求文学或作家的笔墨关怀。在这种背景下，以直击现实和主观干预现实为特征的非虚构写作勃兴，成为近些年现实主义创作的一支重要力量，并取得丰硕成果。在小说创作领域，2015年比较典型，一批从先锋派起家的"60后"以及受其影响的"70后"成为中坚力量，开始面向现实写作。《装台》和《篡改的命》这两部"60后"作品引起关注，现实主义写作的魅力和知识分子情怀一览无遗。在这两位男性作家作品的边上，就是这部"70后"女性作家的《多湾》。《多湾》的出版提振了"70后"写作的士气。

《多湾》写七十年的中国社会，一小部分是周瑄璞熟悉的生活，一大部分是周瑄璞不熟悉的生活。不熟悉的生活要靠想象和虚构，作家想象和虚构的依据是间接经验。对于间接经验，比如《多湾》里写到的土改等历史事件，基本常识容易获取，之前的一些文学作品如《白鹿原》《圣天门口》等对此已有精彩书写。在已知的常识面前，特别是经典名作在前，怎么写出个性化经验或新鲜经验？怎么构筑文学形象？怎么对历史和重大事件进行独特表达？《多湾》怎么能区别于《白鹿原》和《圣天门口》？

或许真是年龄的缘故，陈忠实和刘醒龙这两位"40后""50后"作家的笔墨重点落在新民主主义革命、新中国成立初期以及"文革"这一长段历史时期。当然，这是跌宕传奇的历史时段，中国人的人性、命运在此间有精彩细致的展现。陈忠实和刘醒龙是主体意识强、世界观稳定的作家，因此在这两位小说大家宏阔有致的文字里，对于国家、民族、人群和个体命运的思考非常自觉，也通过文字和形象表达了个体的判断。《多湾》应该是借鉴了这两部经典作品的编年史和家族史写法，也是通过一个或几个家族的变迁写历史风云和人物命运。《多湾》里前后七十年的历史是中国社会历史剧变期：政权形式巨变，社会制度巨变，文化形态巨变。每一种巨变都充满了事件和现象，比如国共关系，土改，高考，等等。回想一下，自20世纪初以来，能够并乐意正面书写宏大历史的女性大概除了萧红、丁玲，余者少见，这与女性思维细致片面的惯性有关。像封面一样，《多湾》色彩明艳，色调稳定，像唐三彩，历史在日常里绽放。周瑄璞温婉秀气的外表下一定隐藏着理智坚定的性格，否则在历史叙述中很难从容裕如。

这个从容裕如，一是表现为历史和现实线索的主次、详略的平衡感，这是格局的处理，没有这个大局，长篇小说写着写着就成了汤汤水水一锅粥，拎不出干货。《多湾》里大事件的数量其实远远超过了《白鹿原》和《圣天门口》，涉及新民主主义革命，涉及城乡社会，涉及改革开放，涉及当下生活。写"重大"而不觉其"沉重"，作家举重若轻。这跟"70后"作家的成长轨迹有关。"70后"作家成长的基本轨迹是由文学期刊养成，从中短篇起步，最后进攻长篇。这种稳步成长的轨迹，在写作上也派生出共性，即对于叙事技巧和结构谋篇的锤炼讲究，这一特点，导致他们中的一些人不自觉地用中篇或短篇的节奏和密度进行长篇叙事。与同代人相比，周瑄璞在长篇上更加用力，包括《多湾》在内已经出版了五部成型的长篇。大家头疼的长篇的结构问题，对她应该不是问题。

从容裕如的另一表现是价值表达的日常性和淡定感。《多湾》对于七十年历史经验叙述的独特性在于，对于任何一个重大时期的叙述，其破题之处不是重大事件和重大人物，而是日常生活、日常事件和日常人物，在"日常性"的映衬下，写历史的变迁。日常中的变化是具体的，也是典型的、有血肉的。因此，《多湾》写出了每个历史时段的质感和特殊性。比如，罗掌柜的两个儿子参加共产党后一死一生，写出了大的历史关头个体命运的偶然性和必然性，写出了命运感。这两个人物都不是书写重点，都只是线索和背景，重点是写罗掌柜这个乡村世界的有点势力的人物。这个复杂的人物，与小说中的大青衣季瓷同时出场，同时在局，牵出了章家的许多来龙去脉。像罗掌柜这样，《多湾》里每个人物基本上都有头有尾，这些人物在历史性的典型事件中都有扎实的活动，比如办户口、大学分配、转编制、买房。写这些事件，目的还是为了写人，写人的局限性、特殊性和恒定性。个体的完整形成了整体的丰富。

第一，它与"50后"作品对于"政治"和"革命"本身的兴致勃勃不同，它的兴趣显然是"政治"和"革命"中的人。小说从一个类似于白嘉轩的老太太季瓷第二次出嫁开笔，到季瓷的孙女章西芳收笔，宏大的历史线索伴随着一份日常而持久的生活。这才是周瑄璞的写作重点：历史中的日常也是历史，日常中的历史也是日常。它关注人的持续性和日常性，人是主题，重大事件是生活客观进程的背景，这应该是对重大历史叙事的一种颠覆。

第二，这部四十万字的长篇小说书写一个章姓人家的历史变迁，以章家和章家的婆姨季瓷、章家的女儿章西芳为基本视角，面对七十年纵深历史和近百个人物，作家显示出很强的平衡和掌控能力。但是，《多湾》写家族史，并不设定家族文化的整体性，而是观察现实变迁中生命个体的文化演变，用这些个体集合成整体，这也是对前辈作家写家族文化善于预设概念的一种打破。

第三，也是最明显的变化，是至少用一半的笔墨写"文革"以后的社会生活，包括当下的诸多呈现，显现对当下发言的能力，这是现实主义创作可贵的品质。

文化出身和笃定的文化倾向

《多湾》具有笃定的文化倾向。说到倾向，往往有主观色彩。文学写作不必回避这种主观倾向。文学写作和文学阅读都是主观活动，所以才会一百个人眼中有一百个哈姆雷特。文学写作的魅力恰恰也在于这个"主观"——它产生创造性，产生神秘性，也才有"文如其人"。文化倾向与文化基因有关，即便作者刻意掩饰，沉淀其中的文化基因还是无法逃避检测。这不是坏事。它表明了有果必有因，溯果可以求因。具体到周瑄璞这部四十万字的《多湾》，文化的果在哪里？文化的因是什么？

对一个作家最大的尊重就是认真阅读其作品。对于《多湾》，认真阅读后会发现它的叙事笔致曲曲弯弯——如其书名，就会知道它既不是《白鹿原》的关中高腔，也不是《情感与理智》的世俗智慧。这种独特的笔法和表达源自何处？源自作家自身的文化出身。先说小说中的章家。这个章姓人家，虽然它的后代因为各种原因移民西安、北京……但它的根在多湾。"颍河水从少室山走出，来到大平原上，没有了山谷的冲击力，漫漫漶漶犹豫着不知往哪里走，就在平原上曲曲弯弯地流着，像一首悠长回环的歌谣……在南北长几十里的地界就拐了一百多个弯，于是这里从西汉末年设县时就叫颍多湾县……在颍河的一个又一个湾处，撒落着一姓又一姓的村庄。"对于颍多湾县这样具象的写法，很自然地让我们联想到周瑄璞的出身。作家出生在河南临颍县。临颍位于河南中部，处中原腹地，儒释道三教文化都在这里扎根传播。为人物安放这样一个生存环境，凝结着作家自己的经验。

写身边以及熟悉的人和事，是作家写作的一个特点，但不是都能写出"文化"，这不仅需要作家有典型的文化出身和文化结构，还要有写作的文化自觉。什么是文化？文化有大小内涵之别，大到国家制度，小到族群的日常生活起居，都可以是"文化"。在无所不包的文化中，文化的异质性、特殊性在哪里？

《多湾》作为一部家族史，更多的是写河南颍多湾县乡村学堂季先生的女儿季瓷这位活了八十一岁的女人的一生，因此，在这部兼及农村和城市两种生活场域的小说里，季瓷是名副其实的大青衣。从季瓷二十一岁开始写，写到她八十一岁去世后的十多年，生生死死，都以"中土"文化为底色。河南是典型的"中"土、中原，这样一个文化起源早，人类生存活动比较活跃的地方，儒释道三教影响很早，它的特点是重学重文。这个重学，凝结着人物的价值取向和行动动力，比如季瓷这个大青衣，她的两次出嫁为什么那么顺利？她遇到苦难为什么获得帮助？因为她是受人尊重的季先生的二闺女。她为什么受到尊重？因为她知书达理，勤勉节俭。对乡贤文化的敬仰是儒家传统。乡贤的一个共性是"正能量"。虽然贫穷不等于粗鲁，不等于罪恶和下流，但小说重点是奋斗上进、造福他人的乡贤文化。核心叙写的章（河西章）家，季瓷也好，章栋也好，章西芳也好，章津平也好，章柿的妻子胡爱花也好，章栋的妻子罗北京也好，都是"正面人物"，他们性格中的共性是勤勉上进。与他们相比，章家的大伯和三叔是败家子，章西滢好吃懒做，章西平随遇而安，是作家价值判断中隐在的"负面人物"。此外，还有历史传统中的乡贤阶层，比如解放前的常掌柜、解放前后的罗掌柜、在山东当县太爷的大舅、有钱的老爷章四海，把他们还原成一个个有具体身份的人，写他们在文化主导下的一些行为，有没有批判？有，但不是政治批判，而是人性的批判。

因此，我们可能会发现，周瑄璞笔下的文化表现为一种分寸。这个分寸是诱人的。有相处的分寸，也有做事的分寸。比如相处的分寸，四十万字的小说，开篇写到罗掌柜对季瓷的觊觎、意淫甚至言语撩拨，但没有挟强势和武力而进的举止，遭到拒绝后，罗掌柜虽然恼怒，但他的言谈举止也还是委婉有节制。这是礼教的约束，人性跟兽性搏斗后保留了人的分寸，没有形成断裂，这种分寸为日后他们再次相见甚至结为亲家预设了可能——故事也才能继续讲下去。比如章四海和桃花的关系，可能会让我们想到《白鹿原》里的鹿子霖和田小娥，但还是不一样。章四海和桃花由同情到欲望到相濡以沫，其间挨批斗后章四海一度因为不能再接济桃花打算终止往来而桃花不同意，写出了人性中的复杂性。比如常掌柜在章家欠债后接受了季瓷的求情，"缓期执行"，并在特别困难时期给章家送了一点粮食，等等。包括写到当下，写到男女关系时，也写到"交易"和怜悯的分寸。

这个分寸也是我们说的中庸文化。写苦难，但不是为了写苦难而写苦难，而是写苦难中的懂得和成长，更多的是写做人的快乐。写人性，不是极恶和至恶，而写人性善恶的层次和转化，甚至连恶也被宽容和谅解，比如，在季瓷的葬礼上，同族的章节高讹钱、偷东西，季瓷的儿子章柿最终选择容忍，这是孔孟中庸思想的一种变体。这种文化，显然有别于睚眦必报和黑白分明，这让我想起蒋勋谈红楼人物时说，"我们性格里都有林黛玉和薛宝钗，我们永远都会在两种性格之间矛盾。林黛玉带着不妥协的坚持死去，薛宝钗因懂得圆融，跟现世妥协而活下来。我们在内有自我的坚持，在外又能与人随和相处，能在这两者间平衡，真是大智慧"。这种文化倾向已经沉淀在作家的血液里，并在写作中经由人物的命运进行文学地呈现出来。我还相信，作家也并不是想要说服或教导他人，她只是表达自己的一种取向。

笃定的文化气质，使《多湾》与众不同。

作为女性作家的古典化写作

我们通常认为，由于生理特点，女性更适合干精细活。就写作来说，女性是不是更适合写看上去很精细的中短篇以及散文诗歌？显然不是这样，萧红的《生死场》有"越轨的笔致"，并"力透纸背"，要比萧军的《八月的乡村》在文本上更具有文学性。可见，虽然长篇写作需要体力，但是男性或女性，不能必然决定写作的体量和风格。特别典型的案例是，当代有建树的诗人中，男性的比例远远超过女性，这是为什么？诗歌不是精巧的细活吗？再看看当代的王安忆、迟子建、严歌苓，她们都是写长篇的好手。假使一定要去判断一个人的阅历、感受力、判断力和表达力的综合素质，才决定了他或她更适合选择哪一种写作类型，当然，还有一个关键问题是兴趣和志向。

人类写作的宗旨终究是朴素的。写作无非是对人的情感奥妙的探索，是对这个世界变化动机的探索。在中国这样一个历史悠久、文化多样的社会环境里，长篇小说因其相对庞大的体量，可以盛放丰富细致的社会人生，常常被当作历史和现实观察的一个横切面，也由此被视为文学创作重镇。在这个重镇里，女性作家毫不示弱，她们中的杰出者既有逝去的身影，也有正在奋力的"50后"，生理年龄正当盛年的"70后"作家在长篇小说的创作上已经表现出实力。周瑄璞已经完成的五部长篇各有好处，但显然，《多湾》是持续加速后的冲刺。《多湾》清楚地昭示了她的文化优势。

性别没有高低等差，但写作中一定会留下性别的痕迹。爱情是全部，这是女性的政治，也是女性写作的玄机。阿列克谢耶维奇在她获诺奖作品《来自切尔诺贝利的声音》封面写了一句话："我不知道该说什么，关于死亡还是爱情。"即便是书写核辐射这样极端恐怖的意外事件，作家依然把爱情与生存并列。曹雪芹笔下的古典社会里的林黛玉和薛宝钗，纵然才高八斗，也是百般纠葛于婚姻和爱情。无论章四海和桃花，还是章西芳和转朱阁，女人通过驾驭男人而驾驭世界，这种欧洲16世纪骑士文化以来的一种古典式生存形态，在《多湾》里，浓墨重彩地出演了。我还想说，这一点，作家本人或许并没有"自觉"。这本书写出了一种客观的深刻性。这个客观是当下中国社会的投射：从20世纪初提出妇女解放以来，对于男女平等，我们的基本认识还停留在同工同酬层面。真正的问题是，直到今天，女性个体的独立性自觉以及女性价值评价体系的独立性并没有真正形成，这就产生了一些因为依附性和性别特色而有的社会现象。更大的问题是，越来越多的人向这种依附性投降。由此可见，中国社会的一些观念还停留在古典式阶段，还不具有真正的现代性。

《多湾》写出了什么？写出了"食色性也"，写出了一种承认和悲观。爱情或者是婚姻，"这便是爱情：大概是一千万人之中，才有一双梁祝，才可以化蝶。其他的只化为蛾、蟑螂、蚊、苍蝇、金龟子……就是化不成蝶，并无想象中的美丽"。这是关于男女之情的一段精彩的比喻。蝴蝶固然美丽，但难求难得，是虚妄的想象，日常化的形态还是蛾、蟑螂、蚊、苍蝇、金龟子。因此，《多湾》里的爱情大多建立在物质的基础上：物质的身体，物质的地位权力，物质的食物，物质的环境，等等。这说明作家对当下生活体察深刻，但她这样写，依然令人绝望。这大概也是作家不曾预料的吧。而且，坦白地说，我不喜欢小说里个别地方对于性的直白描写。文学写作中，不是直白就更加真实。《多湾》中这种直白的描写，对整部小说的古典文质其实是有伤害的。《红楼梦》写贾宝玉和花袭人、贾珍和秦可卿的"苟且"，不及《金瓶梅》直白，但《红楼梦》这种"犹抱琵琶半遮面"的叙事技巧余味长。

写到这里，突然意识到，现实主义关照也好，文化倾向也好，古典化写作也好，都是文学写作的既有元素。那为什么还叫"异数"？可能因为这种"既有元素"如今也不常见。

原载《文学报》2016 年 4 月 4 日